KB069331

독재자

1

초판 1쇄 인쇄일 2019년 1월 17일 | **초판 1쇄 발행일** 2019년 1월 21일

지은이 조휘 | **펴낸이** 곽동현 | **담당편집 팀장** 이범수
편집부 정요한 홍현주

펴낸곳 (주)조은세상 | **출판등록** 제2002-23호
주소 경기도 연천군 미산면 청징로1355
TEL 02)587-2966 | FAX 02)587-2922
E-mail bukdu@comics21c.co.kr

ISBN 979-11-89785-64-2 | ISBN 979-1-89785-63-5(set)
값 8,000원

독재자

조휘 대체역사장편소설

ALTERNATIVE HISTORY FICTION

1

조휘 대체 역사 장편소설

NEO ALTERNATIVE HISTORY FICTION

CONTENTS

1장. 불의 고리

1장. 불의 고리

김석민은 대한민국 해군 잠수함사령부 소속 SS-101 김원봉함의 함장이었다. 최신형 원자력 잠수함인 김원봉함의 초대 함장에 부임한 일은 정말 자랑스러웠지만, 그와 그의 잠수함에 내려진 첫 번째 임무를 생각하면 골이 지끈거려 왔다.

김석민은 고개를 돌려 CIC에 앉아 있는 사내를 힐끗 보았다. 그 사내가 바로 그의 골을 지끈거리게 만든 장본인이었다.

사내는 그야말로 거구였다. 190센티미터의 신장에 90킬로그램이 넘는 체중을 지닌 그는 체격으로 상대를 압도했다. 도통 무슨 생각을 하는지 알 수 없는 표정으로 모니터를 살피던 그가 갑자기 고개를 돌리는 바람에 두 사람의 눈이 마주쳤다.

두 사람의 시선이 서로 마주치는 순간, 자기를 이준성이라 소개한 사내가 김석민을 보며 씩 웃었다. 김석민은 움찔해 얼른 고개를 돌렸지만 이준성의 얼굴이 잔상처럼 남아 사라지지 않았다.

이준성의 인상은 보는 이에게 묘한 느낌을 주는 면이 있었다. 어린애처럼 천진난만한 면이 있는가 하면, 어쩔 때는 아주 냉혹한 연쇄살인범의 그것처럼 섬뜩한 느낌을 주기도 했던 것이다. 마치 로마신화에 나오는 야누스를 보는 느낌이었다.

김원봉함 승조원 중 이번에 그들이 맡은 임무의 실체를 정확히 아는 사람은 김석민과 이준성 단 두 명밖에 없었다. 그리고 이준성의 진짜 정체를 아는 사람은 김석민뿐이었다.

김석민은 이준성을 이번에 새로 부임한 무기관제 오퍼레이터라며 부하들에게 소개했지만, 사실이 아니었다. 이준성은 합참 특수전사령부 소속으로 청와대의 명령에만 움직이는 비밀작전팀인 아시온팀의 팀장임과 동시에 유일한 팀원이었다.

김석민은 산전수전에 공중전까지 겪은 노련한 지휘관이었다. 특수부대 대원에게 기가 죽을 인물이 결코 아니었다. 그러나 아시온팀은 그가 겪은 평범한 특수부대와는 차원이 달랐다.

아시온팀은 북한과의 통일을 앞둔 대한민국이 민족의 사

활을 걸고 창설한 특수부대였다. 바로 사이보그로 만든 부대인 것이다. 지금은 비록 테스트단계라 이준성이 팀장과 팀원의 역할을 동시에 수행하는 중이지만, 성능 평가가 끝나는 순간 바로 양산에 들어가 특수부대로 창설할 계획이었다.

21세기 중반인 현재, 세기 초반에 본격적으로 막을 연 제4차 산업혁명은 두 가지 형태로 발전을 거듭하는 중이었다.

첫 번째는 사이보그였다. 사이보그는 인간의 신체에 기계를 이식한 형태였다. 즉 인간의 신체를 근간으로 어떤 부분은 원래 신체인 반면, 어떤 부분은 기계로 구성한 구조인 것이다.

두 번째는 안드로이드였다. 안드로이드는 쉽게 말해 사람들이 흔히 말하는 인조인간이었다. 사이보그와 달리 몸 전체가 기계로 만들어져 있어, 말 그대로 로봇이라 할 수 있었다.

최첨단 기술의 상용화는 언제나 군에서 먼저 이루어지기 마련이었다. 사이보그와 안드로이드 역시 마찬가지였다. 4차 산업을 선도하던 강국들은 그들이 축적한 기술을 바탕으로 사이보그와 안드로이드를 속속 제작해 특수부대를 창설하기 시작했다.

미국의 메탈 솔저, 일본의 고스트 사무라이, 중국의 철령인(鐵靈人), 영국의 로열 메카니언 등이 바로 그런 부대였다.

4차 산업혁명의 진행 과정이 다소 더뎠던 대한민국은 강국과의 격차를 줄이기 위해 수많은 재원을 투입하며 아시온 프로젝트를 시작했다. 그리고 그 결과가 바로 이준성이었다.

그러나 평범한 방법만으로는 벌어진 격차를 빠르게 메울 수가 없었기에, 아시온 프로젝트팀은 가장 위험한 방법을 시도했다. 바로 인간의 뇌에 생체컴퓨터를 이식하는 방법이었다.

다른 강국들은 부작용과 윤리적인 문제 등을 우려해 뇌에 생체컴퓨터를 이식하는 방법을 아직 상용화하지 않았지만, 아시온 프로젝트팀은 이준성의 오른쪽 뇌를 컴퓨터로 대체했다.

즉, 이준성은 오른쪽 뇌와 오른쪽 눈이 기계인 사이보그였다.

김석민은 그런 이유로 인해 사람인지, 기계인지 그 경계가 모호한 이준성에게서 두려움을 느낄 수밖에 없었던 것이다.

그때, 부함장이 작전 수역에 도착했음을 알렸다.

잠시 한숨을 내쉰 김석민은 다음 지시를 내렸다.

“지금부터 특수훈련을 실시하겠다. 함 전체에 전파관제 5단계를 적용해 내부에서 외부로 나가는 통신은 물론이거니와 외부에서 내부로 들어오는 통신 역시 철저히 차단시켜라.”

김석민의 지시대로 김원봉함은 곧 모든 통신을 차단시켰다. 앞으로는 어떤 방식의 통신도 들어오거나 나가지 못했다.

전파관제를 마친 김석민은 부함장에게 다음 지시를 내렸다.

"북한 해군과의 합동훈련이 있는 관계로 본 함은 지금부터 북한 영해로 들어간다. 장소는 나진 동쪽 10해리 수역이다."

함교와 CIC의 오퍼레이터들은 잠시 술렁거렸지만, 김석민이 지시한 대로 북한 영해에 진입해 전속력으로 항진했다. 통일을 앞둔 상태였던 한국과 북한은 그간 몇 차례에 걸쳐 해군의 합동훈련을 진행해 왔기에 이상한 명령은 아니었다.

김석민은 북한 영해에 진입한 함의 경로를 확인하다가 고개를 슬쩍 돌려 CIC에 앉아 있는 이준성의 모습을 힐끗 보았다.

한데 그 순간, 이준성 역시 고개를 돌려 김석민을 바라보았다. 헛기침한 김석민은 얼른 고개를 돌려 그의 시선을 피했다.

이런 경우가 벌써 두 번째였다.

김석민이 훔쳐볼 때마다 이준성 역시 고개를 돌려 그를 보았다. 마치 등 뒤에 눈이 달려 있는 사람 같아 소름이 끼쳤다.

또한 그의 오른쪽 머리에 이식했다는 생체컴퓨터 덕분에 자신이 바라볼 때마다 눈치 채는 것인지도 갑자기 궁금해졌다.

그때, 이준성이 자리에서 벌떡 일어나 김석민에게 걸어왔다.

김석민은 움찔하며 물었다.

"무, 무슨 일인가?"

이준성은 소년처럼 하얀 이를 드러내며 환하게 웃었다.

"아, 긴장하지 마십시오. 전파관제 덕에 이젠 신분이 탄로 날 일이 없을 것 같아 도착하기 전에 준비 좀 해 두려는 거니까."

대답한 이준성은 오퍼레이터가 입는 하늘색 상의와 감색 하의를 벗었다. 그러자 검은색 무광슈트가 모습을 드러냈는데, 방탄과 방열, 방한, 방수가 가능한 최첨단 슈트였다. 무광슈트의 허리춤에는 특수 합금으로 제작한 칼 한 자루와 레이저 탄환을 발사하는 권총 방식 레이저건 한 자루가 달려 있었다.

장비를 갖춘 이준성은 함교 옆으로 걸어가 가부좌를 틀었다. 그리고는 눈을 감은 채 호흡을 천천히 가다듬기 시작했다.

김석민은 그런 이준성을 잠시 지켜보다가 합참의장에게 직접 받은 명령문의 내용을 잠시 떠올려 보았다. 이준성은 지금 남과 북, 8,000만 겨레의 운명을 양어깨에 짊어진 상태였다.

몇 년 전, 세계정세가 급변했다.

세계경찰을 자처하던 미국은 서부 해안을 덮친 대지진과 거대한 쓰나미의 여파로 태평양 제해권의 상당 부분을 상실했다.

그 틈을 치고 나온 나라가 중국과 일본이었다.

지금 중국은 30년간 독재를 지속해 온 주석 때문에 내부에 불만이 쌓일 대로 쌓인 상태였다. 실제로 주석과 공산당 지도부에 반기를 든 지식인과 노동자들이 곳곳에서 대규모 시위를 벌여 유혈 사태가 발생한 적이 한두 번이 아니었다.

이에 공산당 지도부는 전가의 보도를 빼 들었다. 중국 국민들의 관심을 밖으로 돌려 이를 해결하려 한 것이다. 더구나 미국이 태평양 제해권을 잃었기에 그들을 막을 나라가 없었다.

당 지도부는 지도를 보며 희생양으로 사용할 나라를 찾았다. 그리고 그들이 찾은 나라가 바로 통일을 앞둔 한반도였다.

한편, 일본은 중국과 다른 이유로 마음이 급했다.

미국 서부 해안을 쑥대밭으로 만든 대지진은 환태평양조산대라 불리는 '불의 고리'의 지각변동으로 인해 벌어진 사건이었다. 한데 그 불의 고리와 직접적으로 맞닿아 있는 나라가 일본이었다. 일본으로서는 불안할 수밖에 없었던 것이다.

더구나 발전한 지진 예측 시스템을 통해 미국 서부 해안을 덮친 대지진을 상회하는 지진이 몇 년 안에 도쿄와 오사카를 덮칠 거라는 연구결과를 얻은 후에는 거의 제정신이 아니었다.

일본은 지진에서 안전한 지역, 즉 대륙으로의 진출을 모색했다. 그리고 그 진출을 위한 교두보로 한반도를 선택했다. 개헌을 통해 군비를 대대적으로 확충한 일본은 자신이 있었다.

한데 문제는 다른 곳에 있었다. 한반도를 그들의 목적대로 이용하기 위해서는 국제사회에 피력할 명분이 필요했는데, 중국이나 일본이나 한반도로 쳐들어갈 마땅한 명분이 없었던 것이다.

이에 한반도라는 공동의 목적을 가진 중국과 일본은 은밀히 손을 잡고 조작된 명분을 만들어 내기 위한 음모를 계획하기에 이르렀다.

바로 중국과 일본 특수부대가 북한에 잠입해 그들이 밀반입한 핵미사일을 일본 홋카이도 북상에 떨어트린다는 계획이었다.

그동안 일본은 경제적인 이유를 들먹이며 한반도의 통일을 끝까지 반대해 왔는데, 이에 분노한 북한이 핵미사일을 발사했을 거란 그럴 듯한 시나리오까지 이미 내부적으로 마련해 둔 상황이었다.

핵미사일 밀반입은 중국 특수부대가, 발사는 일본 특수부대가 맡기로 했다. 계획이 성공할 경우, 일본은 북한에 선전포고한 다음 대대적인 침공을 개시할 예정이었다. 북한이 일본의 침공을 받으면 몇 년 전 맺은 상호방위조약에 따라 한국 역시 자동적으로 참전해 일본과 싸울 수밖에 없었다.

일단 계획대로 한반도에서 전쟁이 벌어지면, 중국과 일본은 밀약을 맺어 자기들이 원하는 것을 갖기로 했다. 우선 중국은 북한 지도부의 요청을 받았다는 핑계로 북한에 진주해 중국의 명령을 받는 괴뢰정부를 북한에 세우기로 했고, 일본은 한국을 점령해 다시 식민지로 만들 생각이었다.

중국과 일본의 계획을 가까스로 알아낸 한국 정부는 아시온팀 이준성을 급파해 그들의 계획을 저지하려는 계획을 세웠다. 비행기나 편리한 육로가 아닌 잠수함을 이용한 이유는 중국과 일본의 군사 정찰위성 감시를 피하기 위해서였다.

또 대규모 작전 역시 현재로선 불가능했다.

한국 정부에는 친일파가, 북한 지도부에는 친중파가 득실거려 그들의 계획을 안다는 사실이 드러날 가능성이 높았다.

그런 이유로 이 작전을 아는 사람은 김석민을 포함해 다섯 명이 채 되지 않았다. 만약 이준성이 저들의 만행을 저지하는데 실패한다면, 한반도는 100여 년 만에 다시 참혹한 전장으로 돌아갈 것이다.

김석민이 기대와 불안, 초조, 두려움 등이 섞인 복잡한 눈빛으로 무거운 짐을 어깨에 짊어진 이준성을 바라볼 때였다.

부함장이 다가와 보고했다.

"함장님, 목표 수역에 도달했습니다."

"빨리 특수전용 잠수정을 준비해."

"예."

부함장은 이준성을 힐끔 본 다음, 부하들에게 명령을 내렸다.

한편, 자리에서 일어난 이준성은 김석민에게 경례하며 말했다.

"태워다 주셔서 고맙습니다. 승차감이 아주 좋더군요."

"그렇게 고마우면 택시비라도 주고 가는 게 어떤가?"

이준성은 활짝 웃으며 대답했다.

"장부에 달아 두십시오. 살아남으면 두 배로 쳐서 드릴 테니까."

"웃으면서 하는 말치곤 꽤나 살벌하구만 그래."

"그럼 전 바빠서 이만."

김석민이 떠나는 이준성의 등에 대고 소리쳤다.

"택시비 대신 나중에 만나서 술이나 같이 한잔하는 게 어떤가?"

"저도 그럴 수 있었으면 좋겠군요."

대답한 이준성은 특수전용 잠수정 안으로 몸을 밀어 넣었다.

◆ ◈ ◆

특수전용 잠수정으로 나진 해안에 무사히 상륙한 이준성은 현재 위치를 그가 '유진'이라 부르는 생체컴퓨터에 링크했다.

유진이란 이름은 그가 오른쪽 뇌에 이식한 생체컴퓨터의 AI를 설계한 아시온 프로젝트팀의 수석연구원 조유진 박사의 이름에서 따왔다. 유진은 즉시 인공위성 정보를 다운받아 그가 현재 있는 위치와 앞으로 그가 가야 하는 목적지를 오른쪽 눈에 이식한 인드라망에 출력해 보여 주었다.

유진이 컴퓨터의 CPU라면, 인드라망은 일종의 모니터라 할 수 있었다. 또한 망원경과 현미경, 카메라 같은 수십 가지 부가 기능을 지니고 있어 유진의 작업을 보조하는 용도로 쓰였다.

이준성은 인드라망에 펼쳐진 3차원 지도를 확인하며 목적지로 향했다. 그렇게 10분을 이동했을 때, 능선 하나가 나타났다.

이준성은 숨어서 인드라망으로 눈앞의 능선을 수색했다.

예상대로였다. 사이보그와 안드로이드를 혼성해 만든 일본의 고스트 사무라이가 핵미사일 발사를 시도하는 중이었다. 고스트 사무라이가 핵미사일을 자국 영해인 홋카이도 북상에 날리는 순간, 한반도는 전화의 소용돌이에 빠질 것이다.

이준성은 작전 수행에 앞서 호흡을 조절하기 시작했다.

아시온 프로젝트팀은 천문학적인 예산을 들여 생체컴퓨터와 생체안구를 개발했지만 그 장비와 연동시킬 하드웨어, 즉 다른 신체부위를 개발하는 데는 실패했다.

아니, 실패했다기보다는 예산부족으로 개발할 역량과 시간이 없었단 뜻이 더 맞았다. 하이엔드 성능의 생체컴퓨터는 만들어 냈지만, 그 컴퓨터를 이용해 적을 공격할 수단은 만들지 못한 것이다.

이런 상태라면 굳이 사이보그를 만들 필요가 없었기에 연구팀은 생체컴퓨터를 이용해 인간의 잠재력을 끌어올리는 방법을 연구했다.

바로 생체컴퓨터를 이용해 혈류의 산소농도를 조절하는 방법이었는데, 평상시에 호흡을 통해 흡수한 산소를 저장해 두었다가 필요할 때 가져다 쓰는 방법이었다.

연구팀은 이 방법으로 다른 나라의 최첨단 안드로이드나 사이보그 못지않은, 어쩌면 그들보다 더 뛰어난 체력과 스피드, 근력을 보유한 완벽한 생체병기를 만들 수 있었다.

이준성은 한방의학에서 단전이라 부르는 지점에 저장해 둔 고농축 산소를 계속 퍼 올려 온몸의 혈관으로 보내기 시작했다.

그 즉시, 몸에서 엄청난 힘이 솟아났다.

이준성은 능선 위로 질주하며 왼손으로는 레이저건을, 오른손으로는 초합금으로 만든 칼을 이용해 고스트 사무라이를 제거해 나갔다. 고스트 사무라이 역시 맹렬한 반격을 가해 왔지만 전력을 다하는 이준성의 공격을 막아 낼 수 없었다.

이준성은 마침내 이동식 핵미사일 발사대 앞을 방어하던 최첨단 안드로이드의 머리를 칼로 잘라 버린 다음, 발사대 앞으로 달려갔다. 발사대 밑에 달린 디지털시계가 카운트다운까지 30초밖에 남지 않았다는 사실을 친절하게 가르쳐 주었다.

안도한 이준성은 유진의 도움을 받아 핵미사일 발사 시스템을 해킹하기 시작했다. 다행히 해킹은 어렵지 않았다. 20초가 남았을 때, 중요한 코드 몇 가지를 알아내는 데 성공했다.

그중 하나는 가장 중요한 발사 중지 코드였다.

이준성은 코드를 입력하기 위해 시스템 패널 덮개를 뜯어냈다.

한데 그때였다.

뒤에서 무언가가 바스락거리는 소리가 들렸다.

이준성은 급히 뒤를 돌아보았다.

머리가 잘려 나간 안드로이드가 앞으로 한 걸음 걸어가서는 바닥에 떨어진 자기 머리를 두 팔로 주워 목 위에 붙였다. 그리고 그와 동시에 안드로이드의 눈이 붉은색으로 변했다. 이준성은 아차 싶어 방탄 슈트 후드를 얼굴까지 내려썼다.

퍼어엉!

그 순간, 안드로이드 가슴에서 하얀 섬광이 폭발하듯 피어올랐다. 곧 폭발이 만든 화염의 회오리가 이준성을 덮쳐 왔다.

안드로이드가 마지막 순간에 자폭한 것이다.

폭발에 휩쓸린 이준성은 그대로 튕겨 나가 발사대에 부딪쳤다.

고통이 밀려왔지만 이준성은 여기서 쓰러질 수 없었다.

그가 여기서 포기하면 한반도는 끝이었다.

이준성은 고통을 참으며 가까스로 일어나 발사까지 남은 시간을 확인했다. 남은 시간이라고는 겨우 8초에 불과했다.

"좆 됐군."

발사 중지 코드는 작동하는 데 총 10초가 걸렸다. 즉, 지금 시점에선 중지 코드가 더 이상 먹히지 않는단 뜻이었다. 이준성은 지체 없이 해킹을 통해 알아낸 두 번째 코드를 입력했다.

두 번째 코드는 3초 안에 작동이 가능했다.

바로 자폭 코드였다.

플루토늄 외피를 감싼 장약이 폭발하면 그는 수천조각의 살점으로 변해 흩어질 테지만, 어쨌든 발사는 멈출 수 있었다.

코드를 입력한 이준성은 망설임 없이 엔터키를 눌렀다.

콰아아앙!

그 순간, 엄청난 섬광을 동반한 거대한 충격파가 순식간에 이준성을 집어삼켰다. 충격파가 얼마나 강력한지 순간적으로 시간마저 잠시 멈춘 것 같은 착각을 불러일으킬 지경이었다.

◆ ◈ ◆

이준성은 밑에서 올라오는 따듯한 열기에 놀라 눈을 떴다. 그의 눈에 가장 먼저 들어온 광경은 빈 캔버스에 파란물감을 통째로 뿌린 것처럼 구름 한 점 없이 새파란 하늘이었다.

뒤이어 따듯한 햇살이 여자의 손길처럼 그의 얼굴을 부드럽게 어루만졌다. 기분이 좋았기에 잠시 그대로 누워 있었다.

잃어버린 청력 역시 점차 돌아오는 모양이었다. 바람 소리 속에서 이름 모를 새들이 지저귀는 소리가 합창하듯 들려왔다. 문득, 천국이 존재한다면 이렇지 않을까란 생각이 들었다.

이준성은 팔로 상체를 세우며 일어나 주위를 둘러보았다. 구름 한 점 없는 파란 하늘과 황토 빛으로 가득한 넓은 들판이 보였다. 고개를 뒤로 젖혔다. 뒤에는 수풀이 무성한 숲이 있었다. 숲 속의 나무 밑에서는 수사슴 한 마리가 풀잎을 질겅질겅 씹으며 그를 의심스런 눈초리로 쳐다보았다.

"쳇, 천국 역시 별것 없군."

이준성은 천천히 일어나 몸부터 먼저 살펴보았다. 방탄 슈트가 온데간데없이 사라져 버려 그는 실오라기 하나 걸치지 않은 상태였다. 드러난 몸에는 안드로이드가 자폭한 흔적이 아직 남아 있었다. 찢어지거나 멍이 든 상처가 수두룩했다.

그러나 다행히 몸을 움직이는 데는 큰 문제가 없는 듯했다.

이준성은 몸에 묻은 먼지를 탁탁 털며 소리쳤다.

"유진!"

그러나 부르면 재깍재깍 대답하던 유진이 오늘따라 대답이 없었다. 이런 일은 처음이었기에 이준성은 약간 당황했다.

"정말 천국이라서 인공지능이 통하지 않는 건가?"

입에 침을 바른 이준성은 목소리를 약간 낮춰 다시 불렀다.

"유진?"

그때였다.

젊은 여성의 차분한 음성이 오른쪽 귀를 통해 곧장 들려왔다.

-찾으셨습니까?

"휴, 고장 난 게 아니었군. 방금 전엔 왜 대답 안했어?"

-미사일 발사대 앞에서 안드로이드가 자폭했을 때, 시스템 중 일부가 충격을 받아 폐쇄되었습니다. 조금 전까지 폐쇄됐던 시스템을 복구하는 데 에너지를 사용하느라 대답하지 못했습니다.

이준성은 손으로 오른쪽 머리 부분을 만져 보았다.

안드로이드의 파편에 맞은 듯 찢어진 부위가 몇 군데 있었다.

"머리에서 피가 나는데, 괜찮은 거야?"

-방금 확인해 본 결과, 신체의 98퍼센트에는 이상이 없습니다.

"그럼 나머지 2퍼센트는?"

-사용자께서 72시간 동안 적절한 휴식과 영양을 섭취하면, 시스템의 자가 치유 프로그램으로 치유될 수 있습니다.

"쳇, 3일 동안 조용히 자빠져 있으란 소리군. 뭐, 별로 어려운 일은 아니지. 설마 그 3일 동안 무슨 일이 생기기야 하겠어."

그때였다.

마치 방금 전에 그가 한 말을 비웃기라도 하는 것처럼 벌판 입구에서 노란 흙먼지가 구름처럼 피어오르는 모습이 보였다.

뒤이어 흙먼지 속에서 이상한 옷을 입은 남녀노소 수십 명이 모습을 드러냈다.

그들은 점차 그가 있는 방향으로 다가오는 중이었는데, 무언가에 쫓기고 있는 듯 얼굴에 다급한 기색이 역력했다.

그는 인드라망으로 그들의 뒤를 살펴보았다.

잠시 후, 일본풍의 화려한 중세 갑옷을 착용한 작달막한 사내 20여 명이 추가로 나타났다. 그들은 칼과 창, 총 등을 앞세워 자신의 앞으로 도망쳐 오는 남녀노소를 추격하는 중이었다.

그는 어깨를 으쓱거리며 볼멘소리를 하였다.

"쳇. 여기는 천국이 아니라 지옥이었나 보군. 하긴 사람을 그렇게 많이 죽인 내가 천국에 올 턱이 없지. 암, 그렇고말고."

그가 자조하듯 중얼거릴 때였다.

무리에서 가장 뒤처져 있던 젊은 여자가 서두르다가 돌부리에 발이 걸려 넘어졌다. 젊은 여자는 얼마 전에 아이를 낳은 엄마인 듯했다. 품에 강보에 싸인 젖먹이가 안겨 있었다.

여자는 다시 도망치기 위해 가까스로 몸을 일으켜 세웠지만, 일어섰을 땐 이미 작달막한 사내들에게 앞이 막혀 있었다.

그때, 사내들 중에서 유일하게 말을 탄 젊은 사내 하나가 손짓으로 부하들에게 어떤 지시를 내렸다. 잠시 후, 그의 지시를 받은 부하 두 명이 지체 없이 여자에게 창을 찔러 갔다.

곧 여자와 아기는 피투성이로 변해 바닥에 쓰러졌다.

분노한 그는 앞으로 달려가며 소리쳤다.

"이 개새끼들, 지옥에서는 제네바협약 따윈 안 지키는 거냐?"

잠시 후, 벌거벗은 건장한 사내 하나가 벌판을 질주했는데 달리는 속도가 엄청나게 빨라 마치 육상선수를 보는 듯했다.

유진은 그에게 부상을 회복하기 위해서는 3일 동안 영양을 섭취하며 쉬어야 한다는 조언을 하였지만, 눈앞에서 엄마와 아기가 무참히 살해당하는 광경을 본 그에겐 소용없었다.

갑옷을 입은 정체불명의 사내들에게 쫓기던 사람들은 이준성을 적으로 오해했음이 분명했다. 그가 자기들 쪽으로 오는 모습을 보기 무섭게 양쪽으로 나뉘어 도망쳤던 것이다.

이준성은 오히려 다행이라는 생각이 들었다.

그들에게 막혀 시간을 지체할 필요가 없어진 것이다.

이준성은 곧 사내들의 진로를 막아서는 데 성공했다.

사내들은 비웃으며 그에게 벌떼처럼 달려들었다.

그들이 보기에 이준성은 그저 덩치만 클 뿐이었다.

다시 말해 전혀 위협을 주지 못하는 상대였다. 그럴 수밖에 없었다. 이준성은 몸에 실오라기 하나 걸치지 않은 상태였으니까. 그리고 칼이나 방패 같은 무기 역시 소지하지 않았다.

선봉을 맡은 젊은 사내가 자신 있게 칼을 휘둘렀다.

그러나 그 자신감은 곧 두려움으로 바뀌었다.

이준성은 몸을 돌려 칼을 피했다. 그리고는 수도를 칼을 쥔 사내의 손목에 내리쳤다. 뼈 부러지는 소리가 들리며 사내의 손에서 빠져나온 칼이 바닥으로 떨어졌다. 길이와 형태를 봐서는 일본도처럼 보였다. 그는 재빨리 칼을 주워 들었다.

190센티미터의 신장에 체중이 90킬로그램이 넘어가는 사내가 보여 주는 움직임이라고는 믿을 수 없을 정도의 신속함이었다.

이준성은 손목이 부러진 사내의 목에 칼을 냅다 휘둘렀다.

칼은 마치 두부를 자르듯 몸통에서 사내의 머리를 떼어 냈다.

쉬익!

그때, 2미터가 넘는 장창 두 개가 옆구리를 찔러 왔다.

순간 권투선수처럼 우아하게 스텝을 밟아 장창을 피해 낸 이준성은 앞으로 달려가며 칼을 두 번 연속 휘둘렀다.

"크윽!"

"으아악!"

비명과 함께 그를 공격한 사내 두 명이 거의 동시에 쓰러졌다.

사내들은 꽤 용감했다.

이준성이 그들의 동료 세 명을 순식간에 해치워 버렸지만, 뒤로 물러서는 법 없이 계속해서 무기를 휘두르며 달려들었다.

이준성은 그 자리에 서서 그를 향해 달려드는 대여섯 명을 차례대로 쓰러트렸다. 마치 불나방이 횃불을 향해 달려드는 듯했다. 이준성에게 달려들기 무섭게 바닥에 쓰러졌다.

그때였다.

뒤에서 어쩐지 귀에 익숙한 외국어가 들려왔다.

외국어가 들리는 순간, 유진이 실시간으로 번역한 내용을 그의 오른쪽 눈에 이식한 인드라망에 출력했다. 뒤에서 들려온 욕설의 정체는 '이 새끼가!'란 뜻의 일본어가 분명했다.

이준성은 욕이 들려온 방향으로 홱 돌아섰다.

뿔이 달린 우스꽝스런 투구에, 몸보다 훨씬 큰 갑옷을 걸친 콧수염 사내 하나가 일본도로 그의 머리를 냅다 베어 왔다.

이준성이 칼로 일본도를 막아 가며 소리쳤다.

“가정교육을 어떻게 받았기에 초면부터 욕질이냐, 이 개새끼야!”

카앙!

칼끼리 부딪치는 순간, 근력에서 차이가 크게 나는 바람에 콧수염 사내의 일본도가 뒤로 홱 밀렸다. 그때, 콧수염 사내가 갑자기 칼날을 눕히더니 그대로 그의 손등을 베어 왔다.

이준성은 깜짝 놀랐지만 겉으로 티를 내진 않았다.

바로 칼을 놓으며 뒤로 물러섰다.

콧수염 사내는 이준성이 칼을 놓는 방식으로 피할 줄은 예상하지 못한 듯했다. 땅으로 향하는 칼을 급히 멈추며 물러섰다.

그때, 창을 든 사내 하나가 무기를 잃은 이준성의 등을 기습해 왔다. 뒤로 물러섰던 콧수염 사내 역시 다시 일본도를 이용해 이준성의 가슴을 베어 왔다. 적 사이에 끼인 셈이었다.

이준성은 콧수염 사내의 일본도를 피하며 뒤로 후퇴했다. 그러나 그 바람에 등을 찔러 온 장창을 피하기 힘들어졌다.

그때, 예상 못한 일이 벌어졌다.

이준성은 마치 처음부터 그럴 생각이었다는 듯 자연스러운 동작으로 상체를 옆으로 살짝 젖혔다. 그 순간, 그의 등을 찔러 오던 장창이 겨드랑이 사이를 지나 앞으로 빠져나갔다.

이준성은 겨드랑이 사이를 빠져나온 창대를 잡아당기며 뒤로 더 물러섰다. 일본도를 머리 위로 들어 올린 상태에서 돌진하던 콧수염 사내는 이준성의 겨드랑이 사이에서 갑자기 튀어나온 장창에 놀라 몸을 움찔하며 돌진을 멈추려 했다.

그때, 이준성은 두 손으로 잡은 장창을 앞으로 길게 찔러 갔다.

푹!

콧수염 사내는 장창의 창극에 목을 관통당해 그대로 즉사했다. 적의 무기로 적을 해치운 이준성은 지체 없이 팔꿈치를 뒤로 휘둘렀다. 이준성의 등을 장창으로 찌르려던 사내가 그의 팔꿈치에 얼굴을 맞아 광대뼈가 움푹 꺼져 들어갔다.

그 틈에 재빨리 돌아선 이준성은 두 손으로 얼굴을 틀어쥔 채 비명을 지르는 사내의 허리춤에서 일본도를 뽑아 휘둘렀다. 사내의 머리가 허공으로 튀어 오르며 피가 치솟았다.

콧수염 사내가 일행 중에 제일 강자였던 모양이었다. 그는 파죽지세란 말이 생각날 만큼 적을 거침없이 요리해 나갔다.

그때였다.

갑자기 뒤에서 풍겨 온 매캐한 냄새가 코를 자극했다.

냄새의 정체가 화약임을 눈치 챈 이준성은 재빨리 바닥에 엎드렸다. 그리고는 시체 중 하나를 끌어당겨 방패로 삼았다.

펑펑펑!

총성이 울리는 순간, 방패로 삼은 시체에 탄환이 날아와 박혔다.

철갑탄처럼 갑옷을 관통하는 탄환이었다면 시체 뒤에 숨은 이준성 역시 위험할 수 있었지만, 다행히 그런 일은 벌어지지 않았다. 한데 첫 번째 사격이 끝난 후 3, 4초가 지났음에도 불구하고 무슨 일인지 두 번째 총성이 울리지 않았다.

이준성은 급히 시체 위로 고개를 내밀어 총을 쏜 사수를 찾았다. 그에게 총을 쏜 사수는 모두 세 명이었는데, 지금은 심지가 달린 중세 화승총을 장전하느라 정신없었다.

이준성은 재빨리 유진에게 물었다.

“화승총의 장전 시간.”

-숙련자의 경우 1분당 2발을 발사할 수 있었습니다.

이준성은 재빨리 일어나 화승총 사수들을 덮쳐 갔다.

사수들은 그제야 칼로 대항하거나 몸을 돌려 도망치려 했지만, 이미 늦어 이준성의 칼이 허공을 가르는 순간 몸이 두 동강으로 잘려 쓰러졌다. 가장 위협적이라 할 수 있는 화승총 사수까지 없앤 그는 마지막 남은 두 명을 덮쳐 갔다.

마지막 남은 두 명은 극과 극을 달렸다.

나이가 4, 50대로 보이는 한 명은 그들의 지휘관인 듯 그만이 유일하게 완전무장한 상태에서 말을 타고 있었다. 그리고 다른 한 명은 이제 막 콧수염이 나기 시작한 14, 5세 정도의 소년이었다. 갑옷 역시 변변치 못해 가슴을 가리는 흉갑 외엔 별다른 방어구조차 갖추지 못한 상태였다.

소년은 지휘관의 시종인 듯했다. 지휘관이 탄 군마의 고삐를 잡고 있다가 갑자기 달려와 손에 쥔 단창으로 그를 찔렀다.

이준성은 적의 갑옷을 자르느라 이미 날이 상할 대로 상한 칼로 단창을 가볍게 막은 다음, 오른발로 가슴을 걷어찼다.

이준성의 발차기에 가슴을 차인 소년은 그대로 붕 떠올라 5미터를 날아가 쓰러졌다. 소년까지 해치운 그는 긴장한 시선으로 군마를 탄 적 지휘관을 주시했다. 물론 겁을 먹지는 않았지만, 기병이 보병보다 까다로운 상대임은 틀림없었다.

그때, 생각지 못한 일이 벌어졌다.

이준성은 지휘관이 그대로 군마를 몰아 그에게 돌진해 올 것이라 예상했다. 그렇게 하면 군마가 달릴 때 만들어 낸 충격력으로 이준성을 들이받을 수 있었다. 또, 높은 곳에서 밑을 향해 공격할 수 있어 위치의 이점을 살리는 게 가능했다.

한데 지휘관은 친절하게 말에서 내려와 자기 발로 바닥을 디뎠다. 그리고는 허리춤에 찬 일본도 중 하나를 거만한 자세로 뽑아 손에 쥐더니 야무진 기합을 내지르며 덮쳐 왔다.

이준성은 이해가 가지 않았지만 어쨌든 덕분에 일은 쉬워진 면이 있었다. 그는 즉시 지휘관이 휘두른 일본도를 향해 전력으로 칼을 휘둘렀다. 섬전처럼 허공을 가른 칼이 지휘관의 일본도를 허공으로 날려 보냈다. 그는 일본도를 놓칠 때 손아귀가 찢어졌는지 고통스런 표정을 짓는 지휘관의 목에 다시 한 번 칼을 휘둘렀다. 날이 빠진 탓에 톱이나 다름없는 칼이 지휘관의 목을 마치 톱질하듯 잘라 냈다.

칼을 버린 이준성은 손바닥을 내려다보았다.

손가락 사이에서 적에게 묻은 피가 뚝뚝 떨어졌다.

상상이나 환상 속에서 일어난 일이 아니었다.

이는 엄연히 현실 속의 일이었다.

코를 찌르는 피비린내와 시체가 뿜어내는 악취 역시 마찬가지였다. 누가 꾸며 낸 광경이 아니었다. 완벽한 현실이었다.

이곳은 지옥이 아니었다.

그리고 천국 역시 아니었다.

평범한 사람들이 살아가는 진짜 현실 세계였다.

그는 그제야 자신이 살아남았다는 사실을 자각할 수 있었다. 핵미사일을 터질 때, 지근거리에 위치했던 그가 살아 있는 것이다.

맙소사!

놀라운 일이 아닐 수 없었다.

아니, 놀라움을 넘어 황당한 일이 아닐 수 없었다.

그는 어떠한 연유로 이런 일이 일어났는지 알지 못했다. 가장 의지하는 유진 역시 이번엔 정답을 가르쳐 주지 못했다.

그러나 그는 풀 수 없는 문제 때문에 밤새 고민하며 괴로워하는 성격이 결코 아니었다. 풀 수 있는 문제로 빨리 넘어가는 성격에 더 가까웠다. 핵미사일 폭발에 휘말린 그가 아직까지 살아 있는 이유를 정확히 알 순 없었지만, 그가 있는 장소가 어디인지 그리고 어떤 시점인지는 추측이 가능했다.

그는 우선 유진에게 현 위치를 탐색해 보라는 지시를 내렸다. 그러나 근처에 위성이 없어 GPS 신호는 전혀 반응하지 않았다.

GPS가 소용없을 때는 삼각측량의 도움을 받아야 했다.

그는 인드라망으로 주변 지형을 다각도로 스캔했다.

그리고 스캔한 정보를 근거로 그가 있는 위치를 검색했다. 유진은 예상보다 긴 시간인 3초 후에야 결과를 알려 주었다.

-사용자가 있는 현재 위치는 함경도 나진 연두봉 능선입니다.

"함경도 나진? 확실해?"

-오차 확률은 제로입니다.

유진이 내는 목소리는 AI를 설계한 아시온 프로젝트팀의 수석연구원 조유진 박사의 목소리였다. 그를 영원히 괴롭히기 위해 그런 건지, 아니면 그녀가 설계한 유진을 자식처럼 소중히 아껴 자신의 목소리를 유진의 음성으로 만든 것인지는 정확히 알 수 없었지만, 어쨌든 잘 모르는 사람이 내는 어색한 기계음보단 조유진의 목소리가 안정감을 주었다.

어쨌든 유진의 말에 따르면, 그는 핵미사일이 터진 장소에 계속 있었던 것이다. 그리고 계산이 틀렸을 확률은 현재 제로였다.

그러나 한 가지는 장담할 수 있었는데, 이곳은 핵미사일이 터진 장소가 절대 아니라는 것이었다. 아름다운 숲과 계곡은 핵미사일은커녕 사람의 손길을 타지 않은 태초의 모습에 가까웠다.

그렇다면 답은 하나였다.

그가 있는 장소가 핵미사일이 터지기 전의 나진이란 뜻이었다.

즉, 그가 과거로 왔다는 의미였다.

"저, 정말 과거로 왔다는 거야?"

그는 떠오르는 생각이 있어 홱 돌아섰다.

그 뒤로 20여 명이 넘는 시체가 나뒹굴고 있었다.

그들이 착용한 갑옷부터 유진을 이용해 검색해 보았다.

-16세기 말 일본 군인들이 입던 갑옷의 형태와 일치합니다.

"확실해?"

-오차 확률은 제로입니다.

"제길, 넌 그 말밖에 할 줄 모르냐?"

-전 사용자의 질문에 대답한 것뿐입니다.

"알았어, 알았어. 그래, 너 잘난 거 아니까 그만 찌그러져 있어."

-알겠습니다.

"누굴 닮아 그런지 대답은 참 잘해요."

고개를 절레절레 저은 그는 몸 주위에 벌레가 들끓는 모습을 보며 몸에 묻은 피와 살점을 닦을 물건을 찾기 시작했다.

다행히 지휘관이 타던 말 뒤에 짐이 있어 거기서 꺼낸 수건 비슷한 옷감으로 몸에 묻은 피를 대충 닦아 냈다. 그리고 다른 옷 두 벌을 더 꺼내 하나는 위에, 하나는 밑에 걸쳤다.

옷이 작아 한 벌로는 위아래를 다 가리지 못했다.

한데 유진의 말이 사실이라는 가정하에 한 가지 떠오르는 생각이 있었다. 16세기 말 일본군 갑옷을 걸친 적이 함경도 북쪽에서 활개치고 다니며 사람들을 학살하던 시절이 실제 역사에서 존재했던 것이다. 바로 임진왜란이었다.

2장. 하늘에서 내려온 칼

2장. 하늘에서 내려온 칼

"진짜 임진왜란이란 말인가?"

믿기 힘든 현실에 직면한 이준성은 한동안 멍하게 서 있었다.

그러나 임진왜란 외에는 지금 상황을 설명할 방법이 없었다.

고개를 절레절레 저은 그는 일본, 아니 왜국 사무라이로 보이는 자가 말에 싣고 다니던 짐에서 커다란 모포를 하나 꺼내 죽은 여인과 젖먹이 쪽으로 걸어갔다. 그리고는 모포로 시신을 감싸 햇빛이 잘 드는 연두봉 남쪽으로 걸음을 옮겼다.

능선에서 햇볕이 잘 드는 양지 바른 장소를 찾아낸 이준성은 칼로 땅을 파서 여인과 젖먹이를 묻을 무덤을 만들었다.

그때였다.

왜군에게 쫓겨 도망쳤던 사람들이 다시 돌아온 듯했다. 하나둘 나타나더니 몇 분 지나지 않아 일행 전체가 모습을 드러냈다. 처음엔 그들의 정체를 몰랐지만 지금은 알 수 있었다.

그들은 조선의 백성이었다. 저고리와 통이 넓은 바지, 짚신, 상투, 쪽진 머리와 같은 특징 등으로 쉽게 유추해 낼 수 있었다.

그들 중 머리카락이 하얗게 센 노인 한 명이 나와 이준성에게 말을 걸었다. 그러나 중세 언어를 쓰는 데다 익숙지 않은 함경도 사투리까지 섞인 통에 쉽사리 알아들을 수 없었다.

이준성은 그들을 어떻게 대해야 할지 몰라 망설였다.

그들은 그의 선조였다.

어쩌면 그들 중 한 명의 피를 이어받았을지 모르는 일이었다.

그때, 노인이 갑자기 바닥에 엎드려 통곡하기 시작했다. 노인을 따라온 다른 사람들 역시 마찬가지였다. 바닥에 엎드려 뭔가를 간절히 외쳤는데 그들을 도와 달라는 말처럼 들렸다.

미간을 찌푸린 그는 노인을 일으켜 세우며 유진에게 물었다.

"이들의 말을 해석할 수 있겠어?"

-자료가 필요합니다.

"네가 잘하는 딥 러닝으로 불가능한 거야?"

-그 딥 러닝을 위해 자료가 필요하다는 뜻입니다.

"그럼 자료는 어떻게 만들어야 하는데?"

-저들에게 우선 간단한 문장부터 말하게 하십시오.

"간단한 문장이라……."

그는 손가락으로 자기를 가리키며 노인에게 말했다.

"내 이름은 이준성입니다."

말한 다음에는 손가락으로 노인을 가리키며 물었다.

"당신의 이름은 무엇입니까?"

그가 지금 쓰는 현대 한국어와 이들이 쓰는 중세 한국어는 전혀 다른 언어가 아니었다. 결국, 이들이 쓰던 말이 천천히 변화하여 그가 지금 쓰는 현대 한국어로 발전한 것이다.

즉, 그 토대는 같다는 말이었다.

노인은 알아들은 듯 자기 이름을 말했다.

노인의 이름은 강효상이었다.

그는 그런 식으로 자신을 강효상이라 소개한 노인과 대화를 나누며 중세 한국어에 대한 데이터를 모으기 시작했다.

강 노인은 나이를 그냥 먹은 게 아니라는 듯 그의 의도를 단번에 눈치 챘다. 시간이 조금 지난 후에는 강 노인이 먼저 하늘, 나무, 꽃 등을 가리키며 단어를 반복했다. 그리고 같이 온 다른 사람들을 데려와 차례로 그에게 소개시켜 주었다.

왜군에게 쫓기던 사람들은 대부분 강 노인의 가족들이었다. 죽은 젊은 여인과 젖먹이 역시 노인의 손자며느리와 증손자였다. 여인의 남편인 손자가 어제 왜군 손에 목숨을 잃었기에 손자의 가족 전체가 몰살당하는 비극을 겪은 것이다.

손자 일가족의 죽음을 그에게 설명하던 강 노인은 결국 굵은 눈물을 쏟아 냈다. 노인의 새카맣게 탄 얼굴 위로 흘러내리는 굵은 눈물은 그가 많은 생각을 하게 만들기에 충분했다.

강 노인의 가족들은 구슬프게 곡을 하며 죽은 여인과 젖먹이를 땅 속에 매장했다. 매장을 마친 후에는 그와 강 노인 주위에 모여들어 대화를 나누었다. 유진은 그들이 나누는 대화를 수집해 중세 한국어에 대한 정보를 모으는 데 주력했다.

그는 우선 이 사람들부터 살려야겠다는 생각이 들었다.

강 노인의 뒤를 쫓던 왜군은 소규모 정찰 부대일 확률이 높았다. 그렇다면 왜군은 정찰 부대가 귀환하지 않거나 소식이 끊길 경우, 다른 정찰 부대를 보내 상황을 파악하려 할 것이다.

즉, 이곳은 안전하지 않다는 말이었다.

그는 강 노인의 가족이 가진 무기를 살펴보았다.

낫과 죽창, 도끼 같은 조악한 무기가 전부였다.

그는 강 노인의 가족과 함께 싸움이 벌어졌던 장소로 다시 돌아가 널려 있는 왜군 시신에서 갑옷과 무기 등을 회수했다.

그중 가장 마음에 드는 전리품은 말이었다.

지휘관이 타던 말은 길이 잘 들여져 있었다. 그가 갔을 땐 바닥의 잔풀을 뜯어먹으며 지휘관의 시신 옆에 얌전히 서 있었다.

그가 강 노인의 아들 중 한 명에게 말을 데려가게 했을 때였다.

갑자기 옆에서 사람들의 성난 목소리가 들려왔다.

그는 소리가 들려온 방향으로 고개를 돌려 보았다.

잠시 전 그의 발길질에 채여 날아갔던 왜군 소년 병사가 강 노인의 아들과 손자 손에 붙잡혀 두려운 표정을 짓고 있었다.

소년 병사는 그에게 차였을 때 죽은 게 아니라, 잠시 기절했던 모양이었다. 강 노인의 가족이 소년의 몸을 건드렸을 때, 다시 정신을 차린 듯 어쩔 줄 몰라 하는 모습을 보였다.

강 노인의 아들과 손자는 소년 병사를 죽이려는 듯했다. 전리품으로 획득한 창으로 다짜고짜 소년 병사를 찌르려 들었다.

그들 입장에선 충분히 그럴 만했다.

소년 병사는 그들의 가족을 살해한 왜군과 한패였던 것이다.

그러나 그는 생각이 달랐다.

소년 병사를 잘 이용하면 적의 정보를 얻을 수 있을 듯했다.

강 노인의 가족을 만류한 그는 소년 병사를 포박해 데려가게 했다. 그리고 강 노인에게는 그에게 손대지 말라는 부탁을 했다. 이준성을 생명의 은인으로 생각하는 강 노인은 자기 가족에게 그의 지시대로 소년 병사를 건드리지 말란 명을 내렸다.

전리품 회수를 마친 그는 강 노인의 가족과 함께 북서쪽으로 이동했다. 강 노인은 근처 지리를 잘 아는 듯 왜군이 수색하기 어려운 산속 깊숙한 곳에 있는 동굴로 그를 데려갔다.

그는 우선 이들의 말을 배우는 데 집중했다.

그들에게 끊임없이 말을 시켜 최대한 많은 자료를 확보하는 데 주력했다. 확보한 자료는 유진을 통해 분석에 들어갔다.

그렇게 닷새쯤 지났을 무렵, 이들의 언어를 30퍼센트 이상 알아들을 수 있었다. 강 노인의 설명에 따르면, 그들은 근처 고을에서 농사를 짓거나 고기를 잡으며 살아가는 순박한 사람들이었다. 한데 왜군이 갑자기 나타나 마을 사람들을 학살하기 시작했다. 깜짝 놀란 강 노인은 왜구가 쳐들어온 거라 짐작해 가족을 데리고 내륙 쪽으로 도망치기 시작했다.

왜군 장수는 병력을 조금 갈라 그런 강 노인의 가족을 해치우라 지시했는데, 쫓기던 도중에 운 좋게 그를 만난 것이다.

그가 강 노인에게 이곳 사정을 물어볼 때였다.

물을 길러 간 강 노인의 손자 하나가 헐레벌떡 뛰어 들어왔다.

손자는 즉시 물을 길러 가다가 본 광경을 강 노인에게 전달했다. 그리고 강 노인은 다시 그 내용을 그에게 손짓발짓을 섞어 가며 설명했다. 강 노인에 따르면 왜군이 다시 나타난 듯했다.

벌떡 일어난 그는 강 노인의 가족을 쭉 훑어보았다.

그들 중 싸울 수 있는 인원은 여덟 명이 전부였다.

나머지는 여자거나 싸우기에는 나이가 너무 어렸다.

그는 강 노인에게 동굴 입구를 풀과 나무로 가려 두란 지시를 내린 다음, 물을 기르다가 왜군을 봤다는 강 노인의 큰손자 강태봉을 앞세워 왜군을 보았다는 장소로 급히 이동했다.

강태봉의 속도에 맞춰 험한 산길을 10분쯤 내려갔을 때였다.

등 뒤에 작은 깃발을 단 왜군 두 명이 풀숲을 헤치며 조심스레 올라오는 모습이 보였다. 벌판에 널린 왜군 시체를 발견하기 무섭게 복수를 위해 그들을 추격해 온 듯했다. 그는 숨어서 본대 전체가 모습을 드러낼 때까지 기다렸다.

왜군 본대는 50여 명으로 이루어져 있었다.

왜군 숫자를 확인한 그는 강태봉을 앞세워 동굴로 돌아간 다음, 강 노인 등을 불러 모아 그가 세운 작전을 알려 주었다.

왜군 50명이라면 승산이 있었다.

물론 강 노인의 가족 전체가 전투를 반긴 것은 아니었다.

일부는 어차피 왜군은 그들이 있는 동굴을 발견하지 못할 테니 숨어서 며칠만 기다리면 제풀에 지쳐 돌아갈 거라 여기고 있었다.

그러나 대부분은 그의 의견에 따라 주었다.

왜군은 그들의 가족과 친구, 이웃사촌을 살해한 원수였다. 그들의 원수를 갚을 절호의 기회를 놓칠 수 없었던 것이다.

이준성은 왜군을 상대할 작전을 두 가지 구상했다.

그러나 언제나 그렇듯 각 작전에는 장단점이 존재하기 마련이었다. 말 그대로 하이 리스크 하이 리턴, 로우 리스크 로우 리턴인 셈이었다. 이준성은 고민 끝에 단점이 크지만 성공하면 장점을 극대화할 수 있는 첫 번째 방법을 택했다.

이준성은 강 노인에게 물었다.

"이 주변에 이런 지형을 가진 장소가 있습니까?"

강 노인은 별다른 고민 없이 그런 지형의 장소로 그를 안내했다. 장소를 살펴본 이준성은 그가 구상한 작전에 딱 맞는 곳이라 다른 곳을 살펴볼 필요 없이 바로 준비에 들어갔다.

이준성은 강 노인의 가족에게 어떻게 해야 하는지 자세히 알려 주었다. 별로 어려운 일은 아니었기에 그들이 실수할 걱정은 없었다. 그러나 이들은 군인이 아니었다. 또, 가족 전체가 문맹이었으며 체계적으로 뭔가를 해 본 역사가 없었다.

하물며 군인조차 단순한 작전에서 실수를 범하는 경우가

많았기에 이준성은 미리 대비하는 차원에서 강 노인의 가족을 작전지역에 데려가 그들이 어떻게 해야 하는지 알려 주었다. 그리고 몇 시간 동안 계속 반복 숙달시켜 두려움이나 당황으로 인해 작전을 그르치는 일이 없도록 만들었다.

준비를 마친 이준성은 혼자서 위로 올라오는 왜군을 찾아 갔다.

왜군을 발견하는 일은 그리 어렵지 않았다.

산길을 따라 5분쯤 내려갔을 때, 얼마 전에 보았던 왜군 척후부대 두 명을 발견할 수 있었다. 그들의 운이 좋았는지, 아니면 그들이 추적술의 달인이어서 그런 건지는 알 수 없었지만 어쨌든 강 노인의 가족이 숨은 동굴로 오는 중이었다.

그는 그들을 따라가며 하늘을 보았다.

산속의 해는 생각보다 빨리 떨어지기에 금세 어둠이 찾아왔다. 잠시 후엔 3, 4미터 앞을 분간하기 어려울 정도로 변했다. 왜군 척후부대는 곧 본대와 합류해 야영에 들어갔다.

왜군은 이런 경험이 많은 듯 산속에서 야간에 추적하는 실수를 범하지 않았다. 산속에서 야간에 추격하는 행동은 주변 지형을 제대로 숙지하지 못한 탓에 적의 매복에 걸릴 위험이 높을 뿐 아니라 병력을 상하는 경우가 자주 발생했다.

왜군은 곧 모닥불을 피워 밥을 지어 먹기 시작했다.

그리고 밥을 지어 먹은 다음에는 삼삼오오 모여 휴식을 취했다.

야영지에서 코 고는 소리가 들리는 순간, 이준성이 몸을 일으켜 세웠다. 마침내 사냥의 시간이 찾아온 것이다.

◆ ◈ ◆

인드라망은 야간투시경의 기본이라 할 수 있는 가시광선 증폭을 비롯해 적외선, 열적외선 등의 촬영이 가능해 빛 한 점 들지 않는 칠흑 같은 어둠 속을 대낮처럼 볼 수 있었다.

왜군 보초를 돌파해 야영지 안으로 잠입하는 데 성공한 이준성은 목표물을 찾았다. 곧 그의 목표물이 시야에 들어왔다.

목표물은 바로 화승총을 쏘는 왜군 사수였다.

사실, 이 시절의 화승총은 사수 몇십 명이 밀집해서 가까이 다가온 적에게 일제히 발사하지 않는 한 큰 효과를 기대하기 어려웠다. 그러나 문제는 화승총이 그런 무기를 처음 대하는 사람들에게 다른 방식으로 두려움을 준단 점이었다.

첫 번째는 총성이었다. 귀청을 찢을 듯한 강렬한 총성은 처음 듣는 이에게 충격을 주기에 충분했다. 물론 조선 역시 화포와 같은 화약 무기를 사용한 지 오래이지만, 막대기처럼 생긴 무기에서 나는 특유의 강렬한 소음은 들어 본 적이 없었다.

두 번째는 보이지 않는 탄환이었다. 화살은 눈에 보이지만 화승총으로 발사한 탄환은 눈에 보이지 않았다. 총성에 놀라 당황했을 때는 이미 탄환이 자기 몸 어딘가에 박혀 있었다.

화승총의 원리를 모르는 사람들에겐 천벌처럼 느껴질 것이다.

그런 이유로 강 노인의 가족들이 화승총에 당황하거나 겁을 먹을 가능성이 높아 그의 첫 번째 목표는 화승총 사수였다.

잠을 자는 화승총 사수의 머리맡에 도착한 이준성은 천천히 칼을 뽑아 들었다. 칼은 며칠 전에 벌어진 첫 전투에서 노획한 단도였다. 30센티미터가 넘지 않은 길이에 장식이 화려했다.

아마 적을 찌르기보단 막판에 몰렸을 때 할복하는 용도로 쓰는 칼인 듯했다. 이준성은 재를 칠해 컴뱃 나이프로 썼다.

이준성은 사수의 머리 뒤에 한쪽 무릎을 꿇어 자세를 낮췄다. 그리고는 왼손으로 잠이 든 사수의 입을 틀어막음과 동시에 턱을 잡아 위로 들어 올렸다. 사수의 목이 위로 젖혀지는 순간, 재빨리 단도를 세로로 세워 목에 찔러 넣었다.

그러나 사람의 신체는 오묘해서 이 정도로 만족할 순 없었다.

이준성은 단도를 안쪽으로 후벼 파듯 찔러 넣어 사수의 뇌간을 끊어 버렸다. 뇌간이 한번 잘리면 살아날 방법이 없었다.

유령처럼 은밀히 사수를 해치운 이준성은 입을 막은 손을 푼 다음, 같은 방식을 이용해 야영지를 빠져나왔다. 그리고는 안전한 장소에 도착해 돌멩이 몇 개를 보초에게 던졌다.

보초는 즉시 경계 자세를 취하며 뭐라 소리쳤다.

단잠에 빠져 있던 왜군은 보초가 외치는 소리에 깜짝 놀라 벌떡 일어났다. 그러나 그중 한 명은 듣지 못한 듯 일어나지 못했다. 바로 이준성 손에 목숨을 잃은 화승총 사수였다.

그제야 동료가 적에게 기습당한 사실을 눈치 챈 왜군은 범인을 찾기 위해 근처를 샅샅이 수색했다. 그러나 그들이 찾는 이준성은 이미 야영지와 백여 미터 이상 거리를 벌린 후였다.

이준성은 거리를 벌릴 때 흔적을 없애지 않았다.

아니, 오히려 흔적을 남기려 노력했다. 나뭇가지를 부러트리거나 발자국을 남겨 왜군에게 그를 추격할 단서를 제공했다.

예상대로 왜군은 그를 쫓아 300미터 이상 전진해 들어왔다.

그러나 야간에 움직이는 일에 부담을 느낀 듯 얼마 지나지 않아 수색을 멈춘 다음, 다시 야영지를 구축하기 시작했다.

이준성은 기다렸다는 듯 왜군이 만든 야영지에 다시 잠입해 같은 방식으로 왜군 사수 하나를 기습해 쓰러트렸다. 그때는 왜군이 반 이상 깨어 있었으므로 바로 이준성을 추격했다.

역시 밤에 험한 산속에서 적을 추격하는 일은 쉽지 않았다.

비탈에서 굴러 떨어지는 인원이 속출했다.

거기다가 도망친 줄 알았던 이준성까지 가세했다.

이준성은 나무 뒤에 숨어 왜군에게 빼앗은 화승총을 장전했다.

장전은 유진의 도움을 받아 해결했다.

총구에 화약과 탄환을 넣은 다음, 꽂을대로 총구 안쪽까지 밀어 넣었다. 그리고는 화약접시에 화약을 부었다. 화약을 다 부은 다음에는 화약접시를 닫은 상태에서 부싯돌로 용두에 물린 심지에 불을 붙였다. 이렇게 하면 장전이 끝났다.

이준성은 총을 어깨에 견착해 왜군 사수를 겨누었다. 인드라망 덕분에 화승총을 든 사수를 찾아내는 일은 어렵지 않았다.

거리는 50미터였다.

화승총의 유효사거리를 생각하면 아슬아슬한 거리였다.

이준성은 지체 없이 방아쇠를 당겼다.

그 순간, 용두에 물린 심지가 내려와 화약접시에 불을 붙였다.

퍼엉!

총성과 함께 짙은 연기가 사방으로 퍼지며 시야를 가렸다. 그러나 어차피 이준성은 적을 조준할 때부터 인드라망의 열적외선 모드를 이용했기 때문에 연기의 방해를 받지 않았다.

이준성은 입술을 살짝 깨물었다.

첫 번째 탄환은 사수의 머리 위로 지나갔다.

강선이 없는 활강총으로는 명중을 기대하기가 쉽지 않았다.

왜군이 총성이 들린 방향으로 일제히 모여들었다.

이준성은 바람이 불어 가는 쪽으로 계속 달렸다. 화약 냄새가 심해 바람을 등지면 그가 있는 위치를 들킬 위험이 있었다.

거리를 적당히 벌린 이준성은 나무 뒤에 숨어 두 번째 탄환을 장전했다. 어둠 속에서의 추격이었기에 왜군의 속도는 그리 빠르지 않았다. 총을 재장전할 시간이 충분한 것이다.

이번에는 40미터 거리에서 다시 한 번 왜군 사수를 겨누었다.

전에는 위로 빗나갔기에 쏘려는 부위의 밑을 겨누었다.

이준성은 이름난 명사수였다.

조준이 편한 레이저건뿐만 아니라 구식 탄환을 쓰는 소총, 저격총, 권총, 기관단총 등 총이란 총은 모두 다룰 줄 알았다. 또, 유효사거리에 들어온 표적을 놓치는 법이 없었다.

그런 상황에서 유진의 도움으로 미세한 조정까지 가능해진 지금은 그야말로 백발백중을 자랑하는 신궁이나 다름없었다.

화승총은 영점이란 게 존재하지 않기에 첫 발을 쏠 때 어디로 날아갈지 알 수 없었지만 지금은 어디로 날아갈지 알고 있었다.

펑!

총성과 함께 날아간 두 번째 탄환은 화승총 사수의 목옆을 정확히 꿰뚫었다. 사수의 신체에서 가장 큰 면적을 자랑하는 부위는 몸통이었지만 갑옷을 입어 일격으로 죽이지 못할 위험이 있었다. 그런 이유로 까다로운 곳을 노린 것이다.

추격을 포기할 생각을 하던 왜군은 동료의 죽음에 분노해 다시 이준성을 쫓기 시작했다. 이준성은 그런 식으로 왜군 사수만 골라 저격하며 그들을 동굴 반대편으로 유도했다.

다섯 번의 저격으로 왜군이 보유한 사수를 전부 제거했을 때였다. 마침내 작전지역으로 삼은 절벽이 모습을 드러냈다.

이준성은 자진해서 절벽 끝으로 걸어가 밑을 내려다보았다.

절벽 높이는 5, 6미터에 불과했다.

높긴 하지만 아주 높진 않은 그런 평범한 절벽 중에 하나였다.

또, 절벽 바닥에 마른풀이 깔려 있었다. 운이 좋다면 마른풀이 쿠션 역할을 하여 떨어져도 다치지 않을 가능성이 있었다.

이준성을 막다른 곳에 몰아넣었다고 생각한 듯 왜군이 득의양양한 표정으로 오도 가도 못하는 그를 에워싸기 시작했다.

돌아선 이준성은 미리 장전해 둔 화승총으로 왜군 지휘관을 겨누었다. 화려한 갑옷을 착용한 지휘관은 일반 병사와 구분이 쉬운 편이었다. 현대전이라면 바보 같은 짓이지만, 어쨌든 지금은 21세기가 아니라 중세에 가까운 16세기였다.

원래 전장에선 지휘관이 제거대상 1순위였다.

지휘관이 저격당하면 지휘 체계가 무너지거나, 기능을 제대로 하지 못해 부대의 전투력이 현격히 약해지는 경우가 많았다.

그러나 이준성은 이때를 위해 지휘관을 지금까지 살려 두었다.

이준성이 지휘관을 초반에 제거했다면 왜군은 당황해 추격을 포기했을 것이다. 이는 이준성이 원하는 결과가 아니었다.

이준성은 바로 방아쇠를 당겼다.

퍼엉!

총성과 함께 날아간 탄환이 지휘관의 오른쪽 눈에 틀어박혔다.

지휘관이 쓰러지는 순간, 왜군 대부분이 욕을 하거나 고함을 지르며 이준성을 향해 미친 듯이 달려들었다. 이준성은 그들이 절벽 끝에 거의 다다를 때까지 침착하게 기다렸다.

선두에서 달려오던 왜군이 장창으로 이준성을 찌르려는 순간.

이준성은 절벽 뒤로 발을 내밀어 밑으로 떨어졌다.

그야말로 눈 깜짝할 사이에 벌어진 일이었다. 그를 쫓던 왜군은 멍한 표정으로 이준성이 서 있던 절벽 끝을 쳐다보았다.

한편, 절벽 밑으로 몸을 날린 이준성은 눈앞에 나무 말뚝이 보이는 순간, 재빨리 손을 뻗어 잡았다. 그러나 말뚝이 그의 예상보다 얕게 박혀 있는 듯했다. 말뚝이 뽑혀 나오며 그의 몸이 다시 낙하하기 시작했다. 그는 재빨리 왼손에 쥔 단도를 절벽에 박아 넣어 떨어지는 속도를 조금 늦췄다.

그렇게 1초쯤 했을 때 다리가 바닥에 닿았다.

무릎이 조금 시큰거리기는 했지만 몸에는 큰 이상이 없었다.

이준성은 절벽에 바짝 붙어 위를 올려다보았다.

왜군이 횃불을 만들어 절벽 밑으로 떨어진 이준성을 찾았다.

그러나 이준성은 절벽 안으로 살짝 들어간 부분에 숨어 있었다. 절벽 위에선 그를 찾아낼 방도가 없었다. 그 말은 누가 밑으로 내려와서 절벽 밑을 수색해야 한다는 뜻이었다.

왜군은 밧줄을 만들어 절벽 밑으로 내려올 준비를 시작했다.

그때였다.

탁탁!

팽팽하게 당겨져 있던 무언가가 끊어지는 소리가 들려왔다. 뒤이어 어떤 무거운 물체가 땅바닥을 구르며 내려오는 소리가 들려왔다. 깜짝 놀란 왜군이 급히 돌아섰을 때였다.

산 위에서 굴러 내려온 통나무 대여섯 개가 마치 해일처럼 절벽 끝을 향해 덮쳐 왔다. 왜군이 선택할 수 있는 방법은 두 가지밖에 없었다. 그 자리에 서 있다가 통나무에 부딪쳐 절벽 밑으로 떨어지거나, 그게 아니면 자진해서 절벽 밑으로 뛰어내려 통나무에 부딪치는 상황을 피하는 거였다.

왜군 대부분은 절벽 밑으로 뛰어내리는 선택을 했다.

앞서 말한 대로 절벽이 높지 않은 데다 마른풀 같은 게 잔뜩 깔려 있어 운이 좋다면 다치지 않을 가능성이 있었던 것이다.

맨 처음 뛰어내렸던 왜군의 다리가 마른풀에 닿는 순간.

풀 속에서 튀어나온 나무 꼬챙이가 그대로 왜군의 사타구니를 뚫고 들어가 목 뒤로 빠져나왔다. 이는 시작일 뿐이었다.

그의 뒤를 따라 뛰어내렸던 다른 왜군들 역시 비슷한 상황이었다. 마른풀 속에 숨겨 두었던 나무 꼬챙이가 산적 꿰듯 왜군을 꿰어 버렸다. 주변이 어두운 데다 뒤에서는 통나무가 굴러 내려오는 급박한 상황이었다. 왜군은 동료가 지르는 비명을 들으면서 계속 뛰어내렸다. 그리고 뛰어내리기를 포기한 왜군은 통나무에 부딪쳐 절벽 밑으로 떨어졌다.

이준성은 절벽 밑에서 나와 함정으로 걸어갔다. 그리고는 꼬챙이에 직격당하지 않은 왜군 몇 명의 숨통을 끊어 주었다.

절벽 밑을 정리한 이준성은 왜군이 내린 밧줄을 이용해 위로 올라갔다. 위에서는 강 노인 등이 왜군 두 명을 포위한 상태로 대치 중에 있었다. 운 좋게 살아남은 왜군 두 명은 빠져나갈 방법을 찾다가 밑에서 이준성이 올라오는 모습을 보기 무섭게 공포에 질린 얼굴로 무기를 버리며 항복했다.

그들에게 이준성은 괴물, 아니 사신이나 다름없었다.

이준성은 강 노인 등에게 항복한 왜군 두 명을 결박하게 했다.

강 노인이 그에게 걸어와 다음엔 어떻게 해야 하는지 물었다.

이준성은 강 노인의 어깨를 감싸며 히죽 웃었다.

"그야 밤새 미친놈처럼 뛰어다니며 고생한 대가를 얻어야죠."

이준성은 강 노인의 가족에게 전리품을 회수하란 명을 내렸다.

◆ ◈ ◆

이준성은 처음에 가장 쉬운 방법으로 왜군을 상대하려 했다.

바로 화공이었다.

도망치기 불가능한 장소로 유인해 화공을 펼친다면 별다른 위험 없이 왜군을 손쉽게 제압할 수 있을 거라 내다보았다.

그러나 화공을 펼치면 왜군이 가진 물자를 노획하지 못했다.

특히, 화승총이나 화약처럼 불에 취약한 무기들은 금세 불타 사라져 버릴 터였다. 이에 이준성은 조금 복잡하지만 왜군 무기를 안전하게 노획할 수 있는 방법을 강구하기 시작했다.

그 결과가 바로 방금 전에 일어난 일이었다.

이준성은 그가 왜군을 절벽으로 유인하는 동안, 강 노인 등에게 세 가지 지시를 내렸다. 첫 번째는 절벽 가운데에 그가 붙잡을 수 있는 지지대를 만들어 달란 거였다. 두 번째는 절벽 밑에 나무 말뚝을 촘촘히 깐 다음, 그 위를 마른풀로 위장해 놓으란 거였다. 마지막 세 번째는 절벽 위에 통나무 몇 개를 잘라다가 부비트랩을 만들어 놓으라는 것이었다.

강 노인 등은 수십 년 동안 나무꾼으로 살았기에 이준성의 지시를 완벽하게 수행했다. 물론 이준성의 체중을 계산하지 못해 지지대로 삼은 말뚝이 중간에 뽑히기는 했지만, 어쨌든 계획한 대로 이루어져 완벽한 승리를 거두는 데 성공했다.

이준성은 강 노인 등과 함께 싸움이 벌어진 장소를 돌며 전리품을 회수했다. 화승총, 화약, 창, 칼, 갑옷, 투구, 심지어는 그들이 가진 군량, 신발까지 전부 노획해 동굴로 가져갔다.

워낙 양이 많아 그날 오전이 지나서야 작업을 마칠 수 있었다.

초조하게 기다리던 가족들은 이준성과 함께 갔던 다른 가족들이 무사히 돌아온 모습을 보며 안도의 숨을 내쉬었다. 그들은 누군가는 돌아오지 못할 수 있단 걱정을 한 듯했다.

동굴에 돌아온 이준성은 잠시 휴식을 취하다가 강 노인을 불러 상의했다. 강 노인은 글만 모를 뿐, 아주 똑똑한 사람이었다. 그리고 지혜로웠으며 세월이 준 경륜의 깊이가 대단했다. 그 나이대의 노인들이 보이는 고집이나 폐쇄성 역시 찾아보기 힘들었다. 그가 이곳에 와서 다른 사람이 아닌, 강 노인을 먼저 만난 게 행운일지도 모른다는 생각까지 들었다.

무엇보다 가장 놀라운 점은 강 노인이 그의 일가에서 언어적인 재능이 가장 뛰어나다는 점이었다. 아직은 유진이 실시간으로 번역을 해 줘야 했지만 어쨌든 대화는 통하고 있었다.

"영감님도 알겠지만 이곳은 방어에 적합한 지형이 아니에요. 뒤가 높은 산으로 막힌 데다 근처에 물이 있는 수원이 없어 좀 더 안으로 들어가 새 장소를 물색하는 게 좋겠어요."

강 노인은 동의한다는 듯 고개를 끄덕이며 물었다.

"장군님은 왜놈이 또 쳐들어올 거라 보시는 겁니까?"

강 노인은 이준성을 장군으로 불렀다. 그러지 말라 몇 번이나 말했지만 도통 들으려 하지 않은 탓에 지금은 부르게 놔두었다.

"누군가를 보내긴 할 겁니다. 50명이 넘는 정찰 부대와 연락이 끊어지면 누군가는 관심을 가질 테니까요. 물론 적 지휘관의 성향에 따라 접근해 오는 방식은 다를 수 있습니다만.”

“어떻게 다릅니까?”

“신중한 자라면 백 명 단위의 부하를 보낼 겁니다. 우리 숫자를 모르기 때문에 위력정찰부터 하는 게 더 안전하단 판단을 할 테니까요. 그러나 성격이 급한 자가 지휘관이라면 천 명 단위의 병력을 보내 단숨에 쓸어버리려 할 겁니다. 문제는 성격이 급한 자일 경우, 우리에게 시간이 없단 겁니다.”

강 노인은 고개를 끄덕였다.

“아들과 손자들에게 방어에 좋은 장소를 찾아보라 하겠습니다.”

이주 문제를 해결한 이준성은 포로들에게 다가갔다.

포로는 이제 세 명으로 늘어나 있었다.

벌판에서 강 노인 일가를 구하다가 잡은 소년 병사 하나에 오늘 새벽 전투를 치르며 사로잡은 두 명이 더해진 것이다.

이준성은 그들이 반란을 일으킬지 몰라 팔과 다리를 결박한 상태에서 따로따로 떨어트려 놓았다. 그러나 이주를 앞둔 지금은 어떤 식으로든 결정을 내려야 했다. 지금처럼 팔과 다리를 결박한 상태에서 그들을 데려갈 수는 없었다. 투항을 받든지, 아니면 미리 제거하든지 둘 중 하나를 택해야 했다.

이준성은 그들을 한데 모은 다음 농담하듯 물었다.

“설마 너희들 중에 우리말을 할 줄 아는 사람이 있진 않겠지?”

그때, 의외의 일이 벌어졌다.

눈 밑에 점이 있는 젊은 사내가 쭈뼛거리며 손을 든 것이다.

젊은 사내의 설명에 따르면 그는 대마도에서 조선과 교역하던 어떤 약재상의 부하였다. 왜군은 조선을 침범하기 전에 통역을 위해 우리말을 할 줄 아는 왜인을 대거 징발했는데, 사내가 그런 왜인 중에 하나였던 것이다. 어쨌든 그 젊은 사내 덕에 포로들은 죽음의 고비를 넘길 수가 있었다.

이준성은 그들의 팔과 다리를 묶은 결박을 풀어 주며 지시했다.

"한 명씩 일어나서 이름과 고향, 직업을 말해라."

우리말을 할 줄 아는 사내의 통역으로 그들의 이름과 고향, 직업을 알아냈는데, 우리말을 하는 사람은 이름이 카네였다. 그리고 나이는 스물두 살이었으며 고향은 큐슈 지쿠젠이었다. 직업은 앞서 밝혔던 대로 약재상과 관련된 일을 했었다.

카네와 함께 잡힌 사내는 하구로란 이름을 썼는데, 올해 서른한 살로 고향은 큐슈 히젠이었다. 그는 단순히 운이 좋아 살아남은 게 아닌 듯했다. 그는 왜군의 일반 보병이라 할 수 있는 아시가루 30명을 지휘하는 장교인 아시가루 코가시라였다. 아시가루보다는 실력이 더 뛰어나다는 뜻이었다.

마지막으로 소년 병사는 큐슈 히젠에 영지가 있는 어떤 영주의 가신을 모시던 시동으로, 올해 열네 살에 이름은 슈메였다.

이준성은 그들에게 말했다.

"우린 곧 이 동굴을 떠날 예정이다. 그래서 그 전에 너희들의 처우를 결정할 생각인데, 이미 속으로 짐작들 했을 테지만 나로서는 너희들을 죽이는 게 가장 속 편한 방법일 거야. 죽이면 너희들이 이 안에서 반란을 일으키거나, 아니면 소속 부대로 도망쳐 우리 정보를 넘길 염려가 없으니까 말이야."

카네는 떨리는 목소리로 이준성의 말을 하구로와 슈메에게 통역했다. 둘 다 침을 꿀꺽 삼키며 긴장하는 모습을 보였다.

이준성은 히죽 웃으며 말을 이어 갔다.

"그러나 너희들이 살아날 방법이 전혀 없진 않아. 원래 항복에는 두 가지 종류가 있으니까. 저항을 포기한 상태에서 상대에게 자신의 처우를 맡기는 것과 저항을 포기한 상태에서 상대에게 적극적으로 협력하겠단 의사를 밝히는 것 이렇게 두 가지지. 너희들은 그중 어떤 걸 택해야 살 수 있을지 알 거라 생각한다. 시간을 줄 테니 잘 상의해 대답해라."

이준성은 그들이 대화를 나눌 수 있도록 자리를 비켜 주었다.

잠시 후, 카네가 손을 들어 상의가 끝났다는 사실을 알려 주었다.

이준성은 다시 돌아가 그들에게 물었다.

"결정을 내렸나?"

이준성이 묻는 순간, 세 명은 동시에 바닥에 넙죽 엎드렸다. 그리고는 카네가 그 셋을 대표해 협력하겠단 의사를 보였다.

이준성은 그들을 일행으로 받아들였다.

그러나 그 전에 경고하는 일을 잊지 않았다.

"너희들은 내가 어떤 사람인지 알 거라 생각한다. 약속을 깨고 싶단 유혹이 들 때마다 내가 어떤 사람인지 떠올려라."

그 말이 끝나기 무섭게 그들은 동시에 고개를 끄덕였다.

슈메는 이준성이 단신으로 20여 명을 없애는 광경을 쭉 지켜보았다. 그리고 카네와 하구로는 이준성이 동료들을 차례차례 암살하다가 마지막에는 나무말뚝에 박히는 고통스러운 형태로 동료들을 전멸시키는 광경을 지켜보았다.

그들에게 이준성은 두려움 그 자체였다.

이준성은 강 노인의 손자 강태봉을 불러 그들을 감시케 한 다음, 말을 모르는 하구로와 슈메에게 말을 가르치게 하였다.

그날 저녁, 이주할 장소를 찾으러 간 강 노인의 아들과 손자들이 돌아왔다. 한데 그중 강 노인의 둘째 아들인 강준구가 예상치 못한 손님과 함께 등장해 일행을 깜짝 놀라게 했다.

강준구가 같이 온 사내를 다른 가족들에게 소개했다.

그는 대호골이란 이름의 계곡에서 난리를 피해 도망친 사람들과 함께 살고 있는 덕삼이란 이름의 약초꾼이었다. 강준구는 대호골 근처를 돌아다니다가 우연히 근처를 지나던 덕삼을 만나 그에게 사정을 얘기했다. 덕삼은 기다렸다는 듯 덕삼을 자기들의 피난처로 초대해 안을 구경시켜 주었다.

대호골은 이준성이 찾던 지형과 일치했다.

유사시에 도망칠 수 있는 통로가 여러 개였다. 또 계곡 양쪽의 산이 그 주변에서 제일 높아 방어와 감시가 용이했다. 무엇보다 물이 풍부해 식수 때문에 고생할 일이 전혀 없었다.

난리를 피해 대호골로 들어온 사람은 남녀노소를 합쳐 300명에 이르렀다. 왜군 때문에 산속에 마을이 하나 생긴 것이다.

이준성은 강준구에게 설명을 들으며 덕삼이란 사내를 슬쩍 살폈다. 덕삼은 처음에 강 노인 일가에 속한 여자들을 훔쳐보다가 동굴 벽에 쌓여 있는 왜군 갑옷과 무기에 관심을 보였다. 심지어 군마까지 있는 모습을 보고는 꽤 놀란 듯했다.

이준성은 강준구를 시켜 덕삼에게 그의 말을 전하도록 했다.

"대호골을 살펴본 다음에 결정하겠다고 전하시오."

말을 전해 들은 덕삼은 이준성을 쳐다보았다. 190에 가까운 신장과 90킬로그램이 넘게 나가는 그의 체구에 움찔한 듯 살짝 기가 죽어서는 그렇게 하라는 듯 고개를 끄덕였다.

이준성은 즉시 강준구와 강준구의 아들 강주봉, 그리고 하구로, 카네 이 네 명을 불러 대호골을 정찰할 조를 만들었다.

동굴을 나온 그들은 달이 중천으로 향할 때쯤 대호골에 도착했다. 강준구의 설명대로였다. 물이 흐르는 계곡 양쪽에 흙, 풀, 나무로 지은 움막이 개미굴처럼 다닥다닥 붙어 있었다.

대호골 안으로 들어간 덕삼은 그들을 비어 있는 움막으로 안내했다. 그리고는 강준구에게 몇 마디 한 다음, 돌아갔다.

강준구가 돌아와 이준성에게 말했다.

"오늘은 너무 늦어서 아침 일찍 촌장을 만나게 해 주겠답니다."

"알겠소."

움막 안으로 들어간 이준성은 강주봉을 불러 지시했다.

"사람들에게 음식과 무기를 나눠 줘라."

강주봉은 즉시 봇짐에 있는 음식을 사람들에게 나누어 주었다. 그리고 사람들이 음식을 다 먹었을 때는 왜도를 꺼내 이준성과 강준구에게 건넨 다음, 한 자루는 자기가 챙겼다. 그러나 강주봉이 가져온 왜도는 총 다섯 자루였다. 남은 두 자루를 마저 꺼낸 강주봉이 멈칫하며 이준성을 보았다.

이준성은 마저 나눠 주라는 듯 고개를 살짝 끄덕였다. 한숨을 내쉰 강주봉은 남은 두 자루를 카네와 하구로에게 주었다. 오히려 준 사람보다 받은 사람이 더 당황해하는 상황이었다.

카네와 하구로는 그들에게까지 무기를 주는 이준성을 놀란 눈으로 쳐다보았다. 그들이 투항한 지 이제 여섯 시간쯤 지났을 뿐이었다. 한데 벌써 그들에게 무기를 내준 것이다. 그들이 갑자기 돌변해 칼끝을 돌린다면 곤란한 상황이 생길 수 있었음에도 이준성은 자신 있다는 듯 전혀 개의치 않았다.

무기까지 챙긴 그들은 교대로 번을 서며 휴식을 취했다.

그리고 사건은 그날 새벽 무렵에 터졌다.

독재자

3장. 정화의 불꽃

혼자 초번을 선 이준성은 2시간쯤 지났을 때, 카네와 하구로를 깨워 번을 서게 했다. 카네와 하구로는 또 한 번 놀랐다.

그들은 강준구 부자 중 한 명과 짝을 이루어 번을 설 거라 예상했다. 그래야 그들이 허튼짓을 못 하게 감시할 수 있는 것이다. 한데 이준성은 카네와 하구로에게 번을 서게 했다.

카네와 하구로가 마음만 먹으면 언제든 건네받은 칼로 이준성과 강준구 부자를 해칠 수 있는 기회를 만들어 준 것이다.

카네와 하구로는 복잡한 시선으로 바닥에 누워 잠을 청하는 이준성을 쳐다보았다. 그들을 믿어서 그런 건지, 아니면 그들을 시험해 보기 위해 그런 건지 도무지 갈피를 잡지 못했다.

어쨌든 두 사람은 번을 서며 주변 경계에 전념했다.

한편, 눈을 감은 이준성은 전혀 다른 생각을 하는 중이었다.

그가 생각하기에 사람은 이기적인 동물이었다.

특히, 위기가 닥쳤을 때는 그 이기심이 최고조에 달했다.

저울추 하나에 자기 목숨이나 재산이 올라가 있으면, 반대쪽 저울추에는 수십, 수백, 수천 명의 목숨이나 재산이 올라가야 저울추 사이에 균형이 맞다고 생각하기 마련이었다.

물론 위기의 순간에 다른 사람부터 생각하는 의인이 없진 않지만, 그들은 소수일 뿐이었다. 그런 이유에서 덕삼이란 사내와 그가 사는 대호골이란 마을은 의심스럽기 짝이 없었다.

도와준다는 사람에게 이런 말을 해서 뭐하지만 덕삼에게는 이런 전란의 시대에 서른 명이 넘는 객식구를 흔쾌히 받아 줄 만한 도량이나 아량이 보이지 않았던 것이다. 더욱이 덕삼이 강 노인 일가에 속한 젊은 여자들과 왜군에게서 노획한 전리품을 쳐다보는 눈빛이 마음에 들지 않았다. 그가 심리를 분석하는 심리학자는 아니지만, 덕삼의 눈빛에 담긴 감정은 동정이나 연민이 아닌 욕망이었다.

그때, 이준성은 재빨리 머리를 굴렸다.

그 자리에서 덕삼의 제안을 거절하면 그들은 동굴로 쳐들어올 게 분명했다. 그렇다면 힘없는 노약자와 어린아이들이 섞여 있는 상태에서 숫자를 알 수 없는 적들과 싸워야 했다.

이준성은 차라리 그럴 바에야 전장을 그들의 근거지로 옮기는 편이 낫다는 판단이 들어 싸울 수 있는 인원인 강준구 부자와 카네, 하구로 네 명을 선발해 대호골로 온 것이다.

이는 심리전의 일환이었다.

덕삼 역시 이준성이 그의 일행에서 싸울 수 있는 인원을 선발해 데려왔다는 사실을 알았다. 특히, 이준성은 그 체구로 인해 상대하기가 상당히 까다로울 거라는 점을 알았다.

이준성이 덕삼의 입장이라면 전력을 파악할 수 없기에 지켜보는 결정을 내릴 것이다. 그러나 이미 욕심이 동한 덕삼은 오히려 지금이야말로 기회라고 생각할 게 틀림없었다.

대호골에 있는 이준성 일행만 해치울 수 있으면 동굴에 있는 다른 일행을 없애는 일은 누워서 떡먹기나 마찬가지였다. 그리고 그게 성공하면 여자들과 전리품은 그의 차지였다.

이준성은 자신의 생각이 틀렸길 바랐다. 그 역시 이런 방법이 아닌 평화적인 방법으로 대호골에 입성하기를 원했다.

그러나 그런 일은 일어나지 않았다.

이준성이 부스럭거리는 소리를 들음과 동시에 카네가 외쳤다.

"적이다!"

벌떡 일어난 이준성은 왜도를 뽑아 힘차게 휘둘렀다.

그를 향해 날아든 화살이 두 동강으로 잘려 흩어졌다.

이번에는 옆에서 화살 두 대가 순차적으로 날아왔다. 이준성은 다른 사람이 맞기 전에 앞으로 나가 칼을 두 번 휘둘렀다.

화살 두 대가 네 조각으로 변해 흩어졌다.

어둠 속을 대낮처럼 보는 데다 엄청난 순발력까지 지닌 이준성에게 화살은 통하지 않았다. 이준성은 담 위로 몸을 날리며 칼을 옆으로 휘둘렀다. 활에 화살을 메기던 사내 하나의 머리가 목에서 떨어져 나와 허공으로 향했다. 이준성은 몸을 옆으로 젖혀 다시 화살을 피한 다음 왼쪽으로 달려갔다.

이준성은 호흡으로 몸에 산소를 비축하는 방법을 알았다. 덕분에 지금처럼 엄청난 양의 산소가 필요할 때, 저장해 둔 산소를 혈류로 내보내 육체의 한계를 뛰어넘을 수 있었다.

폭발적으로 속도를 끌어올린 이준성은 그에게 정면으로 날아드는 화살을 왜도로 후려쳐 튕겨 냈다. 이렇게 가까운 거리에서 화살을 쳐내는 사람이 있을 거란 생각을 못 한 듯 화살을 쏜 사내의 얼굴이 당황으로 일그러질 무렵, 이준성의 왜도가 다시 죽음의 춤을 추었다. 그리고 그때마다 활을 든 사내들이 쓰러졌다. 이준성은 재빨리 주변을 둘러보았다.

이제 활을 든 적은 없었다.

안심한 이준성은 움막 안으로 뛰어들었다.

움막 안에선 강준구 부자와 카네, 하구로 네 명이 십여 명이 넘는 적에게 둘러싸여 벽 쪽으로 점점 밀려나는 중이었다.

적들 중에 두 명이 이준성의 눈에 띄었다.

한 명은 당연히 그들을 안내한 덕삼이었다. 그리고 다른 한 명은 맨 뒤에 서서 고함을 지르며 지시를 내리는 덩치 큰 대머리 사내였다. 대머리 사내는 손에 날이 넓은 칼을 들고 있었는데, 그가 그 칼을 휘두르기 전에 서둘러야 할 것 같았다.

이준성은 대머리 사내 쪽으로 몸을 날리며 왜도를 내리쳤다. 대머리 사내는 확실히 다른 사내들보다 실력이 뛰어났다.

기습을 눈치 채기 무섭게 수중의 큰 칼로 재빨리 막아 왔다.

카앙!

칼과 왜도가 부딪치며 불꽃이 파바박 튀었다.

그러나 무기의 강도는 대머리 사내가 가진 큰 칼이 더 강했다. 왜도가 부러지며 대머리 사내의 큰 칼이 얼굴을 베어 왔다.

이준성은 쓰러지듯이 엎드려 칼을 피했다. 그리고는 반으로 줄어든 왜도를 대머리 사내의 왼쪽 허벅지에 박아 넣었다.

"으아아악!"

비명을 지른 대머리 사내가 큰 갈을 두 손으로 잡아 장작을 패듯 이준성의 등에 내리쳤다. 이준성은 옆으로 몸을 굴려 빠져나온 다음, 재빨리 일어나 대머리 사내의 옆구리에 강력한 스트레이트를 한 방 먹였다. 헉하는 신음과 함께 대머리 사내의 상체가 꺾였다. 이준성은 손으로 대머리 사내의 팔을 잡아 움직이지 못하게 한 다음, 팔꿈치를 휘둘렀다.

콰직!

팔꿈치가 대머리 사내의 관자놀이를 부수며 깊숙이 박혔다. 대머리 사내는 웅크린 자세 그대로 몸을 부들부들 떨다가 털썩하며 앞으로 고꾸라졌다. 이준성은 뒤에서 대머리 사내의 턱과 어깨를 교차하듯 그러쥔 다음, 반대 방향으로 돌렸다.

두둑!

목뼈가 부러지는 소리를 들은 후에야 이준성은 손을 놓았다.

잠시 숨을 고른 이준성은 80킬로그램짜리 바벨을 들듯 죽은 대머리 사내의 머리와 다리를 잡아 위로 번쩍 들어올렸다. 그리고는 강준구 등을 몰아붙이는 적들 뒤에 던져 버렸다.

볼링공처럼 날아간 대머리 사내가 적 대여섯 명을 쓰러트렸다.

그 틈에 앞으로 달려간 이준성은 대머리 사내가 쓰던 큰 칼을 주워 들어 덕삼부터 덮쳐 갔다. 그제야 상황을 눈치 챈 덕삼은 겁에 질려 뭐라 소리를 질렀지만 이준성은 피식 웃었다.

"내가 아직 사투리가 서툴러서 뭐라 지껄이는지 모르겠는데?"

이준성은 칼을 휘둘렀다.

덕삼은 큰 칼에 잘려 몸뚱이가 반으로 갈라졌다.

이준성 덕분에 숨통이 트인 강준구 부자와 카네, 하구로 네 명은 공세로 전환해 적을 쓰러트려 나갔다. 그중 하구로는 과연 아시가루 코가시라답게 적 세 명을 연달아 쓰러트렸다.

"오호라. 제법 하는군."

그들이 그렇게 십여 명이 넘은 적을 죽였을 때였다.

저항하던 적들은 누가 먼저랄 거 없이 수중의 무기를 버리며 항복했다. 이준성은 강준구 등에게 손을 멈추라 지시했다.

이준성은 항복한 적을 결박한 다음, 취조하여 정보를 알아냈다.

그가 죽인 덕삼과 대머리 사내는 형제였다.

대머리 사내는 덕구란 이름을 썼는데, 전란이 터지기 직전까지 근방을 돌며 나쁜 짓이란 나쁜 짓은 다 하는 깡패조직의 두목이었다. 그러다가 전란이 터진 후엔 패거리와 함께 대호골에 들어와 먼저 피난 와 있던 백성들을 죽이거나 협박해 자기가 촌장 자리에 올랐다. 제 버릇 개 못 준다는 속담처럼 촌장을 차지한 덕구 패거리는 보이는 족족 젊은 여자를 강간했다. 그리고 자신들에게 반항하는 자는 바로 죽였다.

그들은 굳이 밖으로 나가서 근처에 있는 고을을 약탈할 필요가 없었다. 전란의 불길이 함경도 전역을 휩쓰는 바람에 왜군을 피해 대호골로 도망쳐 오는 백성들이 많았던 것이다.

피난민이 도착하면 젊은 여자는 노리개로 삼았다. 그리고 사내들 중에 반항하려는 기미가 있거나 힘 좀 쓰겠다 싶은 사내들은 닥치는 대로 살해해 반란의 불씨를 사전에 없앴다. 그리고 그들이 가져온 식량과 재물을 강탈했으며, 몰래 도망치는 사람은 도로 붙잡아 와 참혹한 방법으로 살해했다.

피난민은 두려움에 질려 도망치거나 반항할 생각을 포기했다.

그런 시점에 이준성 일행이 들이닥쳐 그들을 단숨에 제거한 것이다. 덕삼은 강준구를 처음 봤을 때 이게 웬 봉이냐 싶었겠지만, 실제로는 봉이 아니라 재앙을 불러들인 셈이었다.

다음 날 아침, 이준성은 강준구 등을 시켜 피난민을 한데 모았다. 움막 안에서 나온 피난민은 300명이 넘는 것처럼 보였다. 공터에 도착한 피난민은 깜짝 놀라 비명을 질렀다.

공터에 덕구, 덕삼 등 그들을 괴롭히던 자들의 시신이 일렬로 놓여 있었던 것이다. 이준성은 강준구를 시켜 피난민에게 어제 있었던 일을 간략히 설명하게 하였다. 강준구의 설명을 들은 피난민들은 의외로 반신반의하는 모습을 보였다.

덕구 형제의 폭정에 워낙 시달렸던 탓에 덕구 형제가 술수를 써서 그들의 충성심을 시험하는 게 아닌가 하는 의구심을 가진 것이다. 이준성은 왜도로 덕구의 머리를 잘라 버렸다.

그제야 피난민은 덕구 형제가 죽었음을 깨닫고 환호성을 질렀다.

그러나 신중한 이들은 마음 놓고 좋아하지 않았다.

굴러온 돌이 박힌 돌을 빼낸 것은 맞는 듯했지만, 그 굴러온 돌이 박힌 돌보다 더 지독하지 말란 법이 없었던 것이다.

이준성은 피난민을 안심시킬 목적으로 덕구 형제의 처소에 보관하던 식량과 재물을 원래 주인에게 돌려주었다. 그제야 피난민들은 진심으로 기뻐하며 이준성 일행을 반겨 주었다.

덕구 대신 대호골 촌장에 취임한 이준성은 동굴에 있는 강 노인의 일가부터 대호골로 옮겼다. 그리고 피난민 백여 명을 동원해 동굴에 있는 무기와 식량 등을 한꺼번에 옮겨 왔다.

그 일을 마친 후에야 이준성은 대호골을 돌아볼 여유가 생겼다.

대호골 정상에 올라간 이준성이 유진을 불렀다.

"유진, 넌 어떻게 생각해?"

-무엇을 말입니까?

"네 눈엔 이곳이 사내가 야망을 펼치기에 적당한 곳처럼 보여?"

유진은 한참만에야 대답했다.

-제겐 그런 추상적인 질문에 대답할 의무가 없습니다.

"쳇, 어련하시겠어."

유진은 대답하지 않았지만 이준성은 대호골이 마음에 들었다.

대호골은 새로운 세상에서의 첫 기반인 셈이었다.

◆ ◈ ◆

이준성은 계곡으로 내려가며 유진을 다시 불렀다.

"남녀노소로 이루어진 330명이 물자가 제한적인 환경에서 외부적 요인과 맞서 가며 생존할 수 있는 방법을 찾아 출력해."

잠시 후, 유진은 인드라망에 방법을 출력해 보여 주었다.

역시 첫 번째는 식량이었다.

식량을 확보하지 못하면 자구책이 없는 공동체의 말로는 불을 보듯 뻔했다.

이준성은 마을 공터에 다시 한 번 주민들을 모았다.

항복한 포로까지 합쳐서 대호골 주민은 총 332명이었다. 이준성은 그들의 나이와 성별 등을 조사해 인구 구성표를 만들었다. 그 다음엔 식량에 관해 조사했다. 그동안 비축해 둔 식량과 피난민이 데려온 소, 닭, 개, 염소 등을 모두 조사했다.

그리고 그 결과를 토대로 유진이 시뮬레이션을 진행해 이들이 얼마나 버틸 수 있을지를 알아보게 했다. 결과는 16일이었다. 그러나 실제론 열흘이 넘지 않았다. 열흘이 넘어간 다음에는 소, 닭, 염소 등을 죽여야지만 필요한 식량을 구할 수가 있었다.

이준성은 소, 닭, 염소처럼 2차 부산물을 제공하는 가축의 도축을 엄격히 금했다. 그리고는 식량을 보충할 계획을 세웠다.

여자들은 산나물이나 약초를 뜯게 했다. 그리고 일굴 수 있는 장소는 밭으로 개간해 농작물을 기르도록 유도했다.

그사이 남자들은 사냥을 나갔다. 깊은 산속이라 호랑이부터 두더지까지 한반도에 사는 모든 짐승을 발견할 수 있었다.

이준성은 그사이 활 쏘는 법을 배워 맹활약했다. 그는 하루 만에 호랑이 한 마리와 곰 한 마리, 표범 두 마리를 잡을 수 있었다. 그러나 그의 목표는 맹수를 잡는 게 아니었다.

이준성은 올무와 함정을 만들어 번식력이 강한, 그리고 사육하는 데 용이한 멧돼지, 산양, 노루, 고라니 등을 포획했다.

그리고 잡은 짐승을 마을 공동으로 사육해 장기적인 관점에서 식량 계획을 세울 수 있게 하였다. 식량 비축량이 30일을 넘었을 즈음에는 본격적으로 대호골의 요새화 작업을 시작했다.

우선 나무를 잘라 시야를 용이하게 했다. 그리고 적의 화공에 대비하기 위해 나무와 풀로 만든 움막을 돌과 진흙으로 만들게 했다. 또 마을 외곽에 1선, 2선, 3선 참호를 만들어 종심을 깊게 구축했다. 종심이 깊으면 깊을수록 적에게 피해를 강요하기 쉬웠다. 마지막으로 계곡을 낀 양쪽 산의 정상에 망루를 건설해 주간에 쳐들어오는 적을 감시토록 하였다.

방어 준비를 마친 다음에는 공동체의 규율을 정비했다.

공동체 안에서 분쟁이 일어났을 경우를 대비해 원로 다섯 명을 중심으로 재판부를 만들어 그곳에서 심판하도록 했다.

또 전염병에 대비해 생활공간과 화장실을 분리토록 하였으며, 물은 반드시 끓여먹고 세탁과 목욕을 자주 하도록 했다.

이준성은 강 노인, 권 노인 두 명과 계곡 북쪽으로 향했다.

권 노인의 이름은 권순동이었다. 덕구 형제가 살해한 전 촌장의 동생이었는데, 마을이 덕구 패거리에게 넘어간 다음엔 남은 피난민을 돌보며 덕구 패거리와 협상하는 일을 맡았다.

이제 보름쯤 지난 후라 이준성은 말을 거의 다 익힌 상태였다.

이준성은 계곡 북쪽에 있는 수원지를 가리키며 물었다.

"여기에 댐, 아니 물을 가두어 두는 보를 만들 수 있겠습니까?"

권 노인이 눈을 깜빡거리며 물었다.

"그런 건 왜 만들려고 하십니까?"

"가뭄이 들거나 수량이 줄었을 때를 대비해 충분한 물을 확보해 두기 위해섭니다. 그리고 적이 쳐들어왔을 때는 수공을 펼치는 용도로 쓸 수 있습니다. 돌을 쌓아 보를 만든 다음 그 안에 밧줄을 집어넣어 필요할 때 당기면, 보가 무너지며 그동안 가두어 둔 물이 하류 쪽으로 흘러 내려가는 방식이죠."

권 노인은 강 노인만큼이나 지혜로웠다.

그 즉시 이준성이 보를 만들려는 이유를 알아냈다.

"그렇게 하면 상대가 얕은 시내인 줄 알고 무턱대고 들어왔다가 갑자기 불어난 물살에 휩쓸려 오도 가도 못하겠군요."

강 노인이 말을 보탰다.

"보를 만들기 전에 수원 밑에 있는 흙을 좀 파내서 가둘 수 있는 물의 양을 늘리는 게 좋겠습니다. 또 보를 만들 때, 말려 둔 짐승 가죽을 이용해 새는 곳이 없게 해야 할 겁니다."

"그럼 이 문제는 두 분께 맡기겠습니다. 그리고 이참에 방어가 용이치 않은 산 반대편과 계곡 왼쪽에 부비트랩, 아니 함정을 설치해 두는 게 좋겠습니다. 또 적이 올 만한 길목마다 기름이 든 항아리 위에 화약이 든 주머니와 마른풀을 덮어 두십시오. 예상대로 적이 그 길목으로 들어오면 마른풀에 불화살을 쏴서 그 일대를 다 태워 버리는 데 써야 합니다."

이준성은 강 노인, 권 노인과 함께 방어 준비에 전력을 기울였다.

그러나 적과 싸울 사람이 없으면 이 모든 준비가 허사였다.

이준성은 강 노인, 권 노인 두 명에게 마을의 행정적인 면과 경제적인 면을 책임지게 했다. 그리고 그사이 그는 강준구, 하구로, 박철 세 명과 회의하며 군사적인 면을 강화했다.

박철은 이준성 일행이 대호골에 합류하기 불과 이틀 전에 노부모, 아내, 자식 넷과 함께 대호골에 합류한 사람이었다.

박철은 함경도 국경을 지키던 토병 출신으로, 여진족과의 싸움에 세 번이나 참전한 적이 있을 만큼 이쪽에 경험이 많았다.

박철은 경력을 숨긴 덕에 덕구 패거리의 의심을 피할 수 있었다. 만약 그들이 박철의 경력을 알았다면, 그 자리에서 바로 죽였을 것이다.

이준성이 계산해 본 결과, 싸울 수 있는 인원은 100명 남짓이었다. 이준성은 그 100명을 세 부대로 나눠 강준구, 하구로, 박철 세 명이 지휘하게 하였다. 그리고 이준성 본인은 강태봉, 강주봉, 카네, 슈메와 함께 예비대를 맡기로 했다.

이준성은 이들 부대에 1중대, 2중대, 3중대란 이름을 붙였다.

인원을 편제한 다음에는 적에 맞설 전술을 만들었다.

하구로가 카네의 통역을 이용해 강력히 주장했다.

"단병접전에서는 절대 왜군을 이길 수 없습니다. 즉 조선은 원거리에서 공격해야 승산이 있습니다. 왜군에게 노획한 조총과 마을에 있는 활을 최대한 이용해 방어해야 합니다."

박철은 바로 반대의견을 피력했다.

"당신이 말하는 조총이 뭔지는 모르겠지만, 일단 활은 배우는 데에는 시간이 많이 걸리오. 자기가 원하는 위치에 화살을 날리려면 몇 달 가지곤 부족할 거요. 적이 언제 쳐들어올지 모르는데 한가하게 활 쏘는 법을 배우고 있을 순 없소이다."

하구로가 조금 움츠러든 목소리로 물었다.

"그럼 활 외에 왜군을 상대할 다른 방법이 있다는 말입니까?"

"당신은 단병접전으론 왜군을 이길 수 없다 했지만 난 할 수 있다고 생각하오. 당신은 왜군이 쓰는 무예를 잘 알 테니까 이를 상대할 방법을 우리에게 가르쳐 주면 되는 거 아니오?"

하구로 한숨을 쉬며 말했다.

"단병접전에서 왜군을 상대하려면 장창병으로 밀집대형을 만드는 방법이 가장 좋습니다. 다시 말해 거리를 둔 채 싸워야 한다는 뜻입니다. 그러나 이는 왜군에게 조총 부대와 기병부대가 없다는 가정 하에서만 통하는 방법입니다. 조총 부대와 기병 부대가 우회해 장창 부대의 측면을 들이치면 기동이 느린 장창 부대 입장에선 이를 막아 낼 방도가 없습니다."

여진족과의 싸움에서 져 본 적이 없는 박철이 화를 내며 물었다.

"당신 말은 그럼 왜군이 무적이란 거요?"

하구로 역시 화가 난 듯 지지 않고 맞받아쳤다. 오히려 하구로의 말을 통역하는 카네 쪽이 더 겁을 먹은 듯이 보였다.

"무적이라곤 안 했습니다. 왜군을 막는 가장 좋은 방법은 그들과 같은 편제를 쓰면 됩니다. 장창 부대와 장창 부대를 지원하는 기병 부대, 조총 부대, 궁수부대를 조직하면 됩니다. 그러나 대호골에서는 그런 부대를 만들 수 없지 않습니까?"

격론이 이어졌지만 결론은 나지 않았다.

박철과 하구로의 의견이 팽팽하게 맞섰던 것이다.

그때, 이준성이 처음으로 입을 열었다.

"기병 부대는 걱정할 필요 없을 거요. 이런 산지에서는 기병 부대가 기동하기 힘들 테니 그들은 걸어서 올라오려 할 거요."

말을 멈춘 이준성이 고개를 돌려 박철에게 말했다.

"하구로의 말이 맞소. 우리는 단병접전에선 왜군을 이길 수 없소. 설령 이기더라도 우리의 피해 역시 막심할 거요. 병사 한 명, 한 명이 중요한 상황에서 대병력을 운용하는 상대와 소모전을 치를 순 없소. 활과 화살을 제작해 병사들에게 궁술을 가르치시오. 우리가 의지할 데는 궁술밖에 없소."

이준성이 이번에는 하구로를 보았다.

"박철의 말 역시 맞다. 상대의 전법을 아는 것과 모르는 상태에서 맞붙는 건 차이가 크다. 너는 병사들에게 왜군 전법을 가르쳐라. 노획한 무기가 있으니까 훈련이 가능할 것이다."

이준성은 이어 강준구에게 지시했다.

"1중대는 참호 앞에 말뚝을 박아 장창 부대가 접근하지 못하도록 만드시오. 그리고 각 참호 사이에 유개호와 교통호를 만들어 전진과 후퇴, 그리고 보급이 용이하게 만들어 두시오."

중대 지휘관에게 지시를 내린 이준성은 백성 중에 대장장이가 있는지 찾았다. 다행히 대장장이 몇 명을 찾을 수 있었다.

대장장이 중 나이가 가장 많은 조 노인을 지원중대 중대장으로 삼아 활과 화살, 갑옷, 장창 등을 만들게 했다. 필요한 쇠와 가죽은 왜군에게서 노획한 갑옷을 분해해 수급했다.

여자들까지 동원했기에 군장을 갖추는 속도가 생각 외로 빨랐다. 그리고 적이 쳐들어오는 속도 역시 생각 외로 빨랐다.

대호골에 들어온 지 20일쯤 지났을 무렵, 그들의 흔적을 추격한 왜군 정찰병이 대호골 입구에 모습을 비추기 시작했다.

이준성은 강주봉, 강태봉에게 적의 숫자를 확인하게 하였다.

얼마 후, 형제는 왜군의 숫자가 천여 명이란 보고를 해 왔다.

왜군 지휘관이 생각보다 거친 자인 듯했다. 그로부터 이틀쯤 지났을 무렵, 왜군이 대호골을 향해 일제히 진격해 왔다.

◆ ◈ ◆

1대 10이었다.

더구나 상대는 100년이 넘는 세월을 전투로 단련해 온 정규군이었다. 반면, 대호골 주민들은 고기 잡고 농사지으며 살던 순박한 시골 사람들이었다. 애초에 게임이 안 되었다.

말보다 소문이 빠르단 속담처럼 왜군 숫자가 천 명이 넘는단 소문이 삽시간에 퍼져 나갔다. 백성들 대부분이 두려움에 몸을 떨었다. 일부는 대호골에서 도망칠 준비를 하였다.

이준성은 냉정해지려 애썼다.

그는 즉시 원로와 지휘관을 한자리에 불러 모았다.

그는 긴장한 표정이 역력한 사람들에게 농담을 슬쩍 건넸다.

"조 노인이 머리말에 금괴를 잔뜩 숨겨 두었다는 소문이 놈들 귀에까지 들어간 모양입니다. 그렇지 않고서야 이런 산골 마을에 천 명이나 되는 왜군이 쳐들어올 리 없지 않겠습니까?"

그 말에 몇 명은 웃었고 몇 명은 어색한 미소를 지었다.

조 노인이 머리맡에 금괴를 숨겨 두었다는 말은 사실이었다. 그러나 손톱만 해 금괴라 부르기도 민망할 정도였다. 다들 그 사실을 알기에 이준성의 농담에 웃음으로 화답한 것이다.

당사자인 조 노인만 황당하단 표정으로 주변에 물었다.

"내, 내 머리맡에 금괴가 있다는 걸 어떻게 아는 거지?"

그 말에 어색한 미소를 짓던 사람들까지 웃음을 터트렸다. 다른 사람들이 그 사실을 안다는 것을 그만 몰랐던 것이다.

분위기를 환기시킨 이준성은 그가 직접 주변 지형을 인드라망으로 스캔한 다음, 흰 옷에 그린 정밀 지도를 꺼내 놓았다.

"강 부관은 정찰을 통해 확인한 정보를 지도에 표시하게."

지목당한 강주봉이 일어나서 지도 위에 적을 표시하는 네모난 조각을 대호골 북서쪽과 남동쪽, 그리고 서쪽에 놓았다.

그 세 곳에는 대호골에서 밖으로 나가는 통로가 있었다. 세 곳을 제외한 나머지 지역은 깎아지른 절벽이거나, 사람 하나 지나갈 수 없을 정도로 나무와 관목이 빽빽하게 자란 데였다.

지도를 본 사람들이 다시 침울해졌다.

탈출로가 완전히 막혀 버린 것이다.

이준성은 탁자를 쾅 내리치며 소리쳤다.

"침울해할 필요 없습니다!"

그 말에 깜짝 놀란 사람들이 이준성을 쳐다보았다.

그들을 한 명, 한 명 쳐다보던 이준성이 다시금 입을 열었다.

"적이 부대를 나누어 퇴로 세 곳을 전부 차단한 행동은 오히려 우리에게 아주 좋은 기회를 제공한 것이나 마찬가지입니다."

박철이 의문을 표했다.

"그게 어떻게 기회를 제공한 게 됩니까?"

"여기서 주목해야 할 사실은 퇴로가 막혔다는 사실이 아니라, 적이 부대를 나누었다는 사실입니다. 강 부관의 정찰에 따르면, 적은 주 입구인 북서쪽으로 500명, 양동작전이 가능할 만큼 넓은 남동쪽으론 300명, 그리고 길이 제일 협소한 서쪽으론 200명을 보냈습니다. 적이 북서쪽으로 전부 쳐들어왔으면 적과 아군의 비율이 10대 1이었을 테지만, 지금은 5대 1, 3대 1, 그리고 2대 1로 줄었다는 것을 의미합니다."

강준구가 옳다는 듯 고개를 크게 끄덕였다.

"그럼 각개격파가 가능하겠군요."

박철이 불만스러운 표정으로 다시 의문을 제기했다.

"적이 줄었다곤 하지만 가장 수가 적은 부대조차 우리 전력의 두 배에 해당합니다. 이를 어떻게 처리하겠다는 말입니까?"

이준성은 하얀 이를 드러내며 시원하게 웃었다.

"하하. 이곳 속담에 똥개도 자기 집에서는 3할을 먹고 들어간다는데, 최소한 똥개보다는 더 잘 싸워야 하지 않겠습니까?"

그 말에 조 노인이 껄껄 웃었다.

"그야 그렇지요."

이준성은 다시 진지한 표정으로 말했다.

"작전을 세우는 데 있어 중요한 것은 두 가지입니다. 하나는 아군이 가진 전력을 정확히 파악하는 겁니다. 그리고 두 번째는 적이 가진 전력을 정확히 파악하는 건데, 정확히 파악한다는 말엔 적의 약점을 파악하는 일 역시 포함됩니다."

강준구가 물었다.

"적의 약점을 이용하자는 말씀이십니까?"

"그렇습니다."

박철이 물었다.

"적의 약점이 대체 뭡니까?"

"적의 약점은 그들에게 이곳 지형을 제대로 숙지할 틈이 없었다는 겁니다. 그리고 그로 인해 세 부대 사이에 통신이 원활하지 못하다는 겁니다. 우리가 찌를 곳이 바로 이겁니다."

대답한 이준성은 그가 세운 작전을 가르쳐 주었다.

작전을 들은 사람들은 감탄하는 사람이 반, 전보다 더 불안해하는 사람이 반이었다. 그만큼 대단히 과감한 작전이었다.

이준성은 1중대, 2중대, 3중대 전부를 데리고 서쪽으로 향했다.

병력을 전부 뺐다는 말은 대호골을 지킬 인원이 없다는 말과 같았다. 말 그대로 본진을 비워 둔 상태에서 나온 것이다.

이준성은 서쪽으로 오는 200여 명의 적이 대호골로 진입하기 위해서는 반드시 거쳐야 하는 길목으로 서둘러 이동했다.

서쪽은 길이 협소했다. 두 사람이 어깨를 나란히 한 채 걸으면 남는 공간이 없을 정도였다. 길 왼쪽은 관목이 무성한 가파른 비탈이었고 오른쪽은 5, 6미터 높이의 벼랑이었다.

절대 행군하고 싶지 않은 지형이었지만 서쪽 길을 이용하면 대호골의 후위를 바로 기습할 수 있어 포기하지 못한 것이다.

이준성은 길 왼쪽의 비탈 정상으로 올라가 강주봉에게 물었다.

"준비는?"

강주봉은 즉시 마른풀로 덮어 둔 통나무를 꺼내 보여 주었다.

“이겁니다.”

“여기에 기름을 발라 둔 다음, 마른풀로 덮어 두게.”

“알겠습니다.”

대호골 역시 서쪽 길의 존재를 알고 있었기에 초소를 세울 때 통나무를 이용한 부비트랩을 비탈 곳곳에 설치해 두었다.

부비트랩 준비를 마친 다음, 이준성과 1중대는 비탈을 넘어가 매복했다. 그리고 2, 3중대는 벼랑 반대쪽에 매복했다.

이준성 등은 비탈 너머에, 2, 3중대는 어둠이 짙게 깔린 벼랑 반대쪽 숲에 숨었기에 왜군이 정찰로 확인하기 쉽지 않았다.

이준성은 고개를 들어 하늘을 보았다.

붉게 물들었던 하늘이 점차 어두워지는 중이었다. 왜군은 날이 완전히 어두워지는 즉시 행군을 멈춘 다음 야영에 들어갈 것이다. 부비트랩이 최대의 효과를 발휘하려면 왜군이 좁은 길로 행군할 때를 노려야 했기에 조금 초조해졌다.

그렇게 10분쯤 기다렸을 때였다.

날이 거의 어둑해졌을 무렵, 비탈 남쪽에서 인기척이 들렸다. 이준성은 즉시 수신호로 소리를 내지 말란 지시를 내렸다.

잠시 후, 왜군 정찰병 몇 명이 나타나 왜도로 관목을 베어 가며 비탈 주변을 정찰했다. 왜군 지휘관 역시 지형이 그들에게 아주 불리하단 사실을 파악한 듯했다. 미리 정찰병을 파견해 비탈에 매복해 있는 적이 있는지 수색하는 중이었다.

그러나 그들은 한 가지 실수를 범했다.

매복해 있는 적만 찾으려 들었을 뿐, 부비트랩의 존재는 신경 쓰지 않았던 것이다. 마른풀로 덮어 놓은 부비트랩은 수상하기 짝이 없었지만 그들은 그냥 무시한 채 계속 전진했다.

비탈길 끝에 도착한 정찰 부대는 호각을 불어 안전하단 신호를 보냈다. 잠시 후, 200여 명에 이르는 적 본대가 나타났다.

창병, 조총병, 궁병 등 전투병력 150명에 지휘관으로 보이는 기마병 다섯이 포함되어 있었다. 그리고 본대 후위에는 각종 보급품을 수레에 실어 나르는 보급부대 50명이 있었다.

이준성은 수신호로 비탈 반대편에 매복해 있는 1중대에게 정상을 넘어 길이 있는 비탈 쪽으로 내려가란 지시를 내렸다.

그들은 소리가 나지 않게 조심하며 부비트랩으로 접근해 갔다. 그리고는 훈련한 대로 각자 자리를 잡았다. 그사이 이준성은 부시와 부싯돌을 꺼내 불을 붙일 준비를 하였다.

길을 따라 길게 늘어진 적 본대의 선두가 이준성이 매복한 지점을 지나 30미터쯤 통과했을 무렵, 이준성은 재빨리 부시로 부싯돌을 긁어 부비트랩을 덮은 마른풀에 불을 붙였다.

치이익!

마른풀에 붙은 불은 곧장 통나무에 발라진 기름으로 향하는 그 순간.

쾅!

거센 폭음과 함께 거대한 불길이 치솟았다. 갑작스런 불길에 놀란 왜군이 고개를 돌리는 사이, 이준성은 재빨리 도끼를 든 도부수에게 신호했다.

신호를 본 도부수는 도끼를 내리쳐 부비트랩을 고정한 밧줄을 잘랐다. 그 순간, 불이 붙은 통나무가 비탈에 무성한 관목을 탱크처럼 깔아뭉개며 밑으로 굴러 내려가기 시작했다.

이준성은 불이 붙은 통나무가 기병 하나와 보병 10여 명을 휩쓸며 지나가는 모습을 보다가 고개를 돌려 옆을 보았다.

1중대에 속한 다른 중대원들 역시 통나무에 불을 붙여 길 밑으로 굴렸다. 불이 붙은 통나무는 세 개에 불과했지만, 길게 늘어져 있던 왜군 본대를 조각내는 데에는 충분했다.

그러나 왜군 역시 정예인 듯했다.

갑작스러운 화공에 놀랐음에도 바로 반격을 시도했다.

조총병과 궁병이 즉시 비탈길 위로 원거리 공격을 가했다. 그리고 보병은 비탈 위로 기어올라 1중대를 공격하려 했다.

이준성은 1중대 대원들에게 나무 뒤에 숨으란 지시를 내렸다.

그때였다.

통나무가 휩쓸고 지나간 자리에서 불길이 다시 치솟았다.

길에 깔아 놓은 마른풀에 불이 붙어 사방으로 불이 번진 것이다. 마른풀 밑에 노획한 화약을 뿌려 두어 더 빨리 번졌다.

불길은 가장 먼저 조총병이 보유한 화약에 불을 붙였다.

펑펑펑펑!

화약이 터지는 순간, 조총병이 연기에 휩싸여 하나둘 쓰러졌다.

또한 통나무가 관목을 뭉개며 내려갈 때 사방에 불씨를 남긴 바람에 왜군 보병은 산불로 인해 위로 전진할 방법이 없었다.

이준성은 즉시 1중대에 공격을 명했다.

그 순간, 활을 든 1중대 대원들이 일제히 불화살을 쏘았다. 어둠 속에서 적을 맞추려면 상당한 실력이 필요하지만, 지금은 그럴 필요가 없었다. 지금은 그저 불이 붙은 길 위에 불화살을 계속 발사해 불이 꺼지지 않게만 만들면 충분했다.

사방에서 불길이 덮치는 순간, 겁에 질린 왜군은 상당한 피해를 입은 상태에서 보급물자를 버린 채 벼랑으로 뛰어내렸다.

벼랑의 높이가 그리 높지 않다곤 하지만 충격이 전혀 없을 순 없어 다시 상당수가 비명을 지르며 전열에서 이탈했다.

살아남은 왜군은 불길을 피해 반대편 숲으로 도망쳤다.

이준성은 적이 왔던 길을 되돌아갈 수 있기에 불이 붙지 않은 지점에 1중대를 내려 보내 적의 후위를 완전히 차단했다.

말 그대로 물고기를 잡기 위해 그물을 쳐 둔 것이다.

이준성은 인드라망으로 도망치는 왜군의 위치를 관찰하다가 강주봉이 건넨 활에 불화살을 메겨 하늘 높이 쏘아 올렸다.

피유융!

날카로운 소음을 내며 쏜살같이 날아간 불화살은 까마득한 높이까지 올라간 후에야 다시 바닥으로 떨어지기 시작했다.

"와아아아!"

그때, 벼랑 반대편 숲에 매복해 있던 2, 3중대가 패주한 왜군을 공격했다. 1중대 역시 벼랑을 우회해 왜군의 뒤를 쳤다.

앞뒤에서 공격받은 왜군은 30명쯤 남았을 때 전부 항복했다.

200여 명의 적을 화공으로 완벽하게 제압한 것이다.

서쪽 길의 대승으로 대호골의 사기는 그야말로 충천할 듯했다.

그러나 아직 안심하긴 일렀다.

적은 아직 800명이나 남아 있었다.

이준성은 다음 작전을 위해 서둘렀다.

4장. 어둠 속의 유령

4장. 어둠 속의 유령

이준성은 강준구에게 전리품을 회수한 다음, 포로를 대호골로 압송하게 했다. 그리고 그 자신은 하구로, 카네, 슈메 세 명과 함께 적 300명이 오고 있는 남동쪽 길로 이동했다.

네 명으로 300명을 상대한다는 이준성의 계획을 처음 들었을 때, 다들 불가능할 거라 얘기했다. 그러나 이준성은 자신이 있었다. 어둠과 고정관념이 그의 편이었기 때문이었다.

그러나 걱정이 전혀 없지는 않았다.

이번에 동원한 하구로, 카네, 슈메 모두 투항한 항왜였다. 그들이 작전 중에 배신하기라도 한다면 곤란을 겪을 위험이 아주 높았다.

그러나 이준성은 그들을 믿었다.

아니, 믿는다기보다는 배신하지 않을 거라 생각했다.

왜군은 적에게 항복한 병사를 받아 줄 만큼 너그럽지 않았다.

그들은 이제 돌아갈 수 없었다.

오히려 지금과 같은 상황에선 조선 병사보다 더 활약을 해야지만 그들에게 씌워진 편견을 조금이라도 벗을 수 있었다.

왜군이 가는 중인 남동쪽 길은 그리 멀지 않아 달이 중천에 떴을 무렵엔 왜군이 야영하는 언덕 근처에 도착할 수 있었다.

남동쪽에서는 화공이 쉽지 않았다. 길이 넓은 데다 남쪽은 완만한 능선이어서 언제든 내뺄 수 있었다. 그렇다면 기책이 아닌 정공으로 상대해야 한단 말인데, 이제 보름쯤 훈련한 병력 100명으로 왜군 300명을 상대할 순 없는 일이었다.

이에 이준성은 극단적인 기책을 꺼내 들었다.

왜군 야영지가 내려다보이는 언덕에 도착한 이준성은 봇짐을 풀어 그 안에 든 옷과 갑옷, 무기를 꺼냈다. 바로 왜군 아시가루가 착용하는 옷과 갑옷, 그리고 그들이 사용하는 무기였다. 이준성은 재빨리 옷을 갈아입은 다음, 그 위에 갑옷을 걸쳤다. 그리고 들고 있던 왜도는 장창으로 바꿨다.

하구로, 카네, 슈메 역시 마찬가지였다.

봇짐에 넣어온 옷과 갑옷으로 복장을 모두 교체한 다음, 왜도와 장창 등으로 무장했다. 모두 왜군에게서 노획한 장비였다.

그때, 카네가 하구로와 귓속말을 나누는 모습이 시야에 잡혔다.

이준성은 호기심이 생겨 물었다.

"무슨 대화를 나누는 건가?"

카네가 즉시 대답했다.

"왜군은 이런 작전에 당한 경험이 많아 적지에서 야영할 때는 반드시 아군임을 표시하는 표식을 몸 어딘가에 하여 적과 아군을, 그리고 아군에 숨어든 적의 간자를 구분한답니다."

이준성이 고개를 끄덕였다.

"비컨 같은 건가 보군."

카네가 고개를 갸웃거리며 물었다.

"비컨이 뭡니까? 제가 모르는 말입니까?"

"내가 있던 군대에선 피아를 식별하는 신호를 비컨이라 하지."

이준성이 알기로 한국군은 처음에 피아식별띠를 이용해 적군과 아군을 구분했다. 그때 사용한 피아식별띠는 안과 밖의 색이 달랐다. 그리고 위아래에 적힌 문구 역시 달라 정해진 시간마다 색이나 문구를 바꾸어 적아를 구분했다. 암구호를 주고받는 행동 역시 피아식별띠와 비슷한 용도로 쓰였다.

그러나 기술이 발전한 후부턴 위성신호를 방출하는 비컨을 달아 적아를 구분했다. 비컨은 특히 야간에 중요했다. 야간에는 적아를 구분하기가 어려워 오인사격이 빈번하게 이루어졌기 때문에 비컨으로 아군과 적군을 구분하기 시작했다.

야간투시경을 쓴 상태에서 비컨을 착용하면 아군일 경우, 비컨이 깜박거리지만 아군이 아닌 경우엔 깜박거리지 않았다. 특정 주파수를 이용하기에 적과 겹칠 염려 역시 없었다.

카네가 왜군 야영지를 살펴보다가 고개를 절레절레 저었다.

"어두운 데다 거리가 너무 멀어서 그들이 어떤 방식으로 적아를 구분하는 표식을 했는지 알아보기 어려울 것 같습니다."

이준성이 카네에게 물었다.

"표식이 어떤 방식으로 이루어지는지 물어보게."

카네는 즉시 하구로에게 물었다.

그리고 하구로가 대답한 내용을 다시 통역했다.

"각반을 거꾸로 차거나 한쪽 소매를 걷는 방식을 쓴답니다."

이준성은 인드라망으로 왜군 야영지를 유심히 관찰했다. 곧 인드라망이 고배율 적외선촬영으로 촬영한 영상을 출력했다.

이준성은 영상을 통해 왜군이 공통적으로 왼쪽 소매를 살짝 걷은 모습을 확인할 수 있었다. 이준성은 영상을 통해 본 광경을 하구로에게 설명했다. 하구로는 이준성이 예측한 게 맞다는 듯 고개를 끄덕였다. 네 사람은 즉시 왼쪽 소매를 살짝 걷어 왜군이 그들의 정체를 눈치 채지 못하게 했다.

물론 하구로 등은 이준성의 놀라운 시력에 감탄해 벌려진 입을 다물지 못했다. 그들이 인드라망을 몰라 벌어진 촌극이었다.

준비를 마친 이준성은 슈메에게 손짓했다.

슈메는 즉시 등에 지고 있던 대궁과 철시를 이준성에게 건넸다.

대궁과 철시는 조 노인이 이준성을 위해 특별히 제작한 무기로 엄청난 힘이 필요해 오직 그만이 시위를 당길 수 있었다.

이준성은 대궁의 시위를 당기는 힘과 철시가 날아가는 거리의 상관관계를 유진을 통해 분석해 완벽한 제원을 획득했다.

유진은 마치 고성능 사격통제장치처럼 이준성의 힘을 조절해 원하는 장소에 오차범위 1미터 안으로 날리게 도와주었다.

활처럼 변수가 큰 무기로 오차범위가 1미터밖에 되지 않는단 말은 거의 신궁이나 다름없다는 뜻이었다. 더욱이 1킬로미터에 달하는 사거리에서의 오차범위가 1미터라는 것은 더 대단할 수밖에 없었다.

이준성은 조금 전에 인드라망으로 야영지를 살펴보았을 때 화살을 쏠 목표 세 곳을 미리 정해 두었다. 첫 번째는 야영지에서 가장 큰 막사였다. 분명 지휘관이 머무르는 막사일 것이다.

이준성은 유진에게 바람과 거리, 습도 등 활을 쏘는 데 영향을 끼치는 모든 변수를 철저히 계산하게 하였다. 그리고는 카네에게서 불을 붙인 철시 하나를 건네받았다. 기름과 송진에 푹 적셔 두었던 헝겊이 철시 화살촉에 돌돌 말려 있어 불을 붙이면 웬만큼 강한 바람이 아니고서는 쉽게 꺼지지 않았다.

이준성은 불을 붙은 철시를 대궁에 메긴 다음, 시위를 당겼다.

시위를 당기는 순간, 거대한 대궁이 끼이익 대며 금방이라도 부러질 것처럼 휘어졌다. 이준성은 인드라망으로 유진이 계산한 결과를 보며 힘을 조절했다. 그리곤 각도를 맞춘 다음, 시위를 잡은 손가락을 놓았다. 시위가 제자리로 돌아가는 순간, 세찬 바람이 일어나 여름에 에어컨을 튼 듯한 기분을 느꼈다.

쉬이익!

주황색 불꽃을 매단 철시가 미사일처럼 허공으로 곧장

솟구쳤다가 다시 낙하하며 왜군 야영지 한가운데로 쏘아져 갔다.

거리가 멀어 철시가 박히는 소리는 들리지 않았지만, 지휘관 막사에서 불길이 치솟는 모습을 보며 성공했음을 직감했다.

조용하던 왜군 야영지는 금세 혼란에 휩싸였다.

"그렇게 놀랄 필요 없어. 불꽃놀이는 이제 막 시작했으니까."

이준성은 카네가 건넨 두 번째 철시를 발사했다.

이번엔 군마를 묶어 둔 곳에 철시를 떨어트려 군마들이 미친 듯이 날뛰게 만들었다. 군마 몇 마리는 아예 목줄을 끊은 상태에서 사방으로 도망쳤다. 왜군은 날뛰는 군마를 진정시키느라 애를 먹었다. 이준성은 세 번째 화살을 발사했다.

세 번째 화살은 왜군에게 치명상을 입혔다.

화살이 떨어지는 순간, 마치 자주포 고폭탄이 떨어진 것처럼 엄청난 폭음이 연달아 일며 섬광과 불길이 근처를 휩쓸었다.

왜군 화약저장고에 불화살이 떨어진 것이다. 화약이 아깝긴 했지만 왜군의 혼란을 일으키는 데는 그보다 좋은 방법이 없었다.

그때, 하구로가 일본말로 뭐라 외쳤다.

카네가 즉시 통역했다.

"놈들이 우리 쪽으로 온답니다!"

이준성 일행은 곧장 언덕을 내려와 왼쪽으로 우회했다.

왜군은 엄청난 피해를 입힌 정체불명의 적에게 복수하려는 듯 200명이 넘는 병력을 그들이 있던 언덕으로 돌격시켰다.

그러나 그들이 발견할 수 있던 것은 발자국 몇 개가 전부였다.

혼란은 틈을 준다.

지금 역시 마찬가지였다.

이준성 일행은 왜군으로 위장한 상태에서 야영지로 천천히 접근했다. 짙은 어둠은 그들의 접근을 은폐해 주기에 충분했다.

왜군 야영지는 정신없었다.

불이 붙은 막사에 흙을 끼얹는 왜군부터 놀란 군마를 진정시키느라 진땀을 빼는 왜군까지 그야말로 혼란 그 자체였다.

어딘가에 숨어들기에 이보다 좋은 조건은 없었다.

네 명은 마치 물이 스펀지에 스며들 듯 야영지 안으로 들어갔다. 그리고 혼란스러운 틈을 노려 그들이 원하는 것을 찾았다.

"저기입니다."

카네가 야영지 왼쪽 구석을 가리켰다.

카네가 가리킨 왼쪽 구석에는 말뚝이 하나 박혀 있었다.

그리고 그 말뚝에 농가에서 개를 키우듯 목에 목줄을 한 노인과 중년 사내 두 명이 묶여 있었다. 그들은 조선 백성의 옷차림을 하고 있었는데, 왜군이 엄청나게 복잡한 계략을 꾸미는 게 아니라면 그 두 사람은 조선 백성이 틀림없어 보였다.

그는 혼란을 틈타 그들에게 접근했다. 평소엔 지키는 병력이 있을 테지만 지금은 그들에게 신경 쓸 틈이 없는 듯했다.

이준성은 칼로 두 사람의 목을 묶고 있던 줄을 잘라 내며 속삭였다.

"당신들을 도와주러 온 사람입니다. 여기에 이대로 있다가 야영지에서 불길이 또 치솟으면 빠르게 서쪽으로 도망치십시오."

노인과 중년 사내는 알아들은 듯 고개를 끄덕였다.

이준성은 다시 밖으로 나와 두 번째 목표물을 찾았다.

그들이 찾는 목표물은 찾기 쉬운 장소에 있었다. 소가 끄는 수레 10여 대가 짐을 잔뜩 실은 상태로 놓여 있었던 것이다.

그러나 이번에는 수레 옆에 지키는 병력이 있었다.

이준성은 막사 앞에 놓여 있는 화로를 슬쩍 걷어찼다. 그 즉시, 불이 붙은 장작들이 쏟아져 나와 뒤에 있는 막사를 태웠다.

막사에서 불길이 치솟는 모습을 본 병력이 그쪽으로 달려왔다.

이준성 일행은 그 틈에 수레에 접근해 남아 있는 병력 서너 명을 마저 해치운 다음, 수레를 끄는 소들을 자유롭게 해 주었다. 소는 순한 탓에 그 자리에서 움직이려 들지 않았다. 이준성은 소들의 엉덩이를 횃불로 지져 야영지 밖으로 도망치도록 해 주었다. 그리고는 다시 돌아와서 보급품을 실은 수레마다 준비해 온 화약과 송진을 뿌린 뒤 불을 질렀다.

가장 중요한 화약에 이어 보급품까지 몽땅 타 버린 셈이었다.

당황한 왜군은 고래고래 소리를 지르며 수레를 태우는 불길을 잡기 위해 달려왔다. 그때, 다시 우회한 이준성 일행은 군마가 묶여 있는 장소로 달려갔다. 군마를 묶어 둔 말뚝 옆에는 이준성이 발사한 철시가 땅 속에 사선으로 박혀 있었다.

이준성 일행은 군마를 진정시키려는 왜군을 뒤에서 기습해 쓰러트린 다음, 각자 튼튼한 군마 하나씩을 골라 올라탔다. 그리고 남은 군마는 엉덩이를 걷어차서 밖으로 쫓아 버렸다.

현장이 워낙 혼란스러운 덕분에 이준성 일행이 그들의 군마를 탈취했다는 사실을 눈치 챈 왜군은 없었다. 이준성은 기수를 돌리며 야영지 내부를 재빨리 훑어봤다. 기마 무사 두 명이 소리를 지르며 불을 끄는 부하를 독려하는 모습이 보였다. 이준성은 지체 없이 그쪽으로 말을 몰아 달려갔다.

기마 무사 하나가 고개를 돌리는 순간, 이준성은 재빨리 단창을 찔러 갔다. 기마 무사는 말안장에 앉은 자세 그대로 장창에 꿰여 5미터나 날아갔다. 창을 버린 이준성은 재빨리 왜도를 뽑아 두 번째 기마 무사의 머리를 몸통에서 분리시켰다.

그제야 이준성 일행이 왜군으로 위장한 상태에서 야영지 안에 잠입했다는 사실을 눈치 챈 왜군이 벌떼처럼 모여들었다.

◆ ◈ ◆

왜군은 욕설을 내뱉으며 이준성 일행을 공격해 왔다.

이준성 일행은 덮쳐 오는 왜군을 베어 가며 야영지를 탈출했다.

왜군은 놓치지 않겠다는 듯 그런 이준성 일행의 뒤를 쫓아왔다.

이준성은 조총과 화살을 피하기 위해 지그재그로 움직였다. 그러나 속도를 너무 내진 않았다. 속도를 너무 내서 왜군이 떨어져 나가면 오늘 한 이 개고생이 물거품으로 돌아간다.

풀숲에 숨어든 이준성 일행은 원을 그리듯 방향을 바꿔 동쪽으로 말을 몰았다. 왜군은 그런 이준성 일행의 뒤를 집요하게 추격해 왔다. 이준성은 말을 몰며 전방을 주시했다. 그가 철시를 쏘았던 언덕 위에 왜군 200여 명이 모여 있었다.

그들은 철시를 쏜 이준성 일행의 흔적을 찾는 중이었는데 그들이 찾는 이준성 일행이 그들에게 돌아가고 있었던 것이다.

이준성은 카네에게 신호를 보냈다.

신호를 본 카네는 곧장 왜국말로 소리치기 시작했다. 하구로와 슈메 역시 카네를 따라 왜국말로 고래고래 소리를 질렀다.

그들이 소리친 말에는 왜군으로 위장한 적이 공격해 왔다는 의미가 들어 있었다. 언덕을 수색하던 왜군은 즉시 반응했다. 카네 등은 큐슈 사투리로 외치는 중이었다. 의심할 이유가 없었다. 적이 심어 놓은 간자들이 왜국 변방에 해당하는 큐슈 사투리를 이렇듯 정확하게 구사할 리가 없었던 것이다.

언덕을 수색하던 왜군은 곧장 이준성 일행 쪽으로 달려 내려와 그들을 쫓는 왜군을 대신 막아 주었다. 이준성 일행 역시 기다렸다는 듯 기수를 돌려 왜군을 같이 공격하기 시작했다.

불과 30분 전까지 한솥밥을 먹던 왜군들이 서로를 공격하기 시작한 것이다. 간자는 큐슈 사투리를 할 줄 모를 거라는 고정관념에 칠흑 같은 어둠이 더해져 만들어진 참극이었다.

이준성 일행은 말을 탄 지휘관을 집중적으로 노렸다. 일반 병사는 이런 혼잡한 상황에서 전체적인 그림을 보기 힘들지만 훈련을 받은 지휘관들은 돌아가는 사정을 알 수 있었다.

이준성은 지휘를 내리는 기마 무사를 향해 돌진해 들어갔다. 기마 무사 역시 이준성의 존재를 눈치 챈 듯 단창을 앞으로 찔러 왔다. 이준성은 왜도로 단창을 막은 다음, 그 왜도를 뒤집어 위로 올려쳤다. 기마 무사의 얼굴이 턱에서부터 이마까지 한 번에 잘리며 선혈이 분수처럼 쏟아져 나왔다.

그러나 기책은 기책일 따름이었다.

누군가는 돌아가는 상황이 이상하단 사실을 눈치 챘을 터였다.

이준성은 휘파람을 불어 카네 등에게 탈출하란 신호를 보냈다. 이준성은 일행의 맨 뒤에서 움직이며 적의 동태를 살폈다.

예상대로 냉정을 찾은 왜군은 그들이 지금까지 동료에게 무기를 휘둘렀단 사실을 눈치 챈 듯 일제히 동작을 멈췄다.

그 다음엔 당연히 이런 참극을 만들어 낸 개자식을 찾아 나섰다.

그런 그들의 눈에 남서쪽으로 도망치는 이준성 일행의 모습이 들어왔다. 그들은 지체 없이 이준성 일행의 뒤를 추격했다.

적은 불과 네 명이었다.

자존심에 상처 입은 왜군은 눈에 불을 켜고 일행을 추격했다.

이준성은 앞에 있는 숲으로 도망치며 왜군 야영지를 인드라망으로 훑어보았다. 말뚝에 묶여 있던 조선 백성 두 명은 그 틈에 도망친 듯 모습이 보이지 않았다. 안심한 이준성은 왜군을 숲으로 끌어들인 다음, 재빨리 북동쪽으로 도망쳤다.

유진은 삼각측량을 통해 만든 지도로 그들이 지금 어디에 있는지, 그리고 대호골과는 얼마나 떨어져 있는지를 알려 주었다.

덕분에 일행은 헤매는 일 없이 대호골로 돌아갈 수 있었다.

그러나 왜군은 달랐다.

왜군이 유인당해 들어간 숲은 근처에 사는 나무꾼들에게 귀신의 숲이라 불리는 곳으로 방향감각을 잃기 쉬웠다. 상식대로 해가 떠 있는 방향으로 움직였다가는 더 깊은 숲으로 들어가는 꼴이라서 탈수나 탈진으로 죽기 안성맞춤이었다.

더구나 길을 안내해 주던 조선 백성 두 명이 도망치는 바람에 그들이 제시간 안에 대호골에 도착할 가능성은 없었다.

아니, 살아서 귀신의 숲을 빠져나올 수 있을지조차 예측이 힘들었다. 어쨌든 그 덕에 상대해야 할 적이 반으로 줄었다.

한편, 대호골에 복귀한 이준성은 쉴 틈 없이 정찰병을 내보냈다. 500명으로 이루어진 적 본대가 대호골 입구에 도착하기 직전이었다. 박철은 병법을 내세워 강공을 주장했다.

"적은 험한 산을 오르느라 지쳤을 겁니다. 이때 치지 않으면 우리에겐 기회가 없을지 모릅니다. 먼저 쳐내려가야 합니다."

이준성은 고개를 저었다.

"우리 역시 간밤의 기동으로 지친 것은 마찬가지요. 그리고 왜군 지휘관이 우리가 그들이 지쳤을 때를 노려 쳐들어올 거란 걸 알고 역으로 함정을 판다면 우린 거기서 끝장날 거요."

"그럼 놈들이 쳐들어올 때까지 마냥 기다리잔 겁니까?"

이준성은 웃으며 고개를 저었다.

"왜군 역시 당신처럼 생각할 공산이 높아 역이용할 생각이오."

"역이용이요?"

"그렇소. 왜군은 우리가 그들이 가장 약한 시기를 노려 쳐들어올 거라 예상해 경계심을 풀지 않을 거요. 그러나 거기서 한두 시간이 지난 후에도 우리가 공격해 오지 않는 모습을 본다면, 분명 그들은 경계심을 상당히 풀 거요. 우린 그때를 노리는 거요."

이준성은 병사들에게 새벽까지 휴식을 취하란 명을 내렸다. 곧 경계 병력을 제외한 전 인원이 꿀맛 같은 휴식을 취했다.

한편, 이준성은 계속 정찰병을 내보내 왜군의 위치를 탐문했다. 새벽 3시쯤, 마침내 왜군 본대가 대호골 입구에 도착했다.

이준성은 지휘관들과 함께 계곡으로 내려가 전방을 관찰했다.

왜군이 만든 시커먼 그림자가 계곡 입구에 독버섯처럼 펴져 있었다. 또 그들이 가져온 대형 군기가 새벽 여명 속에서 희미한 빛을 뿜어냈다. 이준성은 그가 본 군기의 모양을 하구로에게 설명했다. 하구로는 어렵지 않게 군기의 주인을 알아냈다. 주인은 왜군 2번대의 사가라 요리후사란 자였다.

이준성은 바로 유진을 통해 하구로의 말이 맞는지 알아봤다.

유진이 검색한 정보와 하구로의 말이 일치했다.

이준성은 유진을 통해 사가라 요리후사의 정보를 찾아봤다.

사가라 요리후사는 큐슈 히고에 영지가 있는 영주였다. 영지의 규모가 작은 탓에 기록이 많진 않았다. 대충 큐슈에서 이리저리 치이다가 도요토미 히데요시에게 항복한 듯했다.

사가라 요리후사는 가토 기요마사가 지휘하는 2번대에 속해 있었는데 800명 안팎의 병력을 동원했다는 설명이 있었다.

그동안 상대한 적의 숫자를 고려할 때, 얼추 맞는 듯했다. 병력 숫자는 치중부대, 즉 보급부대처럼 비전투원까지 전부 합쳤을 때와 그렇지 않을 때에 따라 숫자에 차이가 있었다.

이준성은 인드라망으로 사가라 부대의 진영을 관찰했다. 사가라 부대는 앞에 목책을 세운 다음, 그 뒤에 진채를 내렸다.

병력은 목책 뒤에서 상대의 기습을 방어하는 형태로 배치했다.

박철의 주장대로 지금 기습했다가는 왜군의 역습에 걸려 큰 피해를 입었을 확률이 높았다. 이준성은 날이 좀 더 개기를 기다리며 인드라망으로 왜군의 동태를 꾸준히 감시했다.

그때, 우연히 고개를 돌리다가 멀찍이 앉아 있는 슈메를 보았다. 슈메 역시 그를 보는 중이었는지 시선이 마주쳤다. 한데 슈메는 시선이 마주치는 순간, 깜짝 놀라 고개를 돌렸다. 마치 봐선 안 될 광경을 본 사람처럼 당황하는 모습이었다.

이준성은 옆에 있는 카네에게 물었다.

"슈메가 왜 저러는 거야?"

카네가 입을 우물거리다가 대답했다.

"슈메는 장군님을 귀신이라 생각하는 모양입니다."

"귀신?"

"그렇습니다. 귀신이 사람의 탈을 쓴 거라 생각하는 겁니다."

"하하."

이준성은 어이가 없어 웃었지만 카네는 웃지 않았다.

대신 진지한 목소리로 덧붙였다.

"장군님이 밤에 잘 보이지도 않는 왜군 야영지에 화살을 정확히 쏘아 맞히는 모습을 보고선 기절할 정도로 놀라더군요."

이준성은 슈메에게 걸어가 그의 어깨에 팔을 올렸다.

"슈메, 넌 내가 정말 귀신이 탈을 쓴 거라 생각 하냐?"

카네의 통역을 들은 슈메가 당황한 표정으로 고개를 저었다.

이준성은 피식 웃었다.

"솔직히 말해도 괜찮아. 그런 걸로 혼내고 그러진 않으니까."

슈메는 그제야 겁을 집어먹은 표정으로 고개를 살짝 끄덕였다.

이준성은 껄껄 웃다가 슈메의 머리카락을 헝클어트렸다.

"네 말대로 난 다른 사람들에 비해 조금 특이한 게 사실이야. 하지만 나 역시 피가 흐르는 사람이야. 목이 잘리면 죽는다고. 그러니까 그렇게 겁을 먹거나 두려워할 필요가 없어."

슈메는 그제야 미소를 지었다.

다시 자리로 돌아온 이준성은 인드라망으로 적진을 살폈다.

도착한 지 2시간 이상 지나서 그런지 초반의 경계심이 상당히 누그러져 있었다. 마침 날 역시 밝아 오고 있었다. 시커멓던 동쪽 하늘이 붉게 물들더니 서광이 계곡을 비추기 시작했다.

이준성은 고개를 돌려 계곡 상류를 보았다.

짙은 산안개가 상류에서 내려와 왜군이 진채를 내린 입구로 내려가는 중이었다. 대호골에서는 매번 보던 광경이라 그리 이상할 게 없었지만 왜군에게는 생소할 것이 분명했다.

이준성은 수신호로 각 중대에 출격 대기를 명했다.

그리고 산안개가 왜군 진채 앞에 거의 도달했을 즈음, 병력과 함께 참호 밖으로 나와 계곡 밑으로 내려가기 시작했다.

이준성은 각 부대에 기도비닉을 유지하란 엄명을 내렸다. 만약 이를 어기는 병력이 있을 시, 군법으로 처리할 거라 말했다. 그 덕분인지 대호골 병력은 마치 유령처럼 안개 속으로 들어간 다음, 왜군 진채를 향해 접근하기 시작했다.

이준성은 맨 앞에서 병력을 선도했다. 인드라망이 장비한 적외선, 열적외선 모드 덕분에 그들은 짙은 안개 속에서 헤매는 일 없이 곧장 왜군 진채에 다다를 수 있었다. 이준성은 목책을 기어오른 다음, 가져온 밧줄을 목책 끝에 걸었다. 그리곤 밧줄 끝을 재갈을 물린 군마 다섯 마리에 묶었다.

이준성의 신호를 본 병사들이 군마의 엉덩이를 때리는 순간, 군마 다섯 마리가 달려가며 통나무로 만든 목책을 넘어트렸다. 말 그대로 목책 한쪽에 큰 구멍이 뚫린 셈이었다.

"공격!"

이준성이 이끄는 대호골 병력 100명이 뚫려 있는 목책 안으로 물밀듯이 쏟아져 들어갔다. 그야말로 완벽한 기습이었다.

◆ ◈ ◆

기습을 당한 왜군은 졸린 눈을 비비며 일어나 반격을 시작했다. 그러나 대호골 병력은 절대 깊숙이 들어가지 않았다.

이준성은 대호골 병력을 숫자가 많은 적과 정면 대결시켜 소모할 생각이 전혀 없었다. 왜군 주력을 목책이 뚫려 있는 곳에 붙잡아두는 데 집중하라는 지시를 각 지휘관에게 내렸다.

이는 일종의 양동작전이었다.

그사이, 이준성은 몇 명을 데리고 우회해 목표물을 찾았다.

목표물은 바로 왜군의 군량과 화약이었다.

어제 벌어진 전투에선 불을 붙인 철시로 태울 수 있었지만 지금은 어려웠다. 어제 야영지에 있던 왜군은 그들이 그 시점에 공격받을 거라 전혀 예상하지 못해 방어가 허술했다.

그러나 대호골 입구에 진채를 내린 왜군은 근처에 적이 있다는 사실을 알았다. 가장 중요한 군량과 화약을 보호하는 데 최선을 다한 것이다. 더욱이 군량과 화약은 불에 타거나 비에 젖으면 쓸모가 없어지기에 방비를 더욱 철저하게 하였다.

불을 붙인 철시로 공격할 수는 있지만 큰 효과를 보기는 어려웠던 것이다. 그런 이유로 이준성은 직접 왜군 진채에 뛰어들어 왜군이 가진 화약과 군량을 찾았다. 진채의 구조를 잘 아는 하구로 덕분에 화약을 쌓아 둔 창고를 찾을 수 있었다. 불이 붙지 않도록 돌과 진흙을 쌓아 만든 창고였다.

이준성은 창고를 지키는 왜군을 베어 가며 강행 돌파해 왜군이 사용하던 횃불을 창고 안에 던져 넣었다. 잠시 후, 폭음과 함께 화약이 폭발하며 흙과 돌덩이가 사방으로 비산했다.

그러나 왜군 역시 중요한 화약을 한군데에 저장하는 우를 범하지 않았다. 이준성은 몰려드는 왜군을 베어 가며 화약을 저장하는 창고를 찾아 같은 작업을 반복했다. 그리고 화약을 다 없앤 다음에는 군량을 찾아 불에 태웠다. 화약을 저장한 창고가 폭발할 때마다 마치 연막탄을 터트린 것처럼 연기가 진채 위를 뒤덮었기에 그나마 고생을 덜할 수 있었다.

이준성은 화약 연기 속에 숨어 있다가 바닥에 굴러다니던 장창을 집어 옆을 지나가던 기마 무사의 옆구리에 찔러 넣었다. 그리고는 주인을 잃은 말에 올라타 목책으로 돌아갔다.

이준성을 따라온 다른 병력들 역시 기마 무사를 없앤 다음, 뺏은 군마에 올라타 뒤를 따랐다. 그때, 왜군 주력은 목책에서 양동 공격하던 대호골 병력을 점차 몰아내는 중이었다.

어차피 대호골 병력은 왜군과 진심으로 싸울 생각이 없었다. 지시에 따라 못이기는 척 목책 뒤로 후퇴했다. 그때, 임무를 마친 이준성 일행이 도착해 왜군 후위를 가르기 시작했다.

이준성이 마침내 전면에 등장하는 순간이었다.

지금까지 이준성의 활약을 제대로 목격한 사람은 소수에 불과했다. 강 노인의 가족과 투항한 항왜 몇 명이 전부였다.

이준성은 왜군에게서 빼앗은 언월도를 휘두르며 적진을 갈랐다.

안개를 뚫고 들어온 아침햇살이 피에 젖은 언월도의 날을 비출 때마다 왜군의 잘린 머리와 팔다리가 공중으로 치솟았다.

더구나 왜군의 주력인 장창 부대는 장창의 길이 때문에 좁은 공간에서 선회가 쉽지 않아 뒤에서 덮치는 이준성을 막지 못했다. 가끔 왜도나 언월도, 단창을 든 왜군이 덮쳐 왔지만, 군마 위에서 언월도를 휘두르는 그를 막아 낼 재간이 없었다.

갑옷을 잘 차려입은 사무라이가 단창으로 이준성의 허벅지를 찔러 왔지만, 그는 한 손에 쥔 언월도로 쳐낸 뒤 다른 손으로 안장에 있는 왜도를 뽑아 사무라이 가슴에 찔러 넣었다.

왜도는 칼이었다.

즉 베는 용도로 쓰는 무기였지만, 엄청난 근력을 가진 이준성은 그 왜도로 갑옷을 입은 사무라이 가슴에 구멍을 뚫었다.

잘 싸운다는 사무라이가 그럴진대 일반 아시가루야 당할 재간이 없어 후위를 돌파당했다. 목책까지 돌격해 퇴로를 연 이준성은 다시 돌아가 그를 따라왔던 특공대원들이 목책 밖으로 안전하게 빠져나갈 수 있게 도와주었다.

그때, 왜군이 이준성을 상대하는 방법을 바꾸었다.

이준성을 없앨 수 없다면 그가 탄 말을 없애기로 한 것이다. 왜군은 이준성이 탄 말의 다리와 머리를 집중적으로 노렸다.

한데 이준성이 탄 말이 생각 외로 영리했다.

자길 향해 날아오는 무기에 겁을 집어먹기는커녕, 오히려 속도를 내서 포위망 한쪽을 돌파해 버렸다. 이는 이준성이 한 게 아니라, 말이 한 일이었다. 피식 웃은 이준성은 그 덕분에 말까지 살려 다시 목책 밖으로 후퇴하는 데 성공했다.

이준성은 마지막까지 남아 대호골 병력의 후퇴를 지원하다가 계곡 위 참호로 복귀했다. 강한 햇살이 계곡 안을 비춤에 따라 계곡을 덮었던 산안개는 이미 종적을 감춘 후였다.

그러나 산안개가 조금 전 전투의 결과까지 사라지게 하진 못했다.

왜군 진채 곳곳에서 짙은 연기가 올라왔다.

군량과 화약이 타면서 나는 연기였는데 왜군이 재빨리 불을 꺼 상당 부분을 건졌다고는 하지만 타격이 적을 수가 없었다.

참호에 도착한 이준성은 말에서 내려 숨을 크게 들이마셨다.

이번엔 꽤 긴장했던 탓에 손발이 저릿저릿했다.

긴장을 푼 다음에는 말을 살펴보았다. 말은 윤기가 자르르 흐르는 검은색 갈기를 지녔는데, 격전 한가운데 있었단 사실이 믿기지 않을 만큼 털끝 하나 다친 데가 없었다. 그저 땀을 비 오듯이 흘리며 허연 콧김을 연신 내뿜을 뿐이었다.

이준성은 고마운 마음에 수건으로 말의 땀을 닦아 주었다. 말 역시 이준성이 마음에 든 듯 콧등을 그에게 비벼 왔다.

땀을 다 닦아 준 이준성은 슈메를 불러 말에게 물과 먹이를 주게 했다. 급조한 마구간에는 이준성이 방금 데려온 말을 포함해 벌써 스무 마리의 말이 꽉 들어차 있었다. 한 마리는 강 노인 가족을 구할 때 노획한 말이었고, 나머지는 어제와 오늘 전투에서 각각 노획한 말이었다. 잘 훈련받은 군마 스무 마리면 작은 기병 부대를 하나 만들 수 있는 숫자였다.

다시 왜군 진채를 살펴보기 위해 고개를 돌리는 순간.

이준성은 모든 사람들의 시선이 그에게 향해 있단 사실을 눈치 챘다. 사람들의 시선에 담긴 감정은 크게 두 가지였다.

하나는 믿을 수 없는 광경을 목격했을 때처럼 놀라 바라보는 눈빛이었다. 그리고 다른 하나는 이준성만 있다면 전투에서 이길지 모른다는 기대감에 가득 찬 눈빛이었다.

이준성이 실제로 싸우는 모습을 본 사람은 소수에 불과했다.

이준성이 싸우는 모습을 가까이서 지켜본 사람은 강 노인 가족을 구할 때 혼자 살아남은 슈메와 대호골에서 덕구 형제의 야습을 받았을 때 함께 싸운 강준구, 하구로, 카네 등이 전부였다. 다른 사람들은 거의 다 처음 본 상황이었다.

특히 박철처럼 대호골에 피난 와 있던 사람들은 이준성이 촌장을 맡은 이유가 단순히 덩치가 크고 힘이 세서 그런 줄 알았다. 한데 오늘 싸우는 모습을 보니 단순히 덩치가 크고 힘이 세서 촌장을 맡은 게 아니라, 인간이라곤 믿기지 않을 정도로 잘 싸우기에 촌장을 맡았단 사실을 깨달았다.

이번 승리는 거의 이준성 혼자 만들어 낸 승리나 진배없었다.

적진을 돌파해 왜군 진영을 가르는 모습은 마치 전설 속에 나오는 신장을 연상시켰다. 그뿐만이 아니었다. 목적을 달성한 후엔 퇴각을 돕기 위해 홀로 적의 추격을 막아 냈다.

웬만한 용기와 자신감이 아니고선 하기 힘든 일이었다.

이준성은 하얀 이를 드러내며 씩 웃었다.

“왜들 그리 쳐다보시나. 내가 그렇게 쳐다볼 만큼 잘생겼소?”

그 말에 사람들은 큭큭거리며 웃거나, 당황해 고개를 돌렸다.

어쨌든 분위기는 나쁘지 않았다.

이준성은 다시 왜군 진채에 집중했다.

연기만 올라올 뿐 불길은 보이지 않는 것으로 보아 진화를 마친 것으로 보였다.

이준성은 1선 참호에 대기하며 왜군의 동태를 주의 깊게 살펴보았다. 왜군은 그날 오전 내내 진채를 떠나지 않았다.

퇴로를 차단하기로 한 다른 두 부대의 도착을 기다리는 듯 했다. 그러나 그 두 부대는 대호골의 기습에 당해 이미 부대라 부를 수 없는 상태였다. 부질없는 바람이나 다름없었다.

이준성은 부하들에게 선부른 도발을 자제하라 명했다. 이준성의 실력을 본 다음부턴 그의 명에 토를 다는 사람이 없었다.

왜군은 그로부터 이틀이 지났음에도 전혀 움직이지 않았다. 그동안 사람을 내보내 다른 부대의 행방을 백방으로 수소문하는 중일 테지만 그들이 원하는 소식은 아닐 것이다.

이준성이 사가라 요리후사의 입장이면 지체 없이 부대를 철수시켰을 것이다. 그러나 사가라 요리후사는 그가 아니었다.

출발할 때는 천 명이던 병력이 지금은 400명으로 줄어 있었다. 더구나 상대는 조선의 정규군조차 아니었다. 왜군을 피해 도망친 농부나 어부들에 불과했다. 큐슈에서 나름 콧방귀 좀 뀌어 온 그의 입장에선 자존심이 상해도 너무 상하는 일이었다.

결국 사흘이 막 지난 시점에서 왜군은 공격을 결정했다.

보급부대를 제외한 400여 병력이 두 갈래로 나뉘어 공격해 왔다. 한 부대는 계곡 우측에 난 소로를 따라, 다른 한 부대는 물이 얕은 시내를 직접 건너서 공격하는 경로를 택했다.

이준성은 즉시 병력을 기상시켰다.

참호와 멀지 않은 임시 숙소에서 휴식을 취하던 병력은 미리 파 둔 교통호를 따라 3선, 2선을 통과해 1선으로 내려왔다.

왜군의 진격 속도는 소로를 따라 접근해 오는 쪽이 약간 빨랐다.

소로로 진격해 들어온 왜군이 시야를 확보할 목적으로 나무를 베어 둔 지점에 막 이르렀을 때였다. 이준성은 인드라망으로 왜군의 현재 위치를 확인하다가 강주봉에게 지시했다.

"내 활을 가져오게."

강주봉은 즉시 이준성의 대궁과 철시를 가져다주었다. 이준성은 가져온 철시 석 대에 불을 전부 붙이게 했다. 곧 철시 화살촉에 묶어 둔 헝겊에서 불길과 연기가 같이 치솟았다.

이준성은 철시를 대궁에 메긴 뒤 시위를 당겼다가 놓았다. 그의 손을 떠난 철시는 낮은 포물선을 그리다가 소로를 따라 전진해 오던 왜군 한가운데 떨어졌다. 철시가 떨어질 때 나는 소리가 사이렌처럼 강렬한 탓에 왜군이 황급히 피했다.

이준성은 남은 철시 두 대를 마저 쏘았다. 철시가 떨어질 때마다 바닥에 널린 낙엽이나 마른풀에 불이 옮겨 붙긴 했지만 그뿐이었다. 안심한 왜군이 다시 전진을 하려는 순간.

펑펑펑!

바닥에 박힌 철시가 갑자기 불길에 휩싸이며 폭발하기 시작했다. 왜군은 예상치 못한 상황에 당황해 우왕좌왕했는데, 마치 이를 기다렸다는 듯 불길이 일어나 그들을 덮쳐 갔다.

원래 그 소로는 왜군이 쳐들어올 확률이 가장 높은 곳이었기에 대비가 철저했다. 낙엽과 마른풀 밑에 노획한 화약과 어렵게 구한 기름독을 묻어 두어 불화살이 떨어지면 화약에 불이 붙어 그 근처를 불바다로 만들 수 있게 해 두었다.

참호로 이어진 소로는 곧 죽음의 길로 변했다.

그러나 이번 공격은 시작에 불과할 뿐이었다.

똥개가 자기 집에서 3할을 먹고 들어간다면 이준성은 본격적인 교전에 앞서 7할, 아니 8할 이상 먹고 들어갈 생각이었다. 이준성의 지시를 내리는 속도가 점점 빨라지고 있었다.

5장. 떠오르는 태양

5장. 떠오르는 태양

"화살을 쏴라!"

이준성의 명이 떨어지는 순간, 활을 든 병력 20여 명이 벌떡 일어나 화살을 쏘았다. 산에선 각궁의 재료를 구하기 힘든 탓에 왜군에게 노획한 장궁과 급히 제작한 목궁으로 쏜 화살이었다. 맞는 화살보다 빗나가는 화살이 더 많았지만, 어쨌든 불길에 갇힌 왜군의 전진을 막는 데는 효과가 있었다.

그때, 시내를 건너오던 부대가 1선 참호 100여 미터 앞에 당도했다. 이준성은 침착하게 기다리다가 강태봉에게 손짓했다. 강태봉은 즉시 활에 효시를 메겨 북쪽 하늘에 쏘았다.

왜군은 서쪽에서 몰려왔기에 전혀 상관없는 방향이었지만, 강태봉이 쏜 화살은 적을 맞추려는 게 아니어서 상관없었다.

잠시 후, 쿠르릉 하는 굉음이 멀리서 들려왔다.

고개를 끄덕인 이준성은 계곡 상류 쪽을 바라보았다.

그로부터 10초쯤 지났을 때, 쿠르릉거리던 소리가 세찬 물살 소리로 바뀌더니 흙탕물이 크게 일어나 시내를 덮쳐 왔다.

당황한 왜군은 급히 양쪽으로 갈라져 피하려 하였지만, 흙탕물이 내려오는 속도가 예상보다 빨라 피하기 쉽지 않았다.

왜군은 흙탕물 속에서 허우적거리며 살기 위해 몸부림쳤다.

한데 흙탕물이 휩쓸고 지나간 후에는 한바탕 촌극이 벌어졌다.

시냇물 수위가 전보다 조금 높아졌다고는 하지만 정강이에서 무릎 정도로 높아진 것뿐이었다. 대홍수가 났을 때처럼 세찬 물살에 휩쓸려 떠내려갈 정도까진 아니었던 것이다.

머쓱해진 왜군이 다시 시내를 건너려 할 때였다.

이준성은 지체 없이 공격을 지시했다.

그 순간, 시내 쪽을 방어하던 3중대가 거치시켜놓은 조총의 방아쇠를 당겼다. 왜군과의 전투에서 노획한 30여 정의 조총이 일제히 불을 뿜으며 시내를 건너던 왜군을 저격했다.

왜군 10여 명이 피를 뿜으며 죽은 물고기처럼 떠올랐다가 천천히 가라앉았다. 그들이 흘린 피가 흙탕물을 붉게 물들였다. 왜군은 대호골에 조총이 있을 거라 생각하지 못한 듯 깜짝 놀라 뒤로 물러섰다. 뒤에서 사무라이로 보이는 지휘관들이 위협했지만 겁을 먹은 왜군은 좀처럼 전진하지 못했다.

이준성의 조총 효과에 만족했다.

대호골 병력을 며칠 안에 명사수로 만드는 일은 불가능했지만, 조총의 총구를 시내 방향으로 거치한 뒤 시험 발사해 탄환이 어디로 향하는지를 알아내는 일은 어렵지 않았다.

그리고 시험 발사한 결과로 조총의 위치를 조정해 물살에 진격이 멈춘 왜군을 유효사거리 밖에서 10여 명 넘게 저격할 수 있었다. 더구나 왜군이 장창이 지닌 위력을 끌어올리기 위해 밀집해서 진격한 덕에 더 큰 효과를 볼 수 있었다.

왜군은 바로 작전을 바꾸었다.

조총과 장궁을 이용해 원거리에서 공격하는 방식으로 전환한 것이다.

하지만 그사이 조총을 재장전한 3중대는 돌을 쌓아 만든 유개호에 들어가 왜군의 원거리 공격을 피했다. 그때, 왜군 보병 부대가 다시 시내를 건너 참호 쪽으로 진격해 오기 시작했다.

“쏴라!”

이준성의 쩌렁쩌렁한 목소리가 울려 퍼지는 순간.

3중대는 유개호 밖으로 나와 다시 조총 방아쇠를 당겼다. 이번에는 대여섯 명이 조총 탄환에 맞아 시내 위에 쓰러졌다.

조총을 장전하는 데 시간이 걸린단 사실을 당연히 잘 아는 왜군은 그 틈을 노려 1선 참호 우측으로 진격해 왔다. 이번엔 준비할 시간을 주지 않겠다는 듯 전속력으로 돌격해 왔다.

이준성은 왜군이 경사가 심한 비탈을 올라오는 모습을 지켜보다가 다시 신호했다. 3중대 병사들은 즉시 마른풀로 가려 둔 통나무 몇 개를 밑으로 굴려 보내 올라오던 왜군을 넘어트렸다. 이번에는 수십 명이 통나무에 깔려 비명을 질러 댔다.

그러나 왜군은 애초에 아군의 네 배가 넘었다.

일방적인 소모전으로 흘러갔지만 아직은 병력에 여유가 넘쳐 세 번째 돌격으로 대호골 방어를 돌파해 참호에 이르렀다.

이준성은 오른손의 언월도로 왜군이 찌른 장창 두 개를 동시에 막은 다음, 왼손의 왜도로 적의 아래쪽을 크게 베어 갔다.

다리가 잘린 왜군 세 명이 허수아비처럼 쓰러졌다.

참호 밖으로 뛰어올라 쓰러진 왜군을 마저 정리한 이준성은 병력을 2선 참호로 후퇴시켰다. 물론 1선 참호에 끝까지 남아 퇴각하는 병력에게 시간을 벌어 주는 것 역시 잊지 않았다.

이준성은 교통호를 따라 2선 참호로 후퇴하다가 교통호 벽에 붙어 있는 주머니를 찢었다. 주머니가 찢어지는 순간, 안에 든 철질려가 밖으로 쏟아져 나와 교통호 바닥에 흩어졌다.

철질려는 날카로운 쇳조각을 이어 붙여 만든 무기로, 바닥에 깔아 두면 적이 진입하는 데 애를 먹었다. 일종의 중세 지뢰인 셈이었다. 왜군은 철질려를 주워 밖으로 던지는 등의 방법을 써서 추격을 계속했지만 시간이 적지 않게 소모되었다.

한편 2선 참호에 도착한 대호골 병력은 즉시 반격에 나섰다. 활과 조총을 쏘았다. 그리고 원거리 무기가 없는 병력은 돌을 던져 적을 공격했다. 왜군은 2선 참호로 진격하는 동안, 또다시 병력에 막대한 피해를 입었다. 그러나 후퇴하지는 않았다. 본전이 아까워서 그런 건지 이길 수 있단 희망이 있어서인지는 모르겠지만, 2선 참호까지 밀고 들어왔다.

이준성은 2선 참호로 접근한 왜군 두 명을 해치운 다음, 다시 3선 참호로 퇴각하라 지시했다. 2선 참호로 후퇴할 때와 같은 방법을 썼기에 적은 소모전을 감수할 수밖에 없었다.

3선 참호에 도착한 이준성은 인드라망으로 적진을 살펴보았다.

왜군은 4할로 줄어 있었다. 그리고 계곡 밑에서 경사가 있는 계곡 위로 돌격해야 했던 탓에 상당히 피곤한 모습이었다.

이준성은 슈메를 호출했다. 슈메는 즉시 군마를 대령했다. 군마는 며칠 전 왜군 진채에서 노획한 군마였는데, 용감한 데다 아주 똑똑하기까지 하여 이준성의 사랑을 독차지했다.

이준성은 군마에 흑표란 이름을 붙였다. 흑표는 한국군이 21세기 초중반에 사용한 주력 전차의 이름에서 따왔다.

흑표에 오른 이준성은 뒤를 돌아보았다. 하구로, 박철, 카네 등 싸울 줄 아는 10여 명이 군마를 타고 대기 중이었다.

일종의 소규모 기병 부대인 셈이었다.

이준성은 왜군이 두 손으로 사용하는 언월도를 한 손으로 번쩍 치켜들었다. 그리곤 참호를 넘어 앞으로 내달렸다.

"돌격!"

이준성은 뒤에 있는 기병들이 잘 따라오는지 확인하지 않았다.

대신, 앞에 있는 왜군을 맹렬하게 돌파하기 시작했다.

중천에 뜬 해를 등진 채 계곡 밑으로 뛰어 내려간 이준성은 눈앞의 왜군을 닥치는 대로 베어 갔다. 양손에 쥔 언월도와 왜도가 허공을 가를 때마다 왜군이 피를 뿌리며 쓰러졌다.

2선 참호와 1선 참호를 번개같이 돌파한 이준성은 왼쪽에서 조총병 두 병이 그를 조준하는 모습을 보았다. 이준성은 지체 없이 오른손에 쥔 언월도를 투척하듯 던졌다. 묵직하게 날아간 언월도가 조총병 두 명을 동시에 쓰러트렸다.

이준성은 재빨리 시내를 건넌 다음, 왜군 진채로 흑표를 몰았다.

왜군 진채 앞에는 소수만 남아 있었다.

대부분의 병력이 계곡 위로 올라간 탓에 숫자가 많지 않았다.

이준성은 시동으로 보이는 소년 셋을 해치운 다음, 그에게 달려드는 기마 무사에게 돌진해 갔다. 기마 무사는 단창으로 이준성의 가슴을 찔러 왔다. 이준성은 왜도를 아래쪽으로 후려쳐 단창을 막아 낸 다음, 후려친 왜도를 다시 올려쳤다.

기마 무사의 얼굴이 반으로 잘려 나갔다.

이준성은 비명을 지르는 그를 지나쳐 앞으로 계속 달려갔다.

마침내 목표물이 시야에 들어왔다.

검은색 바탕에 흰 문양을 새긴 커다란 깃발이 먼저 보였다. 그리고 그 깃발 옆에서 덩치가 있는 이십대 초반 청년 하나가 완전무장을 한 상태로 막 말 위에 오르는 중이었다.

청년은 갑옷이 무거워서 그런 건지 아니면 당황해서 그런 건지 정확한 이유는 알 수 없었지만, 등자에 발을 제대로 걸지 못했다. 이준성은 그대로 달려가다가 급히 고삐를 당겼다.

흑표는 역시 대단했다.

마치 최고급 스포츠카처럼 바로 속도를 줄였다.

이준성은 그 틈에 오른손으로 바꿔 쥔 왜도를 휘둘렀다.

청년은 급한 김에 허리춤에 끼워 둔 철 부채를 꺼내 막아 왔다. 그러나 이준성의 왜도는 철 부채를 튕겨 낸 다음, 청년의 목을 잘라 갔다. 청년의 동공이 두려움으로 인해 커지는 순간, 왜도가 청년의 머리를 잘라 허공으로 날려 보냈다.

청년이 바로 적의 대장인 사가라 요리후사였다.

요리후사를 없앤 이준성은 적의 군기를 반으로 잘라 크게 흔들었다. 그 모습을 본 아군은 일제히 함성을 질렀다. 이준성을 따라 내려왔던 기병대는 잔존 병력을 청소하는 중이었다.

아군이 내지른 함성으로 인해 왜군은 그들의 대장인 사가라 요리후사가 죽었다는 사실을 깨달았다. 영주에게 충성하는 히토요시번 가신과 몇몇 사무라이는 끝까지 저항했지만 남은 왜군 70여 명은 일제히 항복했다. 그들에겐 이미 이 세상 사람이 아닌 영주를 위해 싸울 의지가 없었던 것이다.

왜군 대부분이 항복하는 모습을 지켜본 가신과 사무라이들 역시 뒤따르며, 항복한 숫자는 순식간에 90여 명에 이르렀다.

거기에 서쪽 길 전투에서 생포한 포로 30명을 더하면 포로의 숫자가 130명이 넘었는데, 이는 대호골 병력보다 많은 숫자였다. 이준성은 일단 포로를 30명씩 나눠 가둔 다음, 전장을 정리했다. 시신은 방치하면 전염병이 돌 위험이 있어 바로 화장했다. 그리고 왜군이 가져온 갑옷과 무기, 화약, 옷 등 회수할 수 있는 물건은 모두 회수해 창고에 넣었다. 왜군이 가져온 군량 역시 적지 않아 갑자기 늘어난 포로에게 나눠 줄 식량이 없어 학살하는 일은 벌어지지 않았다.

이때는 아직 왜군의 보급라인이 정상적일 때인 듯했다.

이준성은 카네를 통해 항복한 포로들에게 선택을 강요했다.

"목이 잘려 죽든지, 아니면 완전히 투항해 항왜로 남든지 양단간에 빨리 결정하도록 하시오. 우린 100명이 넘는 포로를 공짜로 먹이고 재워 줄 만큼 형편이 넉넉하지 않으니까."

카네를 통해 이준성의 전언을 들은 포로들은 결국 항왜로 남는 길을 선택했다. 사실, 그들에겐 선택할 수 있는 길이 하나밖에 없었다. 죽음과 삶 중 하나를 고르라면 당연히 삶일 것이다. 죽은 사가라 요리후사에게 맹목적으로 충성하던 이들은 일전의 전투에서 전부 죽었기에 더 그런 면이 있었다.

그리고 그들보다 먼저 항왜의 길을 택한 카네, 하구로, 슈메 등에게서 항왜에 대한 대접이 그리 나쁘지 않단 정보를 전해 들었기에 오히려 기뻐하며 투항하는 자들까지 있었다.

투항한 포로를 관리하는 방법은 크게 두 가지였다. 그들이 언제 다시 반란을 일으킬지 모르기에 잘게 쪼갠 뒤 기존에 있던 부대에 편입시키는 방법이 첫 번째였다. 그리고 두 번째는 자유를 제한하거나 무기를 주지 않는 방법이었다.

더욱이 기존에 있던 대호골 병력보다 항복한 왜군이 더 많은 상황이기에 항왜가 조직적으로 반란을 일으키면, 적의 공격이 아니라 반란에 의해 먼저 무너질 수 있는 상황이었다.

그러나 이준성은 그런 방법을 쓰지 않았다.

항왜를 30명씩 나누어 중대를 만들었다. 그리고 그 중대의 지휘관은 그들이 믿고 따르는 가신이나 사무라이가 맡게 했다. 물론 노획한 그들의 무기 역시 대부분 돌려주었다.

마치 반란을 일으키도록 부추기는 듯한 모양새에 가까웠다.

◆ ◈ ◆

이런 결정을 내린 직후, 강 노인, 권 노인, 조 노인 등 마을 원로들과 함께 강준구, 박철, 강주봉, 강태봉 등이 급히 이준성을 찾았다. 그들은 하나같이 이준성의 결정이 불러올 위험을 강조했다. 항왜가 반란을 일으키면 끝장이란 소리였다.

이준성은 웃으면서 대답했다.

"반란이 일어난다면 차라리 지금 일어나는 게 낫습니다. 지금 반란이 일어나면 수습할 수 있지만, 정말 중요한 때에 반란이 일어나면 수습은커녕 대사를 그르칠 수 있기 때문입니다."

사람들을 돌려보낸 이준성은 항왜로만 구성한 5, 6, 7, 8중대의 중대장을 자신의 처소로 불렀다. 통역을 위해 카네가 따라왔기에 총 다섯 명이 이준성의 처소에 집합한 것이다.

이준성은 중대장 네 명에게 출신지와 이름을 말하도록 했다.

가장 먼저 5중대장이 일어났다.

40대 중반인 그는 이름이 우메즈였는데 히토요시번의 가신 출신으로 항왜들 중에서 지위가 가장 높은 편에 속했다. 차분하며 냉정한 성격으로 맹장보다는 지장에 더 가까웠다.

그 다음은 6중대장이었다.

이름이 마사카츠인 6중대장은 40대 초반으로 보였는데 우메즈처럼 히토요시번 가신이었지만 성격은 정반대였다. 그는 체격이 크고 목소리가 우렁찼으며 할 말은 하는 성격이었다.

7중대장과 8중대장은 진에몬이란 성을 가진 한 살 차이 형제였다. 형인 7중대장은 나가토리, 동생인 8중대장은 나가츠네였다.

형제는 그야말로 백병전의 달인으로 아시가루로 지내다가 뛰어난 솜씨 덕분에 사가라 요리후사의 눈에 들어 사무라이, 즉 무사로 승진해 지금에 이르렀다. 사무라이도 직위에 따라 명칭이 다른데, 이들은 군마를 타는 기바 사무라이였다.

각자 소개를 마친 후, 이준성은 카네에게 말을 통역하게 했다.

"대호골에서 반란을 일으킬 생각이 있다면, 기회가 있을 때 빨리 일으키는 게 좋을 거다. 시간과 무기, 그리고 병력이 있는 지금이 가장 좋은 기회란 뜻이야. 만약 여기서 시간이 더 지나면, 당신들은 그런 기회를 다신 얻지 못할 테니까."

항왜들은 긴장한 표정으로, 그리고 당황한 표정으로 이준성을 바라보았다. 이준성이 겁을 주려는 건지, 아니면 그들을 도발하려는 건지 좀처럼 갈피를 잡을 수가 없었던 것이다.

이준성은 거침이 없었다.

"당신들에게 반란을 일으킬 생각이 있다면 난 지금 이 시점을 추천하겠다. 당신들 넷, 아니 카네까지 합쳐 다섯 명이 나를 죽인 다음, 각자 부하들을 이끌고 대호골의 병력을 없애는 거지. 그리고 대호골의 부녀자를 인질로 잡아 2번대로 돌아가면 당신들을 탓하는 왜군은 없을 거라 생각하는데."

통역하던 카네가 더 죽을 맛인 듯 목소리가 점점 떨려 왔다.

카네의 통역을 들은 항왜들은 일제히 고개를 저었다.

카네가 즉시 그들의 말을 통역했다.

"자기들은 그럴 마음이 추호도 없다고 합니다."

이준성은 피식 웃었다.

"좋아. 당신들의 말을 믿겠다. 그러나 기회는 한 번뿐이야. 다시 잘 생각해 보라고. 이번이 아니면 기회가 없을 테니까."

이준성의 말에 항왜들이 다시 한 번 고개를 저었다.

이준성은 고개를 끄덕였다.

"그럼 입장정리는 끝난 것 같으니까 이제부턴 나에게 충성을 바치는 대가로 당신들에게 무엇을 줄 건지 말해 줄 생각이야."

항왜들은 이준성이 무슨 말을 하는 건지 이해하지 못한 듯 어리둥절한 표정을 지었다. 목숨을 살려 주는 거 외에 다른 걸 준다는데, 그들로서는 처음 받아 보는 제안이었던 것이다.

이준성은 말을 이어 갔다.

"난 비즈니스적인 마인드, 아니 주고받는 게 명확한 사람이야. 상대가 나에게 주는 게 있다면 나 역시 상대에게 베풀 줄 아는 사람이란 뜻이지. 내 말을 얼마나 믿을지 모르지만, 이 전란이 끝난 후에 당신들의 가족을 이곳으로 데려올 수 있게 해 주겠어. 그리고 집과 직업을 주고 이곳에 정착해 살 수 있도록 해 주겠어. 뭐, 고향이 그리워 돌아가고 싶은 사람도 있을 테지만, 조선에 항복한 당신들을 본토 사람들이 그냥 두지는 않을 테니까 그리 추천하는 방법은 아니야. 다시 본론으로 돌아와서 항왜와 항왜의 자식이란 이유로 차별받는 일이 없도록 해 주겠어. 그 말은 본인에게 능력만 있다면 재상이든 장군이든 원하는 곳까지 올라갈 수 있단 뜻이지."

이준성의 제안이 끝났을 때, 항왜들은 상당히 놀란 듯 눈이 화등잔만 하게 커지거나, 아니면 벌린 입을 다물지 못했다.

항왜들의 수장이라 할 수 있는 우메즈가 일행을 대표해 물었다.

카네가 즉시 우메즈의 말을 통역했다.

"무례한 질문일지 모르겠는데, 지금이 아니면 기회가 없을 것 같아 용기를 내어 물어보겠습니다. 장군님은 조선 왕실이나 조정과 관련이 있으신 겁니까? 저희들에게 그런 약속을 하시려면 높은 자리에 있어야 할 듯해 물어보는 겁니다."

이준성은 즉시 고개를 저었다.

"나는 그저 병력 200명과 주민 400여 명을 이끄는 일개 촌장일 따름이야. 조선 왕실이나 조정과는 아무런 연관이 없지."

"그렇다면 전란이 끝난 후에 조선 조정에서 저희들을 죽이라거나 왜국으로 보내라 명하면 어쩔 수 없는 게 아닙니까?"

이준성은 다시 고개를 저었다.

"조선 조정은 나에게 그런 지시를 내릴 수 없을 거야."

이준성의 말을 들은 항왜들은 놀라 서로의 얼굴을 쳐다보았다.

조선 사람이 조정의 지시를 받지 않을 거란 말이 의미하는 것은 결국 하나였다. 그러나 너무나 두려운 말이었기에 항왜들은 감히 물어보지 못했다. 이준성의 속마음을 엿본 그들은 복잡한 심경이 담긴 눈빛으로 서로의 얼굴을 바라봤다.

이준성은 그들에게 하구로를 도와 좋게 말해 의병, 나쁘게 말하면 산적이나 다름없는 병력을 훈련시키란 지시를 내렸다.

또 이곳에 적응하기 위해 우리말을 빨리 배우란 지시를 같이 내렸다. 언제까지 통역을 대동해 대화할 순 없는 일이었다.

이준성은 사가라 요리후사가 죽었단 사실을 알아낸 왜군 2번대 본대가 쳐들어올 것에 대비해 대호골에 산성을 쌓았다.

사가라 요리후사가 이번에 데려온 병력은 1,000명에 불과했다. 왜군 2번대는 병력이 2만이 넘었으니까 20분의 1에 불과했다. 이준성은 본대가 올 것에 대비해 준비에 들어갔다.

그로부터 열흘쯤 지났을 때였다.

왜군 2번대보다 먼저 대호골에 도착한 사람들이 있었다.

바로 피난민이었다.

대호골이 왜군을 격파했단 소문이 사방으로 퍼진 듯 피난민이 물밀듯이 들이닥쳤다. 보름쯤 지났을 땐 그 숫자가 1,000명을 돌파해 작은 마을이던 대호골이 작은 도시로 변했다.

피난민의 숫자가 1,500명을 상회했을 때였다.

정찰 부대를 지휘하던 강태봉이 급히 돌아와 보고했다.

"장군께 아뢰옵니다. 조선군 장수와 병사로 보이는 10여 명이 서쪽에서 대호골 방향으로 접근해 오는 모습을 보았습니다."

"조선군이 맞다면 내게 데려와라."

"예, 장군님."

대답한 강태봉은 부하들과 함께 서쪽으로 달려갔다.

그로부터 반나절이 지났을 무렵, 강태봉이 갑주를 갖춰 입은 조선군 10여 명과 함께 대호골에 들어와 이준성을 만났다.

이준성은 그들에게 의자를 권하며 물었다.

“높으신 분들 같은데 이런 산골에는 어떤 용무로 오셨습니까?”

그들 중 지위가 가장 높아 보이는 서른 안팎의 장수가 말했다.

“우선 피차 초면이니 통성명부터 하는 것이 예의라 생각하네. 난 함경도 북평사 정문부고 나와 함께 온 사람들은 대의를 위해 뜻을 모은 이봉수, 지달원, 최배천, 강문우 등일세.”

이준성은 정문부란 이름을 들어 본 적이 있었지만 혹시 몰라 유진에게 그들의 이름을 인명사전에서 검색해 보게 하였다.

유진은 곧 검색결과를 알려 주었다.

정문부 등은 북관대첩의 주역이었다.

그들은 가토 기요마사가 2번대와 함께 함경도에 쳐들어왔을 때 의병을 일으켜 왜군을 함경도 밖으로 쫓아낸 공을 세웠다.

이준성은 고개를 끄덕였다.

“흠, 대단한 분들이 행차하셨군. 난 대호골 촌장 이준성입니다.”

이준성의 말에 정문부와 함께 온 다른 사람들이 일제히 발끈했다. 북평사는 정 6품 문관으로 함경도 병마절도사의 참모에 해당했다. 양반으론 절대 보이지 않는 이준성이 북평사란

벼슬에 껌뻑 죽어 얼른 상석을 양보할 거라 예상한 모양인데, 이준성이 그럴 기미를 전혀 보이지 않아 화가 난 듯했다.

동료들을 제지한 정문부가 침착한 목소리로 물었다.

"자네가 왜군 장수 사가라의 수급을 베었다는 소문이 사실인가?"

"소문이 꽤 정확하군요. 내가 사가라라는 놈을 벤 건 맞습니다."

몇 사람이 믿지 못하겠단 표정으로 삿대질을 하였다.

"벴다는 사가라의 수급을 가져와라! 그럼 네 말을 믿어 주겠다!"

"수급을 가져오지 않으면 네가 허풍을 떤 거라 생각할 것이다!"

이준성은 고개를 절레절레 저었다.

"믿든 말든 당신들이 상관할 일이 아니오. 그리고 전염병이 걸리고 싶어 환장한 것도 아닌데 시체를 왜 보관한단 말이오? 전부터 생각하던 일인데 아무리 시대가 시대라지만 수급을 몇 개 잘랐는지로 공을 다투는 건 멍청한 생각이오."

그 말에 몇 명이 벌떡 일어나 삿대질을 하며 소리쳤다.

동료들을 제지시킨 정문부가 침착하게 다시 물었다.

"사가라가 1,000명을 데려와 대호골을 쳤음에도 그대가 지휘한 몇 안 되는 병력에 전멸당했다는데, 그것도 사실인가?"

"사실입니다."

정문부가 고개를 끄덕이며 말했다.

"우린 지금 왜군을 함경도에서 몰아내고 간악한 반도에 의해 적에게 볼모로 붙잡힌 임해군, 순화군 두 분 마마를 구하기 위해 의병을 모집하는 중이네. 자네의 실력이 소문처럼 그리 뛰어나다면 우리 의병에 합류하여 같이 싸우는 게 어떻겠나? 공을 세우면 조정에서 합당한 보상을 해 줄 것이네."

유진으로 임해군, 순화군을 검색한 이준성은 미간을 찌푸렸다.

"임해군, 순화군은 쓰레기인데 내가 왜 놈들을 구해야 합니까?"

이준성의 말이 끝나기 무섭게 처소 안이 쥐죽은 듯 조용해졌다. 마치 누가 갑자기 사람들 머리에 찬물을 뿌린 듯했다.

이내 정문부 일행 중 하나가 부들부들 떨리는 목소리로 소리쳤다.

"네놈이 지금 주상 전하의 자제분들을 욕보인 것이냐?"

이준성은 피식 웃었다.

"회령의 아전 국경인과 국세필이 임해군과 순화군을 잡아다가 굳이 적인 왜군에게 넘긴 이유가 뭐라 생각하시오? 국경인과 국세필이 단순히 부귀영화를 노리고 그런 거라 생각하시오?"

방금 소리친 자가 침까지 튀어 가며 되물었다.

"그게 아니면 대체 뭐란 말이냐?"

"당신들도 눈과 귀가 있을 테니 들었을 게 아니오? 함경도에 근왕군을 모집하러 왔다는 핑계로 임해군과 순화군 두 쓰레기가 부녀자를 강간하고 백성들의 재물을 강탈했기 때문에 참다못한 국경인, 국세필 등이 놈들을 왜군에게 넘긴 거잖소."

몇 명을 제외한 나머지 사람들은 그런 소문을 들은 적이 있는 듯 고개를 숙이거나 시선을 돌렸지만, 조선 왕실에 대한 충성심이 대단한 몇 사람은 몸을 부들부들 떨며 분노했다. 그리곤 결국 자리를 박차고 일어나 먼저 떠나 버렸다.

떠나는 사람들을 지켜보던 정문부가 한숨을 쉬었다.

"자넨 속마음을 잘 감추지 못하는군. 그렇지 않은가?"

이준성은 어깨를 으쓱하며 대답했다.

"감출 때는 감춥니다."

"자네는 언젠간 방금 전에 한 말 때문에 곤욕을 치를 것이네."

이준성은 상관없다는 듯 자세를 고쳐 잡았다.

"그럼 남은 사람들은 제 의견에 동의한다는 뜻입니까?"

정문부가 급히 물었다.

"그게 무슨 말인가?"

"누군가와 싸울 때는 전략적, 전술적 목표가 명확해야 합니다. 목표가 두루뭉술해선 안 된다는 뜻입니다. 이렇게 하다가 기회가 닿으면 저렇게도 해 봐야지 하는 게 아니라,

처음부터 목표를 정해 두지 않으면 그 전쟁은 이길 수 없습니다."

이해한 듯 정문부가 고개를 끄덕이며 물었다.

"그 목표가 무엇인가?"

"당연히 왜군을 함경도에서 몰아내는 겁니다."

비쩍 마른 아이가 어른 갑옷을 입은 것 같은 이붕수가 물었다.

"왜군을 몰아낼 방법은 있는가?"

이준성은 팔짱을 끼며 고개를 까닥거렸다.

"우물가에서 숭늉을 찾으시는군. 아니, 떡 줄 놈은 생각도 안 하는데 김칫국부터 마신다는 말이 더 맞겠습니다. 생각해 보십시오. 왜군 주둔지가 어디고, 어떤 방식으로 진형을 짰는지 모르는 상태에서 어떻게 작전을 수립할 수 있겠습니까?"

이붕수가 불쾌한 듯 미간을 찌푸리며 물었다.

"그럼 없단 건가?"

이준성이 능글거리며 대답했다.

"왜군을 상대할 전술이야 당연히 있죠."

"뭔가? 그 전술이란 것이."

그러자 강문우가 불쑥 물었다.

아이가 갑옷을 훔쳐 입은 것처럼 어색한 이붕수와는 달리, 뻣뻣한 수염이 가슴까지 내려온 강문우는 체구가 돌처럼 단단해 보였다.

이준성이 손가락을 꼽아 가며 자신의 전술을 설명했다.

"첫째, 왜군을 상대로 절대 수성전을 펼치지 않는다. 둘째, 왜군을 상대로 절대 평지에서 정면으로 맞붙지 않는다. 셋째, 왜군의 보급부대를 철저하게 유린해 보급선을 끊는다. 넷째, 왜군이 점령한 성의 백성들을 이용해 내부에서 소요를 일으키게 한다. 다섯째, 이이제이를 사용한다. 이 다섯 가지 전술만 지켜도 최소한 패하지는 않을 겁니다."

전형적인 유생처럼 얼굴이 창백한 지달원이 물었다.

"네 개는 알겠는데 다섯 번째는 무슨 뜻인가?"

"먹물 좀 먹은 양반들이 이이제이를 이해 못 하신 건 아닐 테니 이이제이의 이이가 어디와 어디를 가리키는지 알려 드리죠. 이 하나는 당연히 왜군입니다. 그리고 다른 이는 바로 강 건너에 있는 여진족입니다. 여진족을 끌어들이자는 겁니다."

지달원이 이해하지 못한 듯 눈을 껌뻑거리며 물었다.

"조선군도 붙는 족족 깨지는데 여진족이 상대할 수 있겠는가?"

"여진족이 약하든 강하든 상관없습니다. 왜군이 조선과 여진족 양쪽을 상대하게 만들면 전력을 소모시킬 수 있으니까요."

이봉수가 이의를 제기했다.

"여진족을 끌어들였다가 그들에게 뒤통수를 맞으면 어쩌는가?"

"안 맞도록 해야죠."

"무책임한 소리군."

이준성은 피식 웃었다.

"함경도에 자리한 왜군이 자그마치 2만입니다. 그리고 두 달 만에 부산에서 이 먼 함경도 최북단까지 치고 올라온 놈들입니다. 그런 놈들을 상대하면서 어찌 편한 길만 갈 수 있겠습니까?"

정문부는 더 이상의 논쟁은 필요 없다는 듯했다.

손을 들어 사람들의 입을 다물게 한 정문부가 제안했다.

"우리 힘을 모아 저 간악한 왜놈들을 함경도 밖으로 쫓아내세. 자네와 우리가 힘을 합치면 가능성은 충분히 있을 것이네."

이준성은 고개를 살짝 저으며 물었다.

"병력이나 무기는 얼마나 모았습니까?"

"우린 이제 막 봉기할 준비를 시작한 상태일세."

"그럼 북평사를 포함한 네 명이 다란 겁니까?"

"그렇겠지."

강문우가 참지 못하고 끼어들었다.

"지금은 네 명이지만 함경도 전체에 통문을 돌리면 눈 깜짝할 사이에 수천은 모일 것이네. 병력은 걱정할 필요가 없으이."

이준성은 고개를 저었다.

"사람들에게 자랑할 성과가 없으면 통문은 돌리나 마나일 것입니다. 봉기할 생각이 있었다면 진작 봉기했을 테니까요."

강문우가 다시 뭐라 말하려 할 때였다.

정문부가 급히 제지하며 이준성에게 물었다.

"자넨 병력이 얼마나 있는가?"

이준성은 하얀 이를 드러내며 히죽 웃었다.

"지금은 500명이지만 시간이 지날수록 더 늘어날 겁니다. 그리고 무기는 6, 700명이 무장할 수 있는 양을 모아 놓았죠. 최소한 양반님들보단 준비가 되어 있다고 할 수 있겠죠."

정문부가 그제야 알겠다는 듯 고개를 끄덕이며 물었다.

"우린 가진 게 없지만 자넨 그렇지 않다는 말이군. 좋네. 원하는 걸 말해 보게. 대의를 위해서라면 어떤 조건이든 수락하지."

"창의대장은 그쪽이 맡는 게 좋겠습니다. 양반도 아니고 명성도 없고 관직도 없는 내가 통문을 돌린들, 누가 호응하겠습니까? 그리고 조정 쪽 역시 그쪽에서 맡아 줘야겠습니다. 말도 안 통하는 조정 관리를 상대하는 일은 질색이니까요."

"그럼 자넨 대체 뭘 하겠단 건가?"

"당연히 군사적인 면을 담당하는 거 아니겠습니까? 그리고 지휘 체계가 나뉘면 이도저도 안 되니 제가 군령권을 가져야겠습니다. 다시 말해 제가 하는 일에 간섭하지 말아 주십시오."

강문우가 발끈해 고함을 질렀다.

"그럼 우리는 통문이나 돌리며 조정 관리를 상대하란 말인가?"

"성함이 강문우라 했습니까?"

"그렇네만."

"왜군과 싸우고 싶으신 모양인데 제 명령에 따른다면 전투부대에 넣어 드릴 의향은 있습니다. 물론 항명할 경우엔 군법에 따라 처벌받을 수 있다는 각서를 써야겠지만 말입니다."

강문우가 다시 발끈해 물었다.

"내가 왜 자네 밑으로 들어가야 한단 말인가?"

이준성은 고개를 절레절레 저으며 한심하다는 듯이 물었다.

"여긴 왜 찾아오셨습니까?"

"그게 무슨 말인가?"

"여길 찾아온 이유가 있을 거 아닙니까?"

당황한 강문우가 더듬거리며 대답했다.

"그야 대호골이란 데에 왜군을 박살 낸 사람이 있다는 소문 때문에 왔지. 피차 다 아는 사실을 왜 갑자기 물어보는 것인가?"

"전 이미 수십의 병력으로 천 명이 넘는 왜군을 깨트린 경력이 있습니다. 상식적으로 내가 당신 밑으로 들어가는 게 맞겠습니까, 아니면 당신이 내 밑으로 들어오는 게 맞겠습니까? 만약 양반이란 체면 때문에 싫다면, 지금 돌아가십시오."

"뭐, 뭐야?"

정문부는 분위기가 더 험악해지기 전에 이준성과 강문우 두 사람을 재빨리 떼어 놓았다. 그리고는 구석에서 자기들끼리 회의를 다시 한 다음, 회의에서 나온 결과를 통보했다. 그들이 이준성이 내건 조건을 전부 받아들인다는 통보였다.

이준성은 새로 지은 마을회관으로 원로 5명과 중대장 7명, 그리고 이준성의 좌우 부관을 맡은 강주봉과 카네를 불렀다.

그리고 그들에게 정문부와 협의한 내용을 알렸다.

어차피 대호골의 규모로는 늘어나는 피난민을 더 이상 감당할 수 없었기에 밖으로 나가려던 참이었다. 정문부 일행은 그들이 나갈 필요성을 느끼던 차에 딱 맞게 나타난 것이다.

그 다음엔 정문부 일행을 안으로 불러 사람들과 대면시켜 주었다. 정문부 일행은 중대장 네 명이 항왜란 사실에 깜짝 놀랐다. 그리고 대호골에 그런 항왜가 100여 명이 더 있다는 사실엔 까무러칠 듯이 놀랐다. 강문우는 중대장이 왜군 출신이란 설명을 듣기 무섭게 칼을 빼 들며 공격하려 했지만, 옆에 있던 정문부의 만류에 그만두었다. 물론 칼을 집어넣었다고 해서 적개심이 완전히 사라진 것은 아니었다. 씩씩대며 자리에 앉아서는 항왜들을 잡아먹을 듯이 노려보았다.

한 차례 소동이 있긴 했지만 회의는 순조롭게 이어졌다.

우선 왜군과 왜군에게 협력하는 순왜의 정보를 모아야 한단 점에서 의견 일치를 이룬 그들은 바로 정찰 부대를 조직했다.

정찰 부대의 이름은 은호로 지었다. 은밀하다 할 때의 은과 호랑이를 의미하는 호를 붙여 만든 이름이었는데, 대호골에서 만든 정찰 부대란 점에서 꽤 어울리는 이름이라 생각했다.

은호의 대장은 지금까지 대호골 외곽을 돌며 정찰과 정탐 활동을 벌여 온 강태봉이 맡았다. 강태봉은 즉시 피난민 중에서 함경도의 지리를 자세히 아는 30여 명으로 조직을 구성했다.

그사이 고을로 돌아간 정문부 일행은 함경도 각 지역에 의병 참가를 독려하는 통문을 보내는 한편, 왜군을 피해 산속으로 도망친 경성부사 정현룡, 경원부사 오현택 등에게 민가로 내려와 그들이 조직한 의병에 합류하도록 종용했다.

그동안 대호골에 남아 병력을 훈련시키던 이준성은 은호가 조사해 온 정보를 바탕으로 왜군을 공략할 계획을 세웠다.

이준성은 사람을 풀어 어렵게 구한 종이에 유진을 통해 알아낸 함경도의 지형을 그려 넣었다. 조선시대에 작성한 지도는 상세한 지형을 알아보기 힘든 탓에 21세기에 위성으로 촬영해 만든 군사지도를 이용했는데, 400여 년이란 시간이 지나는 동안 지형 일부가 개발, 자연재해 등으로 변화는 있었지만 크게 바뀐 데는 없어 작전지도로 손색이 없었다.

이준성은 사람들의 도움으로 현대식 지명을 지금 시대의 지명으로 바꾼 다음, 그 위에 은호가 알아낸 정보를 기입했다.

그렇게 한 달여가 지났을 때였다.

대호골로 피난 온 피난민이 3,000명에 이르는 바람에 더 이상 수용이 불가능했다. 이에 지휘관을 불러 모아 마지막으로 작전을 점검한 이준성은 은호를 정문부에게 보내 약속을 잡았다.

그리고 더위가 기승을 부릴 무렵, 이준성은 기병 30기와 보병 500여 명으로 이루어진 부대를 지휘해 대호골을 나왔다.

마침내 함경도 전역에 전쟁의 막이 오른 것이다.

6장. 정보전쟁

6장. 정보전쟁

대호골에서 가장 가까운 성은 북쪽에 있는 경흥이었는데 세종대왕이 개척한 6진의 하나로 두만강 동쪽 끝에 있었다.

이준성은 흑표를 몰아 경흥으로 가는 도중, 조선시대 민가를 처음으로 목격했다. 대호골은 피난처라 생활이 열악할 수밖에 없던 탓에 산 아래 민가는 좀 다르지 않을까 생각했다.

그러나 민가 역시 열악하긴 마찬가지였다.

눈이나 비를 피하는 게 고작일 듯한 움막과 지붕에 이엉을 얹은 초가가 대부분을 차지했다. 그리고 지붕과 담에 기와를 얹은 기와집은 마을에 거의 한두 채 있을까 말까 하였다.

"유진."

-부르셨습니까?

“지금 모습 잘 찍어 놓도록 해. 돌아갔을 때 16세기 서민의 생활상을 연구할 수 있는 귀중한 자료로 쓰일 테니 말이야.”

-돌아갔을 때란 건 21세기로 돌아갔을 때를 의미하는 겁니까?

“당연하지.”

-글쎄요.

“엥? 지금 ‘글쎄요’라고 한 거야?”

-시켜서 하긴 하지만, 지금 제 능력으론 21세기로 돌아가는 방법을 찾을 수 없습니다. 일단 고려해야 할 변수가 너무 많습니다. 그리고 변수를 전부 정확히 계산했다 쳐도 지금 기술로 그 변수를 전부 제어하는 건 사실상 불가능합니다.

“어떤 변수들이 있는데?”

-우선 사용자가 흡수한 폭발에너지의 양을 정확히 계산할 수 없습니다. 그리고 기상상태와 시간, 위치 등 당시와 같은 조건을 만들기 위해선 수천 가지의 변수를 알아내야 합니다.

이준성은 짜증이 나 물었다.

“네가 좋아하는 확률로 따지면?”

-99.9퍼센트 불가능합니다.

“쳇, 그럴 거면 차라리 100퍼센트라고 하지.”

-저도 완벽하지는 않으니까요.

“알긴 아는군. 어쨌든 계속 찾아. 돌아갈 수 있는 방법을 말이야.”

-시스템에 과부하가 생길 위험이 있기에 추천하지 않겠습니다.

“시키는 대로 하면 어디가 덧나냐?”

-알겠습니다. 전 사용자의 지시를 따르도록 프로그래밍이 되어 있으니까요. 앞으로 계속 돌아갈 방법을 찾아보겠습니다.

“너 지금 비꼬는 거냐?”

-그럴 리가 있겠습니까. 전 그런 고차원적인 감정을 표현할 수단을 갖고 있지 않습니다. 사용자께서 오해하신 겁니다.

“휴우, 내가 말을 말지.”

고개를 절레절레 저은 이준성은 흑표의 속도를 높였다.

돌아갈 방법이 없다는 말에 약간 의기소침해지긴 했지만 목표지점에 도착했을 땐 이미 머릿속에 전투 생각밖에 없었다.

언덕에 진채를 내린 이준성은 각급 지휘관을 막사로 호출했다.

지휘관들이 착석하길 기다린 이준성은 바로 부관에게 명했다.

“작전지도를 가져와라.”

명을 받은 부관 강주봉은 즉시 작전지도를 가져와 봉에 걸었다.

올해 스물다섯인 강주봉은 할아버지 강 노인, 아버지 강준구와 함께 나진 근처 마을에서 농사를 짓고 물고기를 잡으며 살았다. 결혼을 빨리해 벌써 슬하에 일곱 살짜리 아들 하나와 네 살, 세 살짜리 딸 둘을 두었다. 이준성이 강주봉을 부관으로 삼은 이유는 눈치가 빠르고 머리가 잘 돌아가서였다. 강 노인의 아들 중에서는 강준구가, 손자 중에서는 강주봉, 강태봉 두 명이 출중해 셋 모두 이준성 밑에 있었다.

강주봉이 건 지도는 함경도를 자세하게 표시한 작전지도였다.

이준성은 일어나서 봉으로 지도를 가리키며 설명했다.

"현재 왜군은 함경도 북부에 몰려 있소. 먼저 2번대 주장인 가토 기요마사는 도요토미 히데요시의 밀명을 받고 만주 동쪽으로 넘어가 그곳에서 명나라로 갈 수 있는 길이 있는지 찾는 중이오. 또 2번대 부장이라 할 수 있는 나베시마 나오시게는 두만강과 만주의 접경 지역에 있는 경흥, 경원, 온성, 종성, 회령 등을 점거한 채 가토를 지원하는 중이오."

설명처럼 지도의 두만강 이북엔 가토 기요사마의 군세가, 두만강 이남엔 나베시마 나오시게의 군세가 표시되어 있었다.

이준성은 지도를 한 장 넘겨 두 번째 지도를 펼쳤다.

두 번째 지도는 첫 번째 지도와 같았지만 가토 기요마사와 나베시마 나오시게의 위치가 바뀌어 있었다. 북부에 몰려 있던 병력이 함경도 남부로 대거 내려가 가토 기요마사는 강원도와의 접경인 안변에 본진이 있었다. 그리고 나베시마 나오시게는 함경도 감영이 있는 함흥에 본진이 있었다.

그뿐만이 아니었다.

길주부터 동해안을 따라 단천, 이성, 북청, 홍원 등 함흥으로 가는 주요 길목에 가토 기요마사의 정예 가신단이 진을 친 상태였다. 또한 함흥에서 안변으로 이어지는 길에는 나베시마 나오시게의 정예 가신단이 빽빽하게 진을 친 상태였다.

이런 진형에서 왜군을 함경도에서 완전히 몰아내거나, 아니면 적의 주장인 가토 기요마사를 잡기 위해서는 적의 선봉부대가 지키는 길주부터 단천, 이성, 북청, 홍원, 함흥, 정평, 영흥, 고원, 문천, 덕원을 차례대로 돌파해야 했다.

이준성은 두 번째 지도를 가리키며 물었다.

"적이 이런 진형을 펼쳤을 때 가장 우려되는 점이 무엇이오?"

제법 지휘관다워진 강준구가 가장 먼저 대답했다.

"우리가 도성으로 올라가기 위해서는 저들이 해안을 따라 펼쳐 놓은 방어선을 차례차례 부수면서 가야 한다는 것입니다."

"맞소. 왜군이 이런 진형을 펼칠 경우, 수십만 대군을 동원하지 않는 이상엔 함경도 밑으로 내려갈 방법이 전무하오. 이것이 바로 방어의 기본인 종심 방어 작전이오. 병력을 횡이 아닌 종으로 겹겹이 배치해 놓을 경우, 공격하는 입장에선 엄청난 손실을 감수해야지만 적의 본진을 타격할 수 있소."

이준성은 지휘봉으로 두 번째 지도를 툭툭 치며 말했다.

"이게 바로 한 달 후 왜군이 취할 진형이오. 이런 이유로 놈들이 남부로 후퇴하기 전에 최대한 많은 성과를 거둬 왜군이 함경도에서 도성으로 가는 길을 막지 못하게 해야 하오."

그때, 박철이 의문을 제기했다.

"한데 한 달 후에 벌어질 일을 어떻게 그리 확신하십니까? 왜군이 남쪽으로 후퇴하지 않을 가능성은 전혀 없는 겁니까?"

이준성은 사람들에게 유진으로 검색한 덕에 미래에 벌어질 일을 알아냈다고 말할 순 없었기에 일보 후퇴하는 선택을 하였다.

"물론 박 중대장 말대로 내가 한 예측이 확실한 건 아니오. 하지만 그럴 가능성이 높기에 이런 지도까지 만들어 여러분의 경각심을 일깨우려 했던 거요. 현재 왜군의 가장 큰 문제점은 보급이오. 원래는 곡창지대인 전라도를 점령해 그곳에서 노획한 군량으로 버틸 생각이었지만, 전라도 침공계획이 실패함에 따라 그들은 필연적으로 군량 부족 문제에 시달릴 수밖에 없소. 그런 상황에서 만주를 점령하거나 함경도 북부에 진을 쳐 보급선을 늘리는 바보 같은 짓을 할 리가 없소."

대답한 이준성은 작전계획을 설명했다.

"우리는 우선 교두보를 만들어야 하오. 그리고 그 교두보로 가장 적당한 지역은 두만강 동쪽 끝에 위치한 이 경흥성이오."

이준성은 지도를 넘겨 경흥성 주변을 표시한 새 지도를 펼쳤다.

"왜군은 경흥 주변에 1,000여 명의 병력을 배치했는데 500명은 경흥성에, 300명은 경흥 서쪽 충덕산에, 200명은 경흥 동쪽 학송산성에 있소. 왜군은 이들 세 곳 중 하나가 공격을 받으면 가까운 쪽에 있는 병력이 지원군을 파견하오. 즉 경흥성이 공격을 받으면 충덕산과 학송산성에서, 충덕산이 공격을 받으면 경흥성과 학송산성에서, 학송산성이 공격을 받으면 경흥성과 충덕산에서 지원군을 파견하는 것이오."

이준성은 물을 한 잔 마신 다음, 작전 설명을 이어 갔다.

"경흥성에 잠입한 은호에 따르면, 경흥성의 수비를 맡은 왜장은 나베시마 나오시게의 가신 바바 타로지로라는 자요. 은호가 이 바바 타로지로란 자를 숨어서 며칠 지켜보았는데, 술과 여자를 좋아하는 데다 성격이 아주 급해 말보다 손이 먼저 나가는 성격이라 하였소. 적이 들어앉은 성을 빼앗아야 하는 우리 입장에서는 이보다 더 좋은 상대가 없을 것이오."

이준성은 이어서 작전 계획을 설명했다.

그리고 설명 말미에는 지휘관에게 세 가지 장비를 나눠 주었다.

하나는 방금 본 경흥 주변 지도를 축소한 작전지도였다. 그리고 다른 하나는 원시적인 형태의 나침반이었다. 처음엔 나침반에 쓸 자석을 구하지 못해 만들지 못했지만, 정문부 일행이 온 후에는 그들에게 부탁해 자석을 구할 수가 있었다.

이 시기의 조선은 자석을 이용한 나침반을 만들지 못했을 뿐, 그 재료인 자석에 대해서는 어느 정도 파악을 한 상태였다. 심지어 세종실록지리지에는 경상도 특산물 중 하나로 자석을 꼽을 정도였다. 이준성은 정문부가 구해 준 자석으로 나침반을 만들어 보급했다. 그리고 나침반을 이용해 지도에서 자신이 있는 위치를 알아내는 독도법을 가르쳤다.

진북과 자북의 차이를 계산해야 하는 등 꽤 익히기 힘든 기술이었지만 반복 훈련한 덕분에 지휘관들은 다 할 줄 알았다.

세 번째는 시간을 확인할 용도로 만든 모래시계였다.

진짜 시계가 있다면 시간에 맞춰 움직이는 게 가능했지만, 그게 불가능하기에 급한 대로 한 시간짜리 모래시계를 만들어 보급한 것이다. 모래시계를 만들 때 쓴 시간이 유진의 시스템에 있는 시간이었기에 오차는 거의 없는 상황이었다.

물론 유리로 만든 모래시계는 아니었다.

산속에선 유리를 만들 수 없기에 나무를 깎아 만들었는데 안에 눈금을 파서 10분 단위로 시간을 알 수 있게 하였다.

장비를 챙긴 지휘관들은 맡은 부대로 돌아가 명을 기다렸다.

이준성은 가장 높은 곳에 올라가 경흥성을 관찰했다.

노을에 물든 경흥성의 흐릿한 실루엣이 벌판 위에 우뚝 솟아 있었다. 경흥성을 포함한 6진은 동북면에서 전략적으로 가장 중요한 요충지였다. 그런 곳에 쌓은 성이 만만할 리 없었다. 그리고 그 성을 지키는 부대는 나베시마 나오시게의 가신이었다. 공성은 가능하겠지만 피해가 엄청날 것이다.

앞으로의 일을 생각하면 병력을 최대한 아껴야 했다.

이준성은 기다리던 강주봉에게 고개를 끄덕였다.

시작하란 의미였다.

강주봉은 즉시 대기 중이던 각 중대에 이준성의 명을 전했다.

잠시 후 1, 2, 3중대가 진채를 나와 북동쪽으로 달려갔다. 이 세 개 중대는 양동 공격의 한 축을 맡을 예정이었다.

이준성은 솔직히 불안했다.

그가 세운 작전은 정밀했다.

톱니바퀴처럼 돌아가야만 성공할 수 있는 작전이었다.

군대에서 내려져 오는 격언 중 '작전은 단순할수록 좋다'는 것이 있다. 작전이 복잡할수록 실행과정에서 실수를 범할 확률이 높다는 뜻이었다. 더구나 각 중대의 중대장들은 이런 식의 정밀한 작전을 경험해 본 적이 없었다. 실수할 확률이 더 높은 것이다.

그러나 이준성이 몸을 두 개로 쪼갤 수 없는 이상, 중대장들을 믿어 보는 수밖에 없었다. 양동 공격이 중요하기는 하지만, 그들의 1차 목표는 결국 그가 맡은 경흥성이었던 것이다.

해가 완전히 기울어 땅거미가 자욱하게 내려앉았을 때.

모래시계를 살펴보던 강주봉이 보고했다.

"1, 2, 3중대가 학송산성을 공격할 시간입니다."

이준성은 고개를 끄덕였다.

1, 2, 3중대의 대장은 강준구였다.

그는 이준성이 시키는 대로 대규모 군대가 학송산성을 공격하는 척 위장해 산성에 주둔한 왜군을 긴장하게 만들 것이다.

2중대장 박철이 호전적이어서 조금 걱정이 되긴 하지만 총대장인 강준구가 잘 제어할 수 있을 거라 내다보았다. 만약 박철이 항명하면 군법에 따라 처리하란 지시를 내려 두었다.

그로부터 얼마 후, 모래시계를 보던 강주봉이 다시 보고했다.

"왜군이 경흥성에 구원을 요청할 시간이 되었습니다."

강주봉의 보고를 받은 이준성은 인드라망으로 동쪽을 살폈다.

20분 후, 동쪽에서 나타난 왜군 전령 몇 명이 경흥성 정문을 향해 곧장 달려가는 모습이 보였다. 작전이 성공한 것이다.

이준성은 바로 5, 6중대에 준비하란 지시를 내렸다.

◆ ◈ ◆

계획한 시간보다 20분 늦었단 소리는 정보가 거의 정확하단 뜻이었다. 이준성은 이번 작전을 세우기에 앞서 은호에게 명해 경흥성, 학송산성, 충덕산 세 곳을 오가는 시간을 조사하게 했다. 그리고 그 조사를 바탕으로 작전을 세웠다.

그때, 경흥성 성문이 열리며 동쪽에서 달려온 기병이 안으로 들어갔다. 성문은 그들이 안으로 들어간 직후, 다시 닫혔다.

이준성은 다시 시간을 재기 시작했다.

성문이 다시 열리는 시간에 따라 바바 타로지로의 성품을 알 수 있었다. 그로부터 10분쯤 지났을 때였다. 경흥성 성문이 벌컥 열리더니 그 안에서 300명이 넘는 왜군이 달려 나왔다. 이준성이 예상한 시간은 20분에서 30분이었는데 바바 타로지로는 불과 10분 만에 성에서 뛰쳐나온 것이다.

바바 타로지로의 성격이 이준성의 예상보다 훨씬 급하단 뜻이었다. 성을 나온 왜군은 학송산성이 있는 동쪽으로 급히 이동했다. 이준성은 시간을 확인하며 5, 6중대의 준비를 살폈다. 그들은 수레에 실어 가져온 왜군 갑옷과 무기로 무장한 상태였다. 이준성 역시 강주봉이 건넨 왜군 갑옷과 무기로 위장했다. 이준성의 덩치가 워낙 컸기에 노획한 전리품 중에서 제일 큰 갑옷과 투구로 간신히 위장을 마쳤다.

이준성은 흑표 위에 오르며 5, 6중대장을 불렀다.

곧 5중대장 우메즈와 6중대장 마사카츠가 도착했다.

이준성은 카네를 시켜 그들에게 준비가 끝났는지 물었다. 두 사람은 준비가 완벽하다는 듯 고개를 끄덕이며 대답했다.

이준성은 1시간쯤 더 기다린 다음, 흑표를 몰아 언덕을 내려갔다. 그런 이준성의 뒤를 우메즈와 마사카츠가 이끄는 5, 6중대 병력 60명이 따라갔다. 이준성은 경흥성 성문을 육안으로 확인할 수 있을 때쯤 뒤로 빠져 우메즈와 마사카츠가 선두에 서도록 했다. 곧 두 사람이 성문으로 달려갔다.

경흥성 성벽에 불빛이 아른거림과 동시에 수문장으로 보이는 사내가 모습을 드러냈다. 우메즈와 마사카츠는 그에게 자신들은 바바 타로지로와 함께 학송산성을 지원하러 갔던 병력인데 도중에 상황이 바뀌어 먼저 돌아온 거라 소리쳤다.

수문장은 의심 없이 성문을 열어 주었다.

왜군 갑옷과 무기를 착용한 상태에서 큐슈 사투리로 대답하는 우메즈와 마사카츠가 적의 첩자일 리 없다고 믿은 것이다.

이준성은 우메즈와 마사카츠 뒤에 숨어 성 안으로 들어갔다. 5, 6중대 60명이 전부 입성한 후에야 성문이 다시 닫혔다.

이준성은 흑표에서 내려 잠시 기다렸다.

잠시 후, 성문 위를 지키던 수문장이 밑으로 내려와 그들에게 걸어왔다. 우메즈와 마사카츠 쪽으로 걸어가던 수문장이 이준성 앞에서 갑자기 걸음을 멈추었다. 그가 바바 타로지로의 병사 1,000여 명의 얼굴을 다 알진 못할 테지만 이준성만큼 덩치가 큰 사람이 있다는 말은 들어 보지 못한 듯했다.

수문장이 삿대질을 하며 다가와 자기네 말로 뭐라 소리쳤다.

이준성은 그를 보다가 왜도를 뽑아 옆으로 휘둘렀다. 선 채로 머리가 잘린 수문장이 목에서 피를 뿜다가 천천히 쓰러졌다.

몸을 돌린 이준성은 수신호로 작전을 시작하라 지시했다. 고개를 끄덕인 우메즈와 마사카츠가 성문 양쪽으로 올라갔다.

곧 성문 위에서 비명 소리와 무기 부딪치는 소리가 들려왔다.

이준성 역시 계단을 통해 성벽 위로 올라가 저항하는 왜군을 쓸어버렸다. 수중의 언월도를 휘두를 때마다 앞을 막아서는 왜군이 두 동강으로 잘려 날아갔다. 이준성은 성벽을 완벽히 장악한 후에 횃불을 만들어 크게 한 바퀴 돌렸다.

신호를 확인한 강주봉이 7, 8중대 60명과 함께 성문으로 달려와 합류했다. 이제 120명으로 늘어난 이준성의 병력은 은호가 조사한 정보대로 움직이며 남은 왜군을 처리했다.

학송산성 일로 다들 깨어 있긴 했지만 갑자기 들이닥친 대호골 병력 앞에서는 속수무책일 수밖에 없었다. 이준성은 왜군이 사용하던 숙영지에 불을 지른 다음 동헌으로 달려갔다. 동헌에는 꽤 많은 왜군이 남아 지키고 있었지만, 노도와 같은 대호골 병력의 공격에 밀리다가 결국 항복을 택했다.

이준성은 항복한 왜군 30여 명을 동헌의 뇌옥에 가둔 뒤 경흥성을 조사했다. 경흥성은 여진족과의 접경 지역에 있었기 때문에 군사적인 목적의 병영도시에 가까웠다. 그런고로 창고에 조선군이 쓰던 무기와 군량이 꽤 많이 남아 있었다.

경흥성을 지키던 조선군이 도망칠 때 무기와 군량을 버렸었기에 일어난 일이었는데, 그게 왜군 손을 거쳐 이준성의 손 안으로 들어온 것이다. 이준성은 조선군이 쓰던 무기 중에서도 특히 각궁이 마음에 들었다. 지금까진 각궁을 만들 재료가 없어 장궁을 썼는데 지금부턴 그럴 필요가 없었다.

이준성은 창고에서 수거한 각궁을 병사들에게 나누어 주었다. 장궁보다는 다루기가 훨씬 어려웠지만 다들 활을 쏘던 감각이 있었기에 그럭저럭 봐줄 만한 실력을 갖출 수 있었다.

그리고 무엇보다 성벽에 화포를 배치한 게 마음에 들었다.

성벽에 고정한 뒤 공성하는 적을 상대로 쓰는 농성 용도였는데, 유진으로 검색해 본 결과 조선 중기에 쓰던 지자총통이었다. 물론 화포는 능숙하게 다루는 데 시간이 필요해 지금 당장 사용할 수는 없었지만, 나중을 생각하면 의미 있는 수확이었다.

경홍성을 완벽히 점령한 이준성은 동쪽 길이 보이는 성벽에 올라가 학송산성을 구원하러 간 왜군이 돌아오길 기다렸다.

그사이 병사들은 갑옷 위에 조선 백성이 입는 옷가지를 껴입었다. 이준성 역시 마찬가지여서 순박한 농부처럼 갑옷 위에 펑퍼짐한 저고리와 바지를 걸치고 왜군을 기다렸다.

새벽 2시가 막 지났을 때였다.

동쪽 길 위에 200명이 넘는 왜군이 모습을 드러냈다. 강행군에 상당히 지친 듯 행군이라기보다는 이동에 더 가까웠다.

이준성은 인드라망으로 왜군을 살펴보았다. 기병은 20여 기였는데, 그중 한 기병 옆엔 말고삐를 잡은 시동이 같이 있었다.

그 기병이 바바 타로지로임을 직감한 이준성은 인드라망의 배율을 올려 자세히 관찰했다. 바바 타로지로는 두툼한 입술과 위로 치켜 올라간 눈매를 지닌 사나운 인상의 사내였다.

경홍성 정문에 도착한 왜군이 성문을 쾅쾅 두드렸다.

이준성은 부관 강주봉을 시켜 대응케 했다.

갑옷 위에 조선 백성 옷을 입은 강주봉이 소리쳤다.

"천하에 상종 못할 이 왜놈들아! 경홍성은 이제 우리가 빼앗아 조선 백성의 성이 되었으니 네놈들은 썩 꺼지도록 해라!"

왜군 안에 순왜, 즉 왜군에 협조하는 조선 백성이 있는 듯 왜군 전체가 술렁거리기 시작했다. 강주봉은 자기 말이 진짜임을 가르쳐 주려는 듯 불을 붙인 화살을 왜군에게 쏘았다. 강주봉의 궁술이 별로라 화살에 맞은 왜군은 없었지만, 경홍성을 빼앗았다는 그의 말을 확인시켜 주기에는 충분했다.

자기네 말로 욕을 쏟아부은 왜군이 공성을 시작했다.

그들이 보기에 성벽 위를 지키는 병사는 20여 명 남짓이었다. 또한 병사들이 조선 백성의 옷차림을 한 터라 강하게 몰아치면 경홍성을 다시 빼앗을 수 있을 거라 확신한 듯했다.

왜군은 화가 너무 난 나머지 경홍성에 남겨 둔 왜군의 숫자가 200명이었단 사실을 이미 머릿속에서 지워 버린 듯했다.

성벽 위를 지키는 20명의 조선 백성으론 잘 훈련받은 200명의 왜군을 제압하는 게 불가능하단 사실을 간과한 것이다.

이준성은 왜군이 사다리를 정문 옆 성벽에 걸치는 모습을 지켜보며 조용히 기다렸다. 그리고는 왜군이 사다리 위에 개미떼처럼 달라붙었을 때, 재빨리 공격하란 신호를 보냈다.

펑펑펑펑!

가장 먼저 조총이 불을 뿜었다.

30여 정의 조총이 일제히 탄환을 쏟아 내는 순간, 사다리에 개미떼처럼 달라붙어 있던 왜군이 낙엽 지듯 우수수 떨어졌다.

이준성은 조총을 쏘지 않았다.

대신 슈메가 건넨 대궁에 철시를 메겨 발사했다.

쉬아앙!

철시가 내는 굉음이 전장을 가르는 순간.

말에 타고 있던 사무라이가 꼬치 꿰듯 철시에 가슴이 꿰어 날아갔다. 이준성은 두 번째 철시를 조총병에게 겨누었다.

쉬아앙!

굉음을 내며 날아간 두 번째 철시는 조총병 두 명을 동시에 꿰었다. 이준성은 철시가 다 떨어질 때까지 계속 쏘았다.

이준성이 쏜 철시는 빗나가는 법이 없었다. 어쩔 때는 한 명을, 어쩔 때는 두 명을 동시에 쓰러트렸다. 일반인은 시위를 당기기조차 힘든 대궁으로 30여 발을 쉼 없이 발사했다.

왜군 역시 조총이나 활로 반격했지만, 대호골 병력이 철저하게 성첩을 엄폐물로 삼는 바람에 별다른 효과를 거두지 못했다.

상당한 피해를 입은 왜군은 해가 뜰 무렵, 멀찍이 물러나 전열을 정비했다. 그 틈에 대호골 병력 역시 전열을 정비했다.

성문을 열고 밖으로 나가 주위에 널려 있는 시신을 성 안으로 전부 들여왔다. 그리고는 시신이 가진 갑옷과 옷, 무기, 군량 등을 전부 회수한 뒤 바로 화장해 전장을 정리했다.

한여름에 수십 구의 시체를 그대로 방치해 두는 짓은 전염병이 돌아 달라고 비는 행동이나 마찬가지였다. 근대 전까지는 전투 중에 전사한 병력보다 굶거나 탈수, 탈진, 전염병 등으로 죽은 숫자가 더 많다는 말을 육군사관학교 교수들에게 귀에 못이 박히도록 들었던 이준성은 이를 가장 신경 썼다. 얼마나 크게 이기냐가 가장 중요했지만, 전투가 끝난 후의 전장 정리 역시 그만큼 중요했던 것이다.

이준성은 부하들에게 물과 식량을 섭취한 뒤 그늘에 들어가 휴식을 취하도록 지시했다. 왜군은 당분간 공격해 오지 않을 터이기에 여유가 있었다. 예상대로 왜군은 그날 저녁 날이 선선해졌을 무렵 다시 공격해 왔다. 이번에는 전보다 숫자가 늘어 6, 700명에 가까웠다. 바바 타로지로가 천중산, 학송산성에 주둔한 병력까지 전부 경홍성으로 부른 것이다.

이준성은 함성을 내지르며 돌격해 오는 왜군을 지켜보다가 낮에 회수한 철시를 다시 대궁에 메겨 발사했다. 땅거미가 막 내려앉기 시작한 저녁 하늘을 빗살처럼 가른 철시가 선두에서 달려오던 왜군 기병 하나를 말 위에서 날려 버렸다.

이준성이 철시를 네 발쯤 쏘았을 때, 왜군이 2번째 지점에 도착했다. 이준성은 즉시 손짓으로 전 병력을 남쪽 성문에 집결시켰다. 처음에는 왜군이 북문과 남문 양쪽으로 공격해 올지 모른다는 생각에 병력을 반으로 나눴는데, 왜군은 정문인 남쪽 성문만 노리는 듯 다른 성문은 조용했다.

"쏴라!"

이준성의 지시를 받은 병력이 지급받은 각궁과 장궁을 쏘았다.

100여 발의 화살이 개미떼처럼 뭉쳐 왜군 머리 위에 떨어졌다.

20여 명의 왜군이 화살에 맞아 바닥을 굴렀다.

이준성은 철시를 쏘며 지켜보다가 왜군이 3지점에 이르렀을 즈음, 조총을 쏘게 했다. 그동안의 전투에서 노획한 조총 50여 정이 일제히 탄환을 쏟아 내며 성벽을 연기로 뒤덮었다.

이번 역시 20여 명의 왜군이 조총 탄환에 맞아 바닥을 굴렀다.

그러나 확실히 이번에는 왜군의 병력이 많았다.

조총을 두 번째로 쏘려 할 때, 왜군이 성벽에 사다리 10여 개를 동시에 건 다음, 위로 올라오기 시작했다. 대호골 병력은 활과 조총으로 총공격을 가했지만 왜군을 막지는 못했다.

마침내 왜군이 가장 좋아하는 백병전의 시간이 도래한 것이다.

◆ ◈ ◆

"슈메, 넌 빠져 있어."

이번에는 자기도 싸우겠다는 듯 비장한 얼굴로 서 있던 슈메를 뒤로 끌어낸 이준성은 앞으로 걸어가 성첩 사이를 보았다.

성첩 사이에 걸린 공성 사다리에 왜군이 개미떼처럼 달라붙어 있었다. 이준성은 한 발자국 물러나와 기다렸다. 잠시 후, 첫 번째 왜군이 성벽 위로 올라왔다. 이준성은 즉시 수중의 언월도를 옆으로 휘둘렀다. 허리가 잘린 왜군이 비명을 지를 틈도 없이 피와 내장을 쏟으며 성벽 밑으로 떨어졌다.

이준성은 왜군이 올라오는 족족 언월도를 휘둘러 몸을 쪼개 버렸다. 그런 식으로 순식간에 대여섯 명을 해치운 이준성은 아예 왜군이 타고 올라오는 공성 사다리를 다리로 밀어버렸다. 잠시 기우뚱거리던 공성 사다리가 뒤로 넘어가다가 쿵 소리를 내며 바닥과 충돌했다. 공성 사다리에 타고 있던 왜군 네 명이 몸을 버둥거리다가 이내 움직임을 멈추었다.

왜군은 그들이 자신 있는 백병전으로 조선 의병으로 보이는 적을 금세 해치울 수 있을 거라 내다보았을 것이다. 그러나 그들을 맞이한 적은 조선 의병이 아니었다. 그들만큼이나 백병전으로 단련된 항왜 140명이었다. 바바 타로지로는 병력을 계속 투입해 공성을 강행했지만 부하들은 성벽에 제대로 도달조차 하지 못했다. 그야말로 완벽한 패배였다.

그러나 이준성은 여기서 멈출 생각이 전혀 없었다.

벗어 놓은 투구를 머리에 쓴 이준성은 성벽 밑으로 내려왔다.

밑에서 대기하던 부관 강주봉이 흑표를 얼른 대령했다.

이준성은 흑표 위에 올라타며 뒤를 슬쩍 돌아보았다. 기병 30여 명이 그의 뒤에 마름모꼴 형태로 도열해 있었다. 대호골 병사 중에 말을 탈 줄 아는 병사를 뽑아 만든 기병대였다.

그때였다.

그 틈에 성벽에 올라가 있던 강주봉이 소리쳤다.

"장군님, 왜군이 또 퇴각합니다!"

고개를 끄덕인 이준성은 바로 성문을 열라 지시했다.

항왜 몇 명이 단단한 성문을 가까스로 열어젖히는 순간.

이준성은 흑표의 말의 배를 걷어차 앞으로 달려갔다.

성문을 뚫다가 죽은 왜군의 시신이 쌓여 있는 곳을 단숨에 뛰어넘어 앞으로 달리는 순간, 퇴각하는 왜군 후위가 시야에 들어왔다.

왜군 역시 성문에서 적 기병대가 나왔다는 사실을 눈치 챈 듯 급히 돌아서서 저지하려 하였다. 그러나 대부분 장창 부대였기에 돌아서서 새로 진형을 갖출 시간이 턱없이 부족했다.

이준성은 언월도로 장창 부대를 박살 내며 계속 돌격했다.

이준성을 따라 돌입한 다른 기병들은 주변에 움직이는 요새를 구축해 적이 이준성의 주변을 에워싸지 못하게 만들었다.

그 덕에 이준성은 전방에서 오는 공격만 신경 쓸 수 있었다. 장창 부대를 뚫었을 때, 왜군 기병 몇 기가 앞을 막아섰다.

기병 하나가 전속력으로 달려오다가 왜도를 뽑아 이준성의 목을 베어 왔다. 이준성 역시 기병을 향해 달려가다가 오른손의 언월도로 기병의 목을 베어 갔다. 먼저 휘두른 건 기병의 왜도였지만 먼저 도착한 건 이준성의 언월도였다. 언월도가 기병의 목을 가르는 순간, 기병은 왜도를 놓치며 이준성 옆을 스치듯이 지나쳤다. 그리고는 10미터를 더 달려간 후에 잘린 머리가 목 위에서 미끄러지듯이 밑으로 떨어졌다.

그때, 두 번째 기병이 단창을 찔러 왔다. 이준성은 머리를 젖혀 단창을 피한 다음, 왼손에 쥔 왜도를 앞으로 베어 갔다.

기병의 잘린 머리가 위로 둥실 떠올랐다.

두 번째 기병까지 없앤 이준성 앞에 마침내 적의 주장 바바 타로지로가 나타났다. 바바 타로지로는 은호의 보고처럼 용맹하기 짝이 없었다. 이준성이 탄 흑표는 다른 군마에 비해 머리 하나가 더 위로 올라올 만큼 체구가 거대했다. 그리고 이준성 역시 이 시대 평균적인 신장에 비해 3, 40센티미터 이상 컸으며 체중은 40킬로그램 이상 더 나갔다.

그런 이유로 흑표에 탄 이준성이 돌진해 오는 모습을 보는 순간, 겁을 집어먹어 어쩔 줄 몰라 하는 이들이 대부분이었다.

한데 바바 타로지로는 이준성을 보기 무섭게 군마의 배를 걷어차 앞으로 돌격해 오며 수중의 단창을 매섭게 찔러 왔다.

이준성은 왼손의 왜도로 단창을 막아 옆으로 흘려보냈다. 그리고는 오른손의 언월도로 바바 타로지로의 배를 갈라 갔다.

바바 타로지로는 급히 단창을 끌어당겨 언월도를 막아 왔다. 동작이 아주 빨랐기에 단창 끝에 언월도의 날이 걸렸다.

그러나 바바 타로지로가 간과한 게 하나 있었다.

그와 이준성의 근력 차이를 미처 계산하지 못한 것이다.

막긴 했지만 언월도에 실린 힘까지 막진 못해 몸이 붕 떠올라 뒤로 날아갔다. 이준성은 급히 흑표의 고삐를 당겨 방향을 바꾸었다. 흑표는 고급 스포츠카처럼 급제동한 후에 이준성이 원하는 방향으로 선회했다. 이준성이 돌아섰을 때, 말 등에서 떨어진 바바 타로지로는 비틀거리며 일어서는 중이었다. 이준성은 그대로 달려가며 언월도로 베어 갔다.

바바 타로지로의 눈동자가 찢어질 듯 커지는 순간.

언월도가 그의 머리를 뎅강 잘라 허공으로 날려 버렸다.

지휘관의 죽음은 부대의 사기에 바로 영향을 주었다.

기세가 확 꺾인 왜군은 동쪽으로 전력을 다해 도망쳤다.

이준성은 불과 30여 기에 해당하는 기병으로 200명이 넘는 왜군을 추격했다. 그러나 바짝 붙어 추격하진 않았다. 구석에 몰리면 쥐도 고양이를 문다는 속담처럼 거리를 둔 상태에서 추격했다. 어차피 왜군이 갈 데라곤 뻔했기 때문이었다.

왜군은 학송산성으로 곧장 달려갔다.

그러나 학송산성 정문에 도착한 그들을 반겨 준 것은 동료들의 따뜻한 환대가 아니라, 빗발치듯 날아드는 화살이었다.

학송산성이 이미 1중대와 2중대에 점령당한 상태였던 것이다.

학송산성 성문 앞에 수십 구의 시신을 남긴 왜군은 방향을 돌려 천중산으로 도망쳤다. 그러나 천중산 역시 마찬가지였다. 천중산에 세운 목책 안에는 3중대가 들어가 있었다.

왜군은 3중대의 공격을 받으며 후퇴하다가 이준성이 이끄는 기병대와 만났다. 뒤에서는 3중대가, 앞에서는 기병대가 왜군을 완전히 포위해 버린 것이다. 왜군은 결국 항복을 택했다.

이준성은 3중대와 함께 항복한 왜군을 수습해 경흥성으로 돌아갔다. 학송산성을 점거한 1, 2중대 역시 왜군 시신을 수습해 경흥성으로 돌아왔다. 이준성은 병력이 적은 상황에서 학송산성과 천중산에 병력을 나누는 실수를 범하지 않았다.

경흥성에 돌아와선 은호를 지휘하는 강태봉을 만났다.

"경원성은 현재 어떤가?"

"경원성은 현재 나베시마 나오시게의 가신 류조지 시치에몬이란 자가 2천의 병력으로 지키고 있습니다. 경원성에서 경흥성으로 오는 길목 곳곳에 은호 대원들을 깔아 놓았기 때문에 류조지 시치에몬이 움직이면 바로 알 수 있을 겁니다."

"나베시마 나오시게는 지금 어디에 있는가?"

"5천 병력과 함께 온성에서 주둔 중입니다."

"나베시마의 나머지 병력은?"

"2천 정도가 종성, 회령, 부령 등지에 나뉘어져 있습니다."

강태봉의 보고를 받은 이준성은 일어나서 함경도 지도를 펼쳐 보았다. 경흥의 북서쪽에 있는 경원은 거리가 꽤 멀었다. 공략에 실패하면 돌아가는 길에 지옥이 펼쳐질 것이다. 그리고 경원은 온성, 종성, 회령과 거리가 가까워 삐끗하는 날에는 사방에서 포위당해 에워싸이기 쉬운 지형이었다.

그러나 이준성은 지금이야말로 경원을 손에 넣을 절호의 기회라 생각했다. 왜군이 상황을 제대로 파악하기 전에 과감한 수를 펼쳐 먼저 전략적 이득을 취하려는 계획인 것이다.

이준성은 경흥성에 1중대만 남긴 다음, 나머지 병력을 데리고 성을 나와 북서쪽으로 올라갔다. 강태봉의 은호는 본대보다 먼저 경원으로 출발해 그 주변을 정찰하는 중이었다.

출발해서 2시간쯤 지났을 때였다.

남서쪽에서 시커먼 먼지구름이 크게 올라왔다.

이준성은 길옆 언덕으로 병력을 이동시킨 다음, 인드라망으로 상대의 정체를 확인했다. 선두에는 완전무장한 기병 수백 기가 있었는데, 대부분 두정갑과 두석린갑을 착용했다. 왜군의 갑옷과는 확연히 달랐기에 구분이 쉬운 편이었다.

그러나 안심하진 않았다.

왜군 역시 그가 했던 것처럼 기만전술을 펼 수 있어 상대방의 정체를 정확히 알기 전까지 경계를 풀지 말라 명령했다.

그때, 기병 사이에서 이준성이 아는 얼굴이 하나 보였다. 이준성의 기억이 틀리지 않다면, 그는 바로 얼마 전에 만난 적 있는 강문우였다. 이준성은 앞으로 나가 기병의 앞을 막아섰다.

이준성을 발견한 강문우 등이 일제히 말고삐를 당겨 멈춰 섰다. 이준성은 흙먼지가 가라앉길 기다리며 자리에 서 있었다.

그때, 강문우가 군마 위에서 훌쩍 뛰어내려 그에게 걸어왔다.

"오다가 경흥성을 탈환했다는 소문을 들었는데 그게 사실인가?"

"경흥성에서 오는 길이니까 아마 맞을 겁니다."

"쳇, 우리가 한발 늦었나 보군."

실망했다는 듯 인상을 쓴 강문우가 손가락으로 뒤를 가리켰다.

"대호골에서 한 약속대로 함경도 각지에 통문을 보내 병력을 모아 왔네. 지금은 비록 기병 300과 보병 2,000명에 불과하지만, 곧 숫자가 더 늘어날 것이네. 이쯤이면 만족하는가?"

이준성은 어깨를 으쓱하며 대답했다.

"뭐, 그럭저럭 괜찮군요."

"자넨 정말 만족할 줄 모르는 사람이군."

"나에게 칭찬받을 목적으로 병력을 모은 게 아니지 않습니까?"

"자넨 그 비꼬는 말투 때문에 큰코다칠 날이 있을 것이네."

"칭찬으로 듣죠."

대꾸한 이준성이 길옆에 있는 언덕을 가리켰다.

"왜군 정찰병이 다니는 길이니까 안전한 데로 가서 얘기하죠."

이준성은 길옆에 있는 작은 산으로 들어갔다.

다들 이 근처에서 자란 사람들이라 몇천 명이 야영할 숙영지를 금방 찾아낼 수 있었다. 숙영지 안에 사령부로 쓸 막사를 막 만들었을 때였다. 막사 안으로 몇 사람이 들어왔다. 그 중 한 명은 강문우였지만 다른 사람들은 초면이었다.

초면인 사람은 모두 세 명이었다.

한 명은 기골이 장대한 젊은 장수였고, 한 명은 꼬장꼬장해 보이는 노인이었다. 그리고 마지막 한 명은 가사를 입은 승려였다. 이준성은 강문우에게 그들이 누구인지 물었다.

강문우가 막 그들을 소개하려 할 때였다. 젊은 장수가 갑자기 허리춤에 꽂아 둔 철퇴를 뽑아 이준성의 머리에 내리쳤다.

7장. 검증

7장. 검증

젊은 장수가 철퇴를 뽑아 내려치는 데는 1초가 채 걸리지 않았다. 그러나 이준성에게는 충분한 시간이었다. 극도로 발달한 감각이 젊은 장수가 휘두른 철퇴의 궤도를 예측해 냈다.

이준성은 피하거나 막지 않았다.

철퇴가 그를 때릴 수 없는 궤도로 날아왔기에 피할 이유가 없었던 것이다. 허공에 철퇴를 날린 젊은 장수는 눈 한 번 깜빡이지 않는 이준성에게 강한 인상을 받은 듯했다. 그가 유진이란 존재를 모르기에 빚어진 웃지 못할 촌극이었다.

"과연 듣던 대로 배짱이 대단하군!"

다시금 철퇴를 허리춤에 꽂은 젊은 장수가 우렁찬 목소리로 말했다.

“난 인의지방 사람 원충서요. 귀하에게 우리를 이끌 실력이 있는지 알아보기 위해 잠깐 시험해 봤소. 무례를 용서하시오.”

이준성은 입꼬리를 슬쩍 올리며 히죽 웃었다.

“그런 비겁한 짓으로는 내 실력을 제대로 시험해 보기 어렵지.”

강문우는 이준성을 잘 알지 못했다.

이준성과의 만남은 이번이 두 번째였기에 그를 제대로 알기엔 시간이 부족했다. 그러나 이준성이 저런 표정을 지을 땐 뒤에 뭔가가 있단 것을 본능적으로 감지할 순 있었다.

강문우가 둘 사이에 얼른 끼어들었다.

“힘을 합쳐 싸워야 하는 사람들끼리 화기를 상할 필요가…….”

그러나 원충서는 결국 이준성이 슬쩍 내민 미끼를 물어 버렸다.

원충서가 송충이같이 짙은 눈썹을 꿈틀거리며 물었다.

“귀하를 제대로 시험해 보려면 어떻게 해야 하오?”

이준성은 손으로 허리에 찬 왜도를 탁 치며 대답했다.

“실력을 알아보는 데는 실전보다 좋은 게 없지 않겠소? 각자 자신 있는 무기로 둘 중에 누가 더 센지 한번 겨뤄 봅시다.”

화가 난 원충서가 콧바람을 연신 쏟아 내며 대답했다.

"좋소. 나중에 원망이나 하지 마시오."

이준성과 원충서는 막사 밖으로 나가 갑옷과 투구를 벗었다.

두 사람이 겨룬단 소문이 금세 군 전체에 퍼진 듯 병사들이 개미떼처럼 모여들었다. 다른 사람이 하는 싸움만큼 재밌는 구경거리가 없었다. 그중엔 내기를 하는 병사까지 있었다.

내기의 결과는 원충서의 압도적인 승리를 예상하고 있었다.

병사들이 나누는 얘기가 이준성의 예민한 귀에 속속 들어왔다.

"두고 보게나. 이번 싸움은 원 장군이 반드시 이길 테니."

"나 역시 그렇게 생각하네. 원 장군은 팔도의 내로라하는 장사들이 다 모인 씨름대회에서 우승까지 차지했으니까. 그때 상으로 받은 황소로 고을 전체가 잔치를 벌였다고 하더군."

"허, 어디 그뿐인가? 원 장군은 혼자서 덩치가 커다란 산적 대여섯 명을 때려잡아 관아에 넘긴 적이 있었네. 또 이웃마을 사람을 잡아간 호랑이를 단신으로 추격해 죽였다 들었네."

"암, 그렇고말고. 아마 원 장군보다 용맹한 사람은 없을 게야."

"원 장군이 서출만 아니었어도 지금쯤 대장군이 되셨을 텐데……."

원충서에 대한 함경도 사람들의 신망이 대단한 듯했다.

이준성은 원충서에게 호감이 갔지만 상황이 좋지 못했다. 강문우가 모은 병력은 이준성의 명령을 따르지 않을 가능성이 높았다. 그들은 강문우나 원충서의 명을 따르려 할 것이기에 그들에게 대장이 누군지 가르쳐 줄 계기가 필요했다.

미안하지만 원충서가 그 계기를 만들어 줘야 했다.

내기를 거는 목소리가 거의 잦아들 무렵.

"처음엔 봐줄 테니까 마음껏 공격해 보시오."

말을 마친 이준성은 원충서에게 손가락을 까딱거려 먼저 공격하란 신호를 보냈다. 모욕을 당했다 여긴 원충서가 짐승이 울부짖는 것 같은 괴성을 지르며 미친 듯이 달려들었다.

원충서는 180센티미터의 신장에 체중은 100킬로그램 언저리로 보였다. 이준성보다 신장은 작았지만 체중은 거의 엇비슷했다. 함경도가 조선에서 체격이 가장 큰 지역이라 하지만 원충서의 체구는 그야말로 거인에 가까웠다. 불행히 상대가 이준성이었기에 크다는 느낌을 받지 못할 뿐이었다.

체구가 큰 사람은 대부분 작은 사람보다 느리기 마련이었다.

그러나 가끔 덩치에 비해 엄청난 순발력과 민첩성을 타고난 사람들이 있는데, 원충서가 바로 그러했다. 그런 덩치에서 나왔다고는 믿기지 않을 만큼 빠른 속도로 거리를 좁혀 왔다.

원충서는 이 시대 기준으로 괴물에 가까웠다.

그러나 이준성은 그런 원충서를 훨씬 뛰어넘는 괴물이었다.

오른쪽 뇌에 스스로 진화하는 최첨단 생체컴퓨터를 이식했을 뿐 아니라, 그 생체컴퓨터를 이용해 몸속에 저장해 둔 산소를 필요할 때 꺼내 쓰는 특수한 개인 기술까지 겸비했다.

부웅!

원충서의 철퇴가 살벌한 소리를 내며 이준성의 관자놀이를 후려쳐 왔다. 철퇴에 실린 힘이 어마어마해 황소라도 단매에 때려잡을 수 있을 듯했다. 그러나 이준성은 고개를 살짝 젖히는 단순한 동작으로 원충서의 철퇴를 가볍게 피해 냈다.

전력을 실은 철퇴가 허공으로 빗나갔다.

풀 스윙한 타자가 타격 중에 배트를 멈추기가 쉽지 않듯 원충서가 전력을 다해 후려친 철퇴 역시 크게 빗나가는 듯했다.

그러나 앞서 말했듯 원충서는 괴물이었다.

빗나간 철퇴를 완력으로 다시 끌어당기는 괴물 같은 모습을 보여 주었다. 그리고는 끌어당긴 철퇴를 두 손으로 잡아 비스듬히 내리쳤다. 이번에는 머리가 아니라 옆구리 쪽이었다.

상체를 젖히는 방법으론 피할 수 없었기에 이준성은 복싱의 풋워크를 이용해 왼쪽으로 선회했다. 또다시 빗나간 철퇴를 보면서 이를 바드득 간 원충서가 전력을 다해 공격해 왔다.

붕붕붕!

철퇴가 허공을 가를 때마다 살벌한 소리가 울려 퍼졌지만 철퇴는 이준성의 옷자락조차 제대로 건드리지 못했다. 체력이 무한은 아니었기에 원충서의 입이 점점 벌어지기 시작했다. 코로는 필요한 산소를 흡수하지 못한다는 증거였다.

"으아악!"

얼굴이 시뻘겋게 달아오른 원충서가 괴성을 지르며 달려들었다. 젖 먹던 힘까지 다 짜낸 듯했다. 이번에 휘두른 철퇴는 지금까지와는 차원이 달랐다. 빨랐다. 그리고 강력했다.

기회가 왔음을 느낀 이준성은 철퇴가 날아드는 순간, 칼집을 두 손으로 잡아 수직으로 내리쳤다. 섬광처럼 떨어진 칼집이 철퇴를 쥔 원충서의 손을 회초리처럼 살짝 치며 내려갔다.

"크윽."

신음 소리와 함께 철퇴를 떨어트린 원충서가 비틀거리며 후퇴했다. 칼집에 맞은 손등은 벌써 시퍼렇게 멍이 들어 있었다.

원충서는 이준성이 자신을 봐주고 있음을 직감했다. 만일 이준성이 처음부터 칼집에 든 왜도를 뽑아 방금 전과 같은 속도와 힘으로 공격해 왔다면, 그는 이미 이 세상 사람이 아니었다.

더욱이 이준성은 방금 전의 공격으로 그의 오른손을 박살

낼 수 있었다. 뼈를 완전히 부러트려 불구로 만들 수도 있었던 것이다. 그러나 이준성은 뼈를 부러트리지 않은 선에서 철퇴를 놓칠 정도의 충격만 가하는 놀라운 기예를 선보였다.

얼굴이 붉으락푸르락해진 원충서가 졌음을 시인하려 할 때였다.

이준성은 원충서를 향해 손가락을 까딱거리며 물었다.

"사내가 그 정도로 포기하려 들다니 실망이군. 무기가 없으면 주먹으로 싸워 봐야 할 거 아니오? 설마 주먹에는 자신 없는 거요? 그래서 싸워 보지도 않고 지레 포기하려는 거요?"

이준성의 도발은 효과가 아주 확실했다.

분기탱천한 원충서가 상처 입은 호랑이처럼 미친 듯이 달려들었던 것이다. 기다렸다는 듯 칼집을 멀찍이 던져 버린 이준성은 복싱 풋워크로 황소처럼 돌진해 오는 원충서를 피했다.

그리고 피함과 동시에 텅 빈 원충서의 배 오른쪽에 주먹을 날렸다. 배에 일격을 맞은 원충서는 감전당한 사람처럼 잠시 움찔했지만 쓰러지진 않았다. 엄청난 맷집이었다.

원충서는 다시 솥뚜껑만 한 주먹을 이준성의 얼굴에 휘둘렀다. 그러나 이준성이 복싱의 스웨이로 피하는 바람에 주먹은 허공을 치며 지나갔다. 재빨리 상체를 당긴 이준성은 다시금 훤히 드러난 원충서의 배 오른쪽을 향해 주먹을 찔러 넣었다.

이번 주먹은 효과가 확실했다. 원충서의 두 다리가 땅에 못 박힌 것처럼 더 이상 움직이지 않았던 것이다. 그 다음부터는 대결이 아니라 일방적인 구타였다. 이준성은 두 다리가 멈춘 원충서를 샌드백처럼 두들겼다. 말이 샌드백이지, 사실 복날에 개 맞듯 맞았다는 표현이 더 적절했다. 원충서의 주먹은 이미 전과 같지 않아 피할 필요조차 느끼지 못했다.

퍽!

원충서의 주먹에 얼굴을 맞았지만 이준성은 표정 하나 변하지 않았다. 이준성은 맞은 부위를 손가락으로 벅벅 긁었다.

"모기에 물린 것보다 덜 아프군."

전이었다면 원충서가 길길이 날뛰었을 것이다. 그러나 이미 얼굴이 퉁퉁 부어올라 복어처럼 보이는 원충서는 화낼 기력마저 없는 듯했다. 그저 헉헉대며 숨을 몰아쉴 뿐이었다.

오히려 서 있는 게 신기할 지경이었다.

원충서는 눈이 잔뜩 부어 앞이 제대로 보이지 않는 듯했다. 원충서의 주먹이 이준성과 한참 떨어진 방향으로 날아갔다.

이준성은 로우킥으로 원충서의 다리를 걷어찼다.

퍽!

원충서는 젓가락이 부러지듯 힘없이 한쪽 무릎을 꿇었다. 이준성은 원충서의 반대쪽 다리마저 걷어차 원충서가 완전히 무릎을 꿇게 만들었다. 그리고는 천천히 뒤로 돌아가 오른 팔뚝으로 경동맥이 지나가는 원충서의 목옆을 압박했다.

초크기술 중의 하나인 리어 네이키드 초크였다.

원충서는 팔을 크게 휘두르며 저항했지만 소용이 없었다. 곧 팔이 부르르 떨리더니 힘없이 밑으로 떨어졌다. 그리고는 눈동자가 뒤집힌 상태에서 침을 흘리다가 고개를 꺾었다.

기절한 원충서를 바닥에 내려놓은 이준성은 주변을 둘러보았다. 갑자기 찬물을 끼얹은 것처럼 장내가 조용해졌다.

이준성은 그들을 오연한 눈빛으로 쏘아보며 소리쳤다.

"내가 너희들의 대장이란 게 마음에 들지 않는 놈은 당장 앞으로 나와라! 열 명이든 백 명이든 다 묵사발을 내 주겠다!"

병사들은 꿀 먹은 벙어리처럼 말없이 서 있었다.

병사들 중에는 원충서를 어린애 가지고 놀 듯 다룬 이준성에게 도전할 만큼 실력과 배짱이 있는 사람이 없었던 것이다.

이준성은 기세를 올려 다시 한 번 소리쳤다.

"예로부터 침묵은 긍정이라 했다! 다들 나를 대장으로 인정한 것 같으니, 앞으로 이 일로 왈가왈부하는 놈은 용서 않겠다!"

이준성의 목소리가 워낙 커서 그들이 있는 공터 전체가 쩌렁쩌렁 울릴 정도였다. 덕분에 수천 명의 병사가 공터에 모여 있었지만, 그들 중 이준성의 말을 듣지 못한 병사는 없었다.

기절한 원충서 앞에 우뚝 서서 좌중을 압도하는 이준성의 모습은 하늘이 내린 신장처럼 온몸에 위엄이 넘쳐흘렀다. 그런 그에게 거역한다는 건 있을 수 없는 일처럼 느껴졌다.

만족한 듯 엷은 미소를 지은 이준성은 기절한 원충서를 들쳐 업었다. 그리고는 막사로 돌아가 기절한 원충서를 나무 침상 위에 눕힌 뒤 몸 상태를 점검했다. 온몸에 피멍이 들었지만, 뼈가 부러지거나 장기에 상처를 입은 곳은 없었다.

물론 그가 힘을 조절한 덕분이었다. 그렇지 않았다면 원충서는 온몸의 뼈가 조각나서 진작 내출혈로 죽었을 것이다.

그때, 강문우가 막사 안으로 들어왔다.

그는 침상에 누워 있는 원충서를 안타까운 눈으로 보며 물었다.

"원 장군의 상태는 좀 어떻소?"

"별로 안 다쳤소. 몇 시간 후면 자기 발로 걸을 수 있을 거요."

강문우가 이번에는 원망이 담긴 눈빛으로 이준성을 보았다.

"꼭 그렇게까지 해야 했소?"

이준성은 탁자에 경원성 지도를 펼치며 피식 웃었다.

"우린 전쟁놀이를 하러 가는 게 아니오. 나는 군령이 두 군데로 나뉜 군대를 지휘해서 이겼다는 말을 들어 본 역사가 없소."

강문우가 의문을 표했다.

"원충서를 무참히 때려눕힌 일로 병사들이 당신을 인정할 거라 생각하시오? 내 생각엔 인정하기보다는 그들이 존경하는 장군을 개 패듯 패 버린 당신에게 불만이 생길 것 같은데."

이준성은 지도를 보며 강문우에게 물었다.

"그보다 병사들이 방금 전 일로 겁을 먹은 것 같았소?"

강문우는 뻔한 것을 묻는단 표정으로 대답했다.

"당연히 겁을 먹을 수밖에. 함경도에서 가장 강한 사내를 어린애처럼 다룬 당신에게 겁을 먹지 않을 사람이 과연 있겠소?"

이준성은 만족한 듯 고개를 크게 끄덕였다.

"그거면 충분하오."

강문우가 이해가 가지 않는다는 표정으로 물었다.

"그거면 충분하다니? 내겐 병사들이 진심으로 당신을 따르게 만들 비책이 있다는 말처럼 들리는데, 대체 그게 무엇이오?"

이준성은 하얀 이를 드러내며 소년처럼 해맑게 웃었다.

"실력이오. 내 실력을 보면 그들도 인정할 수밖에 없을 거요."

강문우는 어이없다는 듯 고개를 절레절레 저었다.

"대단한 자신감이군. 부디 그 자신감이 허풍이 아니길 빌겠소."

"그보다 원충서와 같이 온 그 두 명은 소개하지 않을 셈이오?"

"곧 데려오겠소."

강문우는 잠시 후에 원충서와 같이 왔던 꼬장꼬장해 보이는 노인과 가사를 입은 중년 승려를 이준성 앞으로 데려왔다.

강문우가 먼저 꼬장꼬장해 보이는 노인을 가리켰다.

"이분은 회령에서 봉기한 신세준 선생이오. 회령에서 유생들을 가르치던 분으로, 함경도 전역에 문명을 떨치고 계시오."

이준성은 고개를 살짝 저었다.

"유생을 가르치던 선생이면 양반이란 뜻이군."

신세준이 불쾌한 표정으로 물었다.

"내가 양반인 게 마음에 들지 않는 것이오?"

"지금은 아닙니다만, 나중에는 어떻게 될지 모르죠."

강문우는 분위기를 바꾸기 위해 얼른 중년 승려를 소개했다.

"여기 이 승려는 명천 구복사의 주지 일우 스님이오. 함경도 전역에서 모집한 의승 300여 명과 함께 의병에 합류했소."

승려가 합장하며 나직한 목소리로 불호를 외웠다.

"나무관세음보살. 만나서 반갑습니다. 소승, 일우라 합니다."

이준성은 같이 합장하며 대답했다.

"반갑습니다, 스님. 전 이준성입니다. 의승에 거는 기대가 크니 불쌍한 중생을 구제한단 마음으로 힘써 주시기 바랍니다."

강문우와 신세준은 깜짝 놀란 표정을 지었다.

건방지기 짝이 없던 이준성이 일우에게는 아주 공손한 것이다.

신세준은 눈빛으로 강문우에게 이준성이 불교신자인지 물어보았다. 그러나 강문우은 모르겠다는 듯 고개를 살짝 저었다.

사람들을 내보낸 이준성은 보유한 전력부터 먼저 파악했다.

현재 기병은 300여 기, 보병은 3,000여 명이었다.

나베시마 나오시게가 거느린 병력의 3분의 1에 불과했지만, 전력은 그리 나쁘지 않았다. 기병의 대부분은 함경도 국경을 지키던 토병으로 여진족과의 전쟁에서 활약한 베테랑이었다. 왜군이 보유한 기병에 비해 질에서 훨씬 앞서 있었다.

왜군 기병은 전문 기병이라기보다는 말을 탄 사무라이에 가까웠다. 때문에 군마의 질, 기병의 능력, 경험의 양에서 훨씬 앞설 수밖에 없었다.

또한 보병 300명은 항왜였다. 경흥성 전투를 치르는 동안 항왜를 더 받아들여, 이젠 그 숫자가 300명을 상회하는 중이었다.

그 외의 보병들 역시 농사를 짓기 힘들 정도로 땅이 척박한 함경도에서 사냥을 하거나 약초를 캐며 살아가던 자들이었기에 농사를 짓던 한강 이남의 의병과는 차원이 달랐다.

이준성이 새로운 편제를 고민할 때, 기절한 원충서가 깨어났다.

원충서는 끙 하는 신음 소리를 내며 일어나 주변을 둘러보았다.

자기가 있는 곳이 어디인지 모르는 눈치였다.

이준성은 화로에 끓이던 주전자에서 뜨거운 물을 따라 건넸다.

"물을 마시면 가출했던 정신이 웬만큼 돌아올 거요."

원충서는 김이 모락모락 올라오는 잔을 보며 눈살을 찌푸렸다.

"이 한여름에 뜨거운 물을 마시라고 주는 거요?"

"오래 살고 싶으면 앞으로 물은 끓여서 마시는 게 좋을 거요."

"쳇."

원충서는 하는 수 없이 혀가 데지 않게 조심하며 물을 마셨다.

물을 다 마신 원충서가 욱신대는 관자놀이를 문지르며 물었다.

"한데, 당신 사람 맞소?"

이준성은 눈썹을 찡긋했다.

"크게 보면 맞지만 어떤 면에선 아니기도 하지."

"그게 무슨 개뼉다구 같은 소리요?"

"난 사실을 말했을 뿐이오."

원충서가 엄지손가락을 치켜세워 보였다.

"어쨌든 대단한 솜씨였소. 조선 팔도에 나보다 강한 사내가 있을 거란 생각을 못 했는데, 이번에 크게 한 방 먹었소이다."

이준성은 웃으며 물었다.

"어떻소? 당해 보니 당신들을 지휘하기에 충분한 실력 같았소?"

원충서가 고개를 끄덕였다.

"물론이오. 나는 명색이 사내대장부를 자처하는 몸이오. 평소에 맺고 끊는 게 확실해서 뒤끝이 없단 뜻이오. 꼼짝없이 패했으니 이제 군의 대장은 당신이요. 당신 명을 따르겠소."

"당신은 대장을 그런 식으로 대우하오?"

쓴웃음을 지은 원충서는 침상을 짚으며 일어나 무릎을 꿇었다.

"장군님, 속하의 인사를 받으십시오."

"점점 마음에 드는군."

이준성은 막사로 강문우와 신세준, 일우, 하구로, 우메즈, 마사카츠, 진에몬 형제, 박철, 강주봉, 강태봉 등 11명을 호출했다.

여기에 원충서까지 더해 총 12명이 막사를 가득 채웠다.

이준성은 그들을 둘러보다가 천천히 입을 열었다.

"병력이 늘어 편제를 바꿔야겠소. 우선 우리 군대의 이름은 앞으로 아시온이 될 것이오. 별생각 없이 지은 이름이니까 왜 아시온으로 지었는지는 나에게 물어보지 말도록 하시오. 두 번째로 최정예라 할 수 있는 기병 300기는 한데 묶어 천마대대라는 이름으로 부를 것이오. 천마대대 대대장은……."

이준성의 시선이 사람들을 쭉 훑다가 원충서 앞에 가서 멈췄다.

"앞으로 천마대대 대대장은 원충서가 맡을 것이오."

원충서는 즉시 한쪽 무릎을 꿇으며 절도 있는 군례를 올렸다.

"삼가 명을 받들겠습니다."

사람들은 깜짝 놀라 이준성, 원충서 두 사람을 번갈아 쳐다보았다. 이준성은 그에게 대들다가 복날 개처럼 맞은 원충서를 정예부대 대대장으로 임명하는 통 큰 결정을 내렸다.

그리고 원충서는 자기를 개 패듯 팬 남자에게 절도 있는 군례를 올리며 공손히 명령을 하달받았다.

보통 사람들이 보기에는 이해할 수 없는 광경이었지만, 정작 당사자 두 사람은 별로 개의치 않는 듯 표정에 별다른 변화가 없었다.

이준성은 후속 인선을 계속 발표했다.

“보병 3,000명은 한데 묶어 맹호연대라 부를 것이오. 그리고 맹호연대 밑에는 흑표대대, 백랑대대 두 대대를 둘 생각이오. 이 맹호연대를 지휘할 연대장으로 적합한 사람은…….”

사람들은 기대에 찬 시선으로 이준성의 다음 말을 기다렸다.

그때, 이준성이 강문우를 가리켰다.

“여기 있는 이 강문우 장군밖에 없다 생각하오.”

그 말에 가장 놀란 사람은 강문우였다.

강문우는 자기가 정문부와 이준성의 가교를 맡을 거라 예상했기 때문에 갑작스런 임명에 놀란 표정을 감추지 못했다.

그러나 강문우 역시 곧 원충서처럼 군례를 올렸다.

“삼가 명을 받들겠습니다.”

고개를 끄덕인 이준성은 나머지 인선을 발표했다.

“흑표대대는 일우, 백랑대대는 박철 두 사람이 각각 지휘할 것이오.”

박철과 일우, 두 사람은 앞으로 한 걸음 나와 군례를 올렸다.

“명 받들겠소이다!”

“나무아미타불.”

이준성은 그 다음에 정찰을 책임지는 은호대대의 대대장에 강태봉을 유임했다. 그리고 부대의 행정, 보급을 전담하기 위해 새로 만든 철우대대엔 신세준을 대대장으로 임명했다.

마지막으로 항왜 등 남은 병력은 전부 지휘사령부와 근위대 역할을 겸할 예정인 아시온 사단 직할 비룡대대에 배치했다.

다시 말해 이준성이 아시온 사단의 사단장을 맡아 맹호, 천마, 은호, 철우, 비룡 이 다섯 개 부대를 통솔하는 편제였다.

이준성이 원충서를 통해 지휘관들을 휘어잡은 후였기에 그의 인선에 감히 불만을 표하는 자는 없었다. 편제를 마친 이준성은 가장 먼저 강태봉이 지휘하는 은호대대의 숫자를 늘리는 일에 집중했다. 이준성은 은호대대의 숫자를 100명으로 늘렸다. 3,000명으로 이뤄진 부대에서 100명의 병력을 빼내는 일은 그리 쉽지 않은 결정이었지만 정보전을 이기기 위해서는 충분한 숫자의 정보원이 반드시 필요했다.

은호대대는 함경도 각 지역의 지리를 누구보다 잘 아는 병사들로 이루어져 있어 6진 곳곳에 흩어진 나베시마 나오시게의 군대를 은밀히 염탐하기 시작했다. 이준성은 은호대대가 쓸 만한 정보를 물어오기 전까지 병력 훈련에 매진했다.

이준성은 우선 유진의 도움을 받았다.

유진은 16세기에 맹위를 떨친 여러 진법을 이준성에게 보여 주었다. 스페인의 테르시오, 척계광의 기효진법, 왜군의 전투대형 등이었다. 이준성은 유진의 자료를 바탕으로 대호군에 통용할 수 있는 진법을 개발해 병사들에게 가르쳤다.

보병을 지원할 야포나 중화기가 없어 아쉬웠지만, 노획한 조총을 십분 활용해 만족할 만한 진형을 갖추는 데 성공했다.

병사들이 각 부대에 배치한 교관에게 활과 조총, 장창, 왜도의 사용법을 배우며 진법을 훈련한 지 닷새쯤 지났을 때였다.

은호대대 대대장 강태봉이 막사를 찾아와 보고했다.

"경원성에 있던 류조지 시치에몬이 1,500명의 병력을 이끌고 경원성을 나와 소식이 끊긴 경흥성 방향으로 출발했습니다."

이준성은 벌떡 일어나 소리쳤다.

"부관!"

잠시 후, 부관 강주봉이 막사 안으로 뛰어 들어왔다.

"찾으셨습니까?"

강주봉은 불과 몇 달 전까지 바다에서 고기를 잡으며 살아가던 어부였지만, 여러 사건을 겪는 동안 훌륭한 군인으로 변모해 지금은 천생 군인처럼 말과 행동에 절도가 흘러넘쳤다.

"지금부터 작전에 들어간다! 천마와 맹호에게 시작하라 일러라!"

"예!"

대답한 강주봉은 얼른 막사 밖으로 뛰어나갔다.

이준성 역시 갑옷을 걸친 다음, 병력을 이끌고 직접 출격했다.

마침내 나베시마 나오시게를 끌어낼 기회가 찾아온 것이다.

◆ ◈ ◆

류조지 시치에몬은 괜찮은 지휘관이었다. 경홍성으로 가는 동안, 정찰 부대를 이용해 적의 매복이 있는지 유심히 살폈다.

한편, 은호대대가 찾은 지름길로 행군한 이준성은 류조지 시치에몬보다 먼저 요충지에 도착해 상대의 도착을 기다렸다.

그러나 이준성은 요충지를 사수하지 않았다.

오히려 재빨리 군을 뒤로 물려 상대의 정찰 범위를 벗어났다.

그날 오전 일찍 경홍성 남쪽에 도착한 왜군은 매복한 적을 찾아내기 위해 정찰 부대로 하여금 양 측면과 후위를 수색하게 했다. 경홍성을 공성할 때 측면이나 후위에서 기습당하면 앞뒤로 에워싸일 위험이 높아 미리 점검하는 것이다.

앞서 말했듯 류조지 시치에몬은 괜찮은 지휘관이었다.

정찰을 통해 적이 매복해 있지 않다는 사실을 파악했지만 혹시 모르기에 100명으로 이뤄진 부대 몇 개를 요충지에 파견했다. 적이 기습해 왔을 때 그 100명으로 일단 시간을 어느 정도 끈 다음, 반격하거나 퇴각하려는 계획으로 보였다.

그 시각, 이준성은 아시온 사단 직할부대인 비룡대대 300명과 함께 나무가 울창한 숲에 은신해 은호대대의 연락을 기다렸다.

비룡대대는 기병 30기, 보병 300명으로 이루어져 있었다. 병력의 대부분은 항왜 출신이었다. 전투로 단련이 된 항왜 300여 명에 이준성까지 있었기에 무시할 수 없는 전력을 자랑했다.

부관 강주봉이 다가와 조심스런 목소리로 물었다.

"표정이 좋지 않아 보이십니다. 걱정이 있으십니까?"

인드라망으로 전방을 살피던 이준성이 히죽 웃으며 돌아섰다.

"왜? 내가 긴장한 것처럼 보여?"

"예, 조금 그래 보입니다."

이준성은 장난으로 강주봉의 머리에 헤드락을 걸며 물었다.

"긴장해야 할 사람은 내가 아니라 너일 텐데."

이준성의 말에 강주봉의 얼굴이 금세 시무룩해졌다.

류조지 시치에몬이 이끌고 온 1,500의 병력을 상대로 경흥성을 지키며 수성전을 펼쳐야 하는 사람이 바로 강주봉의 부친 강준구인 것이다. 강준구가 보유한 병력은 100명에 불과했기에, 사실상 1대 15의 대결이었다.

숫자만 보면 절대적으로 아버지에게 불리한 싸움이었다. 이준성 말처럼 그가 진짜 걱정해야 할 사람은 아버지 강준구였다.

이준성은 강주봉의 볼을 꼬집으며 웃었다.

"금세 시무룩해졌군. 하하, 걱정할 필요 없어. 네 아버지는 그렇게 쉽게 당할 사람이 아니야. 그리고 나에게도 네 아버지가 성에서 외롭게 농성하게 만들 생각이 전혀 없으니까."

그때였다.

은호대대 대대장 강태봉이 보낸 전령이 도착했다.

"왜군이 방금 전 경흥성의 공성을 시작했습니다."

고개를 끄덕인 이준성은 벌떡 일어나 휘파람을 불었다.

가까운 나무그늘 아래서 한가로이 풀을 뜯던 흑표가 바람처럼 달려왔다. 다른 군마는 묶어 놔야 도망가지 않았지만, 흑표는 그럴 필요가 없었다. 마치 말 잘 듣는 군견처럼 근처를 떠나지 않다가 주인이 휘파람을 불면 재깍재깍 달려왔다.

흑표는 왜군이 타던 군마였지만 왜국에서 태어난 말은 아니었다. 유진으로 조사해 본 결과, 왜국의 말은 몽고말처럼 작았다.

그리고 기병이 군마로 쓰기에 적당하지 않았다. 왜국의 군마는 신분이 높은 무사와 영주의 이동용이거나 짐을 옮기는 용도였다.

반면 흑표는 대륙에서 들어온 군마보다 머리 하나가 더 클 정도로 컸으며, 90킬로그램이 넘는 이준성을 태운 채 질풍처럼 달릴 수 있을 정도로 힘이 넘쳤다.

아마 삼국시대나 고려시대 때, 중앙아시아의 어떤 지역에서 들여온 혈통 좋은 종마의 후예일 가능성이 아주 높아 보였다.

흑표에 오른 이준성은 언월도를 뽑아 앞을 가리켰다.

"출발!"

이준성을 선두로 비룡부대 기병 30기와 보병 300명이 일제히 눈앞에 있는 언덕을 오르기 시작했다. 그리고 언덕을 넘어 작은 냇가를 하나 건넜을 때, 마침내 왜군 전초기지가 그들 앞에 모습을 드러냈다. 전초기지는 왜장 류조지 시치에몬이 후방 기습을 막을 목적으로 세워 둔 곳 중 하나였다.

이준성은 청룡중대 중대장 우메즈에게 청룡중대 50명을 데리고 왼쪽으로 우회해 조총과 화살을 쏘라는 명령을 내렸다.

우메즈가 청룡중대와 함께 왼쪽으로 가는 모습을 본 이준성은 남은 흑룡중대, 백룡중대, 적룡중대, 황룡중대를 이끌고 오른쪽으로 우회했다. 이준성의 근위대라 할 수 있는 비룡대대는 청룡중대, 흑룡중대, 백룡중대, 적룡중대, 황룡중대로 이루어져 있었다. 그중 흑룡중대는 기병으로 이루어진 부대였다. 그리고 나머지 네 부대는 순수한 보병 부대였다.

흑룡중대의 중대장은 하구로였다. 그리고 청룡중대는 우메즈, 백룡중대는 마사카츠, 적룡중대는 나가토리, 황룡중대는 나가츠네가 중대장이었다. 어차피 항왜는 조선 병사들과 말이 통하지 않아, 이준성은 그들을 직할부대에 배치했다.

선두에서 움직이는 이준성 옆으로 강주봉이 접근해 물었다.

"우메즈가 배신할 위험은 없겠습니까?"

우메즈가 이끄는 청룡중대는 전원이 항왜였다. 그리고 그들을 감시할 조선인 역시 없는 상황이었다. 우메즈가 이준성을 배신하기로 마음먹으면 이보다 좋은 기회가 없는 것이다.

이준성은 미소를 지으며 대답했다.

"상관없어. 그들이 배신한다면 그 대가를 톡톡히 치러야 할 거야. 죽은 후에도 원한을 잊지 못해 귀신이 될 정도로 말이야."

이준성은 웃었지만 그가 하는 말은 전혀 웃기지 않았다. 강주봉은 소름이 돋는 듯했다. 소변볼 때처럼 몸을 부르르 떨었다.

주변을 둘러본 이준성은 기지 오른쪽 아래에 부대를 배치했다.

잠시 한숨 돌리려는 찰나.

탕탕탕!

왼쪽에서 들려온 총성이 숲의 정적을 산산이 깨트렸다. 총성에 놀란 새들이 날갯짓하며 날아오르는 모습이 장관이었다.

이준성은 즉시 손짓으로 부하들에게 전진하라 명령했다.

허리까지 자란 관목을 헤치며 3, 4분쯤 올라갔을 때였다. 전초기지에 세운 오른쪽 방책이 보였다. 은호의 보고에 따르면, 현재 이 전초기지에는 100명의 왜군이 주둔 중에 있었다.

그러나 기지 왼쪽을 기습한 우메즈가 적의 시선을 끌어 준 덕분에 오른쪽을 지키는 왜군 숫자는 그리 많지 않은 상태였다.

청룡중대를 이용한 양동 공격이 제대로 먹힌 셈이었다.

강주봉이 휴 하며 안도의 숨을 내쉬었다.

"왼쪽을 치기로 한 우메즈가 우릴 배신하지 않은 모양이군요."

"쓸데없는 걱정 그만하고, 각궁이나 가져와."

"예."

이준성은 강주봉이 가져온 각궁으로 방책을 지키는 왜군을 겨눴다. 그가 지금 쓰는 각궁은 경흥성 무기고에서 탈취한 무기였다. 다른 병사들 역시 활과 조총으로 왜군을 겨눴다.

각궁에 화살을 메긴 이준성은 관목 숲에서 벌떡 일어나 시위를 당겼다. 이준성을 발견한 왜군 하나가 입을 벌렸지만, 쉭 하는 날카로운 파공음을 내며 날아간 화살이 더 빨랐다.

화살은 왜군의 심장 부위를 정확히 관통했다. 왜군은 흉갑을 입었지만 가까운 거리에서 각궁으로 쏜 화살을 막아 낼 만큼 단단하지는 않았다. 뒤이어 다른 병사들 역시 활과 조총으로 일제 공격을 가해 방책을 지키는 왜군을 제거했다.

"돌격!"

명령한 이준성은 가장 먼저 언월도를 휘두르며 앞으로 달렸다. 지키던 왜군을 처리한 덕에 방책을 쉽게 넘을 수 있었다.

그제야 양동 공격임을 깨달은 왜군이 급히 뒤로 돌아섰지만 이미 기세가 오른 비룡대대의 습격을 막아 낼 재간이 없었다.

이준성은 언월도로 왜군 두 명을 연달아 베어 넘긴 다음, 그에게 달려드는 사무라이 목에 왼손의 왜도를 쑤셔 박았다.

사무라이가 목을 붙잡으며 쓰러지는 순간, 이준성은 급히 앞으로 한 바퀴 굴렀다. 피한 자리로 조총 탄환이 지나갔다.

벌떡 일어난 이준성은 조총을 쏜 왜군을 향해 달려들었다. 지금 시대의 기술론 조총을 장전하는 데 10초 이상이 걸렸다. 그리고 조총병과의 거리를 좁히는 데 10초면 충분했다.

이준성은 왜도로 조총을 쥔 조총병의 팔을 자른 다음, 오른손의 언월도를 비스듬히 내리쳐 갔다. 언월도의 날이 조총병이 걸친 흉갑에 막혀 잠시 멈칫거리는 했지만 힘을 더 주는 순간, 조총병의 몸이 사선으로 깨끗하게 잘려 날아갔다.

이준성은 왜군 대여섯 명을 더 베어 넘긴 후에 뒤를 돌아보았다. 흑룡중대, 적룡중대, 백룡중대, 황룡중대가 네 방향에서 진격해 저항하는 왜군을 삽시간에 쓰러트렸다. 전투를 시작한 지 10분 만에 기지를 지키던 왜군을 모두 제거했다.

항왜는 왜군을 죽이는 데 있어 전혀 망설임이 없었다. 봉건제를 유지 중인 왜국에선 민족이란 개념이 희박했다. 거기다 100년간 이어진 전국시대에는 내전이 워낙 잦았기에, 그들에게 있어 아군이 아닌 왜군은 모두 적일 뿐이었다. 동족상잔의 비극 따윈 없는 것이다.

아군 피해는 고작 경상 1명이었다.

이준성은 전령을 보내 우메즈를 기지로 불러올렸다.

우메즈는 조총과 활로 적의 시선을 끌라는 이준성의 지시를 완벽히 수행했다. 그리고 배신할 기회가 있었음에도 배신하지 않는 것은 덤이었다. 이준성은 카네를 불러 우메즈를 칭찬한 다음, 죽은 왜군에게서 노획한 물자를 상으로 내렸다.

우메즈와 그의 부하들은 크게 기뻐하며 노획한 물자를 챙겼다.

한편 전초기지를 점령한 이준성은 부하들에게 기지 방비를 더 단단하게 구축하란 지시를 내린 다음, 전장으로 향했다.

곧 전장이 눈앞에 나타났다.

경흥성 남문에서 성을 탈환하려는 왜군과 어떻게든 성을 지키려는 강준구의 부대가 치열한 전투를 벌이는 중이었다.

이준성은 성이 넘어가기 전에 행동할 생각이었다.

우물쭈물하다가 경흥성을 빼앗기면 이 작전은 실패였다.

왜군이 경흥성에 들어가 농성하면 간신히 손에 넣은 교두보를 잃는 것은 물론이거니와 단단한 성에 의지한 왜군까지 덤으로 상대해야 했다. 그야말로 설상가상인 상황인 것이다.

"조총과 활로 왜군을 유인해라!"

이준성의 명령을 카네가 큰 소리로 통역하는 순간.

비룡대대는 일제히 조총과 활을 쏘아 왜군의 후위를 기습했다.

후위를 지키는 전초기지가 적에게 넘어갔단 사실을 까맣게 모르던 왜군은 화들짝 놀라 농성을 중단했다. 그리곤 돌아서서 이준성이 차지한 전초기지를 탈환하기 위해 몰려왔다.

"좋았어."

이준성은 그 모습을 보며 미소를 지었다.

이번 작전의 유일한 약점이 사라지는 순간이었다. 왜군이 전초기지를 점령한 비룡대대를 대병력으로 오인하면 농성을 중단한 상태에서 경원성으로 재빨리 회군할 위험이 있었다.

그러나 왜군은 회군하지 않았다.

그들은 전초기지를 탈환하기 위해 돌아왔다.

이준성은 병력을 전초기지로 후퇴시키며 유진을 찾았다.

-부르셨습니까?

"유진, 네가 본격적으로 활약해야 할 때가 왔어."

-그렇습니까?

"넌 지금부터 나를 완벽한 스나이퍼로 만들어 줘야 해."

의미 모를 말을 남긴 이준성은 조총을 몇 자루 준비했다.

8장. 십면매복

8장. 십면매복

비룡대대는 왜군을 전초기지 방향으로 계속 유인했다.

비룡대대의 병력이 생각보다 적다는 점을 눈치 챈 왜군은 더 득달같이 달려들었다. 하구로, 우메즈, 마사카츠, 진에몬 형제는 유기적으로 후퇴하며 왜군이 만든 전초기지 방책을 최대한 이용하는 방법으로 시간을 끌어 이준성을 지원했다.

이준성은 그 틈에 인드라망으로 왜군 후위를 관찰했다.

곧 류조지 시치에몬의 위치를 찾아내는 데 성공했다.

말을 탄 류조지 시치에몬은 화려한 갑옷과 투구를 걸쳐 찾아내는 데 별다른 어려움은 없었다. 그리고 근처에 바람에 펄럭이는 군기가 병풍처럼 늘어서 있어 굳이 왜군 후위 전체를 수색할 이유가 없었다.

현대전에서는 지휘관의 신분을 철저히 숨겨야 했다. 저격수가 지휘관만 노려 저격하는 경우가 많았기 때문이었다. 그런 이유로 전장에서 상관에게 경례하거나 적이 알아보기 쉬운 화려한 군복 또는 계급장을 다는 일은 금기사항이었다.

그러나 중세 전장은 달랐다.

중세 전장에서는 지휘관의 현 위치를 병사들이 알아야 지시를 바로바로 확인할 수 있기 때문에 병사들이 알아보기 쉽게 화려한 갑옷을 걸치거나 커다란 군기와 함께 움직였다.

또 활약하는 모습을 남들이 봐야 몸값이 올라가는 용병의 경우나 신분상승을 노리는 야망 가득한 무장들의 경우, 용병 계약을 맺은 계약 상대자나 상관이 자신을 알아보기 쉽게 하기 위해 화려한 갑옷을 걸치는 경우가 종종 있었다.

이준성은 유진을 불러 물었다.

"지금 내가 보고 있는 놈과의 거리가 얼마야?"

유진은 인드라망으로 계측 레이저를 쏘아 거리를 확인했다.

-220미터입니다.

"내가 가진 조총으로 놈을 명중시킬 확률은?"

-제 계산으론 48퍼센트입니다.

"괜찮군. 너에게 발사 타이밍과 사격 제어를 모두 맡겼을 때는?"

-그렇게 했을 때 48퍼센트란 뜻입니다. 제가 개입하지 않으면 사용자가 표적을 맞힐 확률은 7퍼센트에 불과하니까요.

"쳇, 시키지도 않은 계산을 제멋대로 해 버리는군. 너 요즘 들어 점점 건방져지는 것 같아. 전엔 딱딱해서 꼴 뵈기 싫더니 지금은 점점 사람처럼 변해 가는 것 같아 꼴 뵈기 싫어."

-저보고 어쩌라는 건지 모르겠군요.

"알았어. 그만하자. 지금은 바쁘니까."

이준성은 고개를 돌려 강주봉을 보았다.

강주봉은 그가 혼잣말하는 경우를 꽤 봐 왔기 때문에 별로 놀라지 않았다. 대신, 장전을 마친 조총을 이준성에게 건넸다.

이준성은 강주봉에게 한쪽 눈을 찡긋하며 웃은 다음, 류조지 시치에몬을 찾았다. 류조지 시치에몬은 방금 전보다 5미터 앞으로 다가와 있었다. 비룡대대가 왜군을 잘 막는 바람에 답답해진 류조지 시치에몬이 독려하기 위해 접근한 것이다.

이준성은 조총의 총구를 류조지 시치에몬 가슴에 조준했다.

"유진, 사격 제어 시작해."

-알겠습니다.

유진은 미리 입력해 둔 조총의 성능에 거리, 풍속, 풍향, 기온, 습도 등 방금 파악한 정보를 더해 표적을 맞출 가능성이 가장 높은 탄도를 계산해 냈다. 이준성은 유진이 계산한 탄도에 맞추기 위해 조총의 총구를 밀리미터 단위로 조정했다.

-지금입니다.

유진의 말이 끝나기 무섭게 이준성은 호흡을 조절했다. 초심자처럼 호흡이나 긴장, 또는 조총의 무게로 인해 총구가 흔들려 계산해 둔 탄도에서 빗나가는 일은 발생하지 않았다.

방아쇠를 천천히 당기는 순간.

용두에 물린 심지가 밑으로 내려와 약실 화약에 불을 붙였다.

타앙!

총성과 함께 총구에서 하얀 연기가 안개처럼 퍼져 나왔다.

이준성은 급히 인드라망으로 표적을 살폈다.

류조지 시치에몬이 겁에 질린 표정으로 서 있었다.

"탄환은?"

-11시 방향으로 10센티미터 이상 벗어났습니다.

유진의 대답을 들은 이준성은 강주봉에게 두 번째 조총을 받아 다시 발사했다. 이번엔 빗나가지 않게 좀 더 조심했다.

타앙!

류조지 시치에몬은 운이 좋았다.

두 번째 탄환 역시 어깨 위를 살짝 지나갔다.

겁을 먹은 류조지 시치에몬이 말의 배를 걷어차며 도망치려 들었다.

"젠장!"

이준성은 세 번째 조총을 다시 겨누었다.

이번에는 전보다 상황이 좋지 않았다.

겁을 먹은 류조지 시치에몬이 거칠게 움직이고 있었던 것이다.

"애를 먹이는군."

입술을 살짝 깨문 이준성은 유진이 인드라망을 이용해 보여 주는 시뮬레이션을 참고하며 다시 한 번 방아쇠를 당겼다.

타앙!

총성이 들리는 순간, 재빨리 류조지 시치에몬을 찾았다.

류조지 시치에몬은 안장 위에서 움찔하며 몸을 떨다가 옆으로 떨어졌다. 시동과 근위 무사 몇 명이 깜짝 놀라 쓰러진 류조지 시치에몬에게 달려갔다. 류조지 시치에몬은 아직 살아 있는 듯 부하들의 부축을 받아 얼어나기 위해 애썼다.

이준성은 강주봉이 건넨 네 번째 조총을 재빨리 발사했다. 일어나던 류조지 시치에몬이 가슴에 탄환을 맞아 나자빠졌다.

이준성은 확실히 하기 위해 다섯 번째 조총을 발사했다.

이번에는 탄환이 류조지 시치에몬의 얼굴 왼쪽에 명중했다.

지휘관을 잃은 왜군은 크게 동요했다.

곧 전초기지 밑으로 병력을 물린 다음, 경원성으로 도망쳤다. 이준성은 병력을 수습해 도망치는 왜군의 뒤를 추격했다.

왜군은 살기 위해 도망쳤지만 그들이 도망친 방향은 활로가 아닌 지옥이었다. 이준성이 경흥성과 경원성을 잇는 길목에 강문우가 이끄는 맹호연대를 매복시켜 놓았던 것이다.

왜군은 날이 어두워지는 바람에 매복을 파악하지 못했다. 그리고 이곳 지리에 익숙하지 않은 탓에 중간에 길까지 잘못 드는 실수를 범했다. 말 그대로 총체적인 난국이었다.

위기에 처한 왜군은 전령을 급파해 경원성에 지원을 요청했다. 자정 무렵, 경원성을 지키던 대부분의 병력이 성을 빠져나와 왜군을 지원하러 출발했다. 그러나 이 역시 함정이었다.

이준성이 성 근처에 매복해 놓은 원충서의 천마대대가 지원군 측면을 기습해 궤멸에 가까운 타격을 입히는 데 성공했다.

이준성의 비룡대대가 전장에 도착했을 때, 1,500명이던 왜군 숫자는 300명으로 줄어 있었다. 강문우는 일우의 흑표대대를 퇴로 방향에, 박철의 백랑대대를 언덕 위에 넓게 포진시킨 다음, 양쪽에서 왜군을 짐승 몰듯 몰아가는 중이었다.

맹호연대와 합류한 이준성은 일우에게 연락해 퇴로를 열게 했다. 어망에 갇힌 물고기처럼 퇴로를 찾지 못해 안을 빙빙 돌던 왜군은 기다렸다는 듯 열린 퇴로로 쏟아져 나갔다.

그 모습을 본 이준성은 강문우에게 다음 명령을 내렸다.

"흑표대대와 백랑대대에게 왜군을 쫓으면서 기습할 듯 행동해 적의 진을 빼놓으라 하시오. 단, 절대 공격해선 안 되오."

강문우가 미간을 살짝 찌푸렸다.

"적은 고작 300명입니다. 그럴 필요가 있겠습니까?"

"적이 고작 300명이기 때문에 실전을 훈련처럼 할 수 있는 거요. 다음에는 3,000명을 상대해야 하기 때문에 그 전에 이런 훈련을 해 둬야 실수하지 않을 수 있소. 맹호연대장은 잔말 말고 내가 내린 명령을 두 부대에 전달토록 하시오."

"알겠습니다."

강문우는 불만이 남은 표정이었지만 군령이 지엄한 탓에 전령을 불러 흑표대대와 백랑대대에게 이준성의 명을 전했다.

잠시 후, 흑표와 백랑 두 부대가 퇴각하는 왜군을 쫓으며 기습할 것처럼 달려들었다가 뒤로 물러나길 반복했다. 지칠 대로 지친 왜군은 흑표, 백랑 두 부대 병사들이 지르는 함성 소리가 들려올 때마다 깜짝깜짝 놀라 어쩔 줄을 몰라 했다.

이준성은 목표한 지점까지 짐승 몰듯 왜군을 몰아가며 쉼 없이 명을 내렸다. 흑표, 백랑 두 부대는 그 명에 따라 일사불란하게 움직였다. 두 부대의 장교들 대부분이 토병 출신이었기에 다른 지방의 의병처럼 따로 훈련할 필요가 없었다.

그때, 지쳐서 숨이 턱까지 차오른 왜군 앞에 편하게 쉬며 기다린 원충서의 천마대대가 나타났다. 더욱이 천마대대는 전부 기병이었기 때문에 보병이 주력인 왜군 입장에서는 사신이나 마찬가지였다. 왜군은 속절없이 무너져 내렸다.

천마대대가 왜군을 거의 전멸시켰을 때였다.

백랑대대가 주둔한 왼쪽 산에서 병력 100여 명이 산 밑으로 내려와 왜군을 공격하기 시작했다. 한데 왜군은 기병보다는 보병을 상대하는 편이 낫다 판단한 듯 그쪽으로 몰려갔다.

더 큰 문제는 그 다음에 벌어졌다. 산 밑으로 내려온 백랑대대 일부 병력이 죽은 왜군의 머리를 자르거나 왜군이 입은 갑옷을 벗기는 데 정신이 팔려 주변 경계를 소홀히 한 것이다.

악만 남은 왜군은 동료의 머리를 자르느라 정신없는 백랑대대 후위를 기습해 30명을 넘게 죽이는 전과를 올렸다. 물론 뒤따라온 천마대대에 의해 남은 왜군 역시 곧 전멸했지만, 쓸데없는 행동으로 인해 입지 않아도 될 피해를 입었다.

이준성은 홱 돌아서서 강문우를 쏘아보았다.

"내 명령을 백랑대대에 전하지 않은 거요?"

강문우가 화들짝 놀라 물었다.

"어, 어떤 명령 말입니까?"

"내가 얼마 전에 흑표, 백랑 두 부대는 전투가 끝날 때까지 적을 절대 공격하지 말라는 명을 내렸을 거요. 그리고 적의 수급을 자르거나 전리품을 노획하는 데 정신이 팔려 진형이 흐트러지면 엄벌에 처할 거란 명 역시 내렸을 거요."

"소장은 명령대로 했습니다."

"그럼 백랑대대에 가서 군령을 어긴 놈을 데려오시오. 당장!"

"아, 알겠습니다."

강문우는 이준성이 이렇게 화를 내는 모습을 본 적이 없었다. 그는 즉시 백랑대대에 달려가 군령을 어긴 자를 찾았다.

중세에는 잘 훈련받은 군대와 그렇지 않은 군대를 군의 기강이 어떤지로 나눌 수 있었다. 중세에는 수급, 즉 자른 머리의 숫자로 본인이 세운 공을 입증하려는 경향이 있었다. 전투 후면 모르지만 공에 욕심이 생긴 일부 병사들은 전투 중에 수급을 자르느라 진형을 이탈하는 일까지 발생했다.

그리고 그보다 더 최악은 전투가 끝나지 않았는데도 전리품을 회수하느라 도망치는 적의 추격을 포기하는 행동이었다.

이는 군 기강이 해이해지면 생기는 전형적인 사례였다.

잠시 후, 강문우가 백랑대대 대대장 박철과 토병 양만순 두 사람을 데려왔다. 병사 100명을 지휘하는 중대장인 양만순은 전공과 전리품에 눈이 멀어 이준성의 명을 두 가지나 어겼다. 그리고 그 바람에 부하 30명을 잃는 중죄를 저질렀다.

박철이 다급한 표정으로 달려와 양만순을 변호했다.

"양만순은 여진족과의 전투에서 여러 차례 공을 세운 훌륭한 군인입니다. 비록 군령을 어기는 실수를 범하긴 했지만 전에 세운 공적을 참작해 중형은 면해 주시길 부탁드립니다."

이준성은 박철을 무시한 채 양만순 앞으로 뚜벅뚜벅 걸어갔다.

"중요한 군령을 두 가지나 어긴 죄의 처벌은 사형밖에 없다."

이준성은 언월도를 뽑아 양만순의 목을 단칼에 베어 버렸다.

◆ ◈ ◆

말은 언제나 발보다 빠른 법이었다.

이준성이 양만순의 목을 베었다는 소문은 금세 아시온 사단 전체에 퍼져 나갔다. 병사들의 반응은 크게 두 가지로 나뉘었다. 그럴 줄 알았다는 반응과 처벌이 심한 게 아니냐는 반응이었다. 그러나 한 가지 면에서는 의견 일치를 이루었다.

이준성의 군령을 어긴 대가는 곧 죽음이란 사실이었다.

목이 잘린 양만순의 시체를 치운 이준성은 원충서에게 근방을 돌며 떨어져 나간 왜군 잔존 병력을 처리하란 명을 내렸다.

그리고 강문우에게는 싸움이 일어난 전장을 돌며 전리품을 회수한 뒤, 아군 시신은 양지 바른 장소에 묻고 왜군 시신은 화장하라 명했다. 인도주의적인 시각에서 내린 명령은 아니었다. 그저 부패한 시신이 가지는 위험성 때문이었다.

사람이 모여 있으면 전염병이 돌았다. 특히 환경이 열악하거나 위생상태가 좋지 못할 때는 더 빨리, 더 심하게 돌았다.

이준성은 전염병이 도는 상황을 막기 위해 물을 반드시 끓여 먹게 했으며 식사 도구는 항상 끓는 물에 집어넣어 소독하게 했다. 그리고 기회가 있을 때마다 몸을 씻게 했으며 용변은 주둔지와 떨어진 장소에서 개별적으로 해결하게 했다. 또한 부상병은 바로 경흥성으로 옮기도록 했으며, 전투 중에 생긴 시신은 부패하기 전에 매장하거나 화장하도록 했다.

그 덕분에 이준성이 이끄는 군대는 지금까지 적과 싸우다 죽거나 다치는 경우는 있지만 병으로 죽는 경우는 없었다.

이준성은 강문우가 모아 온 전리품을 철우대대 대대장 신세준에게 넘겼다. 아시온 사단의 보급행정부대인 철우대대는 몇 가지 원칙에 따라 전리품을 처리했다. 우선 군량은 대대에 남겨 병력을 먹이는 데 사용했다. 그리고 무기 중에 사용이 가능하거나 간단한 수리로 재활용이 가능한 무기는 군량처럼 대대에 남겨 병사들에게 다시 재분배해 주었다.

사용이 불가능하거나 갑옷, 투구, 옷처럼 왜군의 특징이 강해 사용할 수 없는 전리품은 경흥성에 보내 재가공을 하였다.

조선에서 쓰는 무기나 갑옷 등으로 재가공하는 것이다. 또 옷의 경우에는 겨울을 대비하여 방한복 용도로 가공했다.

이준성이 만든 이 전리품 처리 시스템은 단순하지만 효율이 높아 낭비하는 자원 없이 그대로 아군 전력을 높이는 데 쓰였다.

이준성은 신세준을 만나 전리품 처리를 보고받았다. 신세준은 꼬장꼬장한 성품처럼 일 처리 역시 꼼꼼하기 짝이 없었다.

이준성이 간섭하거나 지적할 곳이 거의 없었다.

“군량 상황은 어떻소?”

신세준은 반쯤 센 눈썹을 잔뜩 찌푸리며 대답했다.

“북평사가 약속한 날에 군량을 보낸다면 큰 문제는 없을 겁니다.”

“북평사가 약속을 어긴다면?”

신세준은 자기 알 바 아니라는 듯 냉정한 목소리로 대답했다.

“흐음. 아마 열흘쯤 버티는 게 고작일 테지요.”

이준성은 의자를 당겨 앉았다.

“우리 톡 까놓고 얘기해 봅시다.”

“뭘 까자는 겁니까?”

“함경도에 1만 병력을 먹여 살릴 수 있는 능력이 있다고 보시오?”

신세준은 팔짱을 끼며 고개를 살짝 저었다.

"어려울 겝니다. 산세가 워낙 험해 농사지을 땅이 적으니까요."

"가축은 어떻소? 돼지나 닭, 양을 키워 보는 건 괜찮소?"

"가축은 백성들이 부업으로 많이들 기르지요."

"그럼 우리 지금부터 가축농장을 한번 본격적으로 만들어 봅시다. 난 앞으로 가축이 보이는 족족 잡아다가 철우대대에 넘길 겁니다. 그럼 대대장은 그 가축으로 경흥성 근처에 입지가 괜찮은 땅을 골라 대규모 농장을 만들어 보십시오."

신세준은 난색을 표했다.

"가축 키우는 일을 얕보다간 큰코다칠 겁니다. 아침저녁으로 끼니를 줘야 하고 똥오줌도 치워 줘야 합니다. 또 아프면 치료도 해 줘야 합니다. 무엇보다 병사 1만 명을 먹일 수 있는 농장을 만들려면 엄청난 숫자의 가축들이 필요할 겁니다."

"백성에게 차용증을 주고 빌리든, 강 너머 여진족의 것을 훔쳐오든 상관 않겠습니다. 대대장은 이 일부터 추진하십시오."

신세준은 여전히 난색을 표하며 돌아갔지만 항명하지는 않았다.

바로 경흥성에 사람을 보내 농장을 세울 만한 부지를 찾았다. 곧 이준성이 주둔했던 대호골부터 경흥성 인근까지 10제

곱킬로미터에 달하는 땅을 농장부지로 정하고 근처 고을을 돌며 닭과 염소, 돼지, 소 등을 닥치는 대로 끌어모았다. 또 강 너머에 사람을 보내 여진족이 키우는 양까지 공수해 왔다. 왜군 때문에 함경도의 행정, 군사체계가 완전히 붕괴된 상태였기에 그들의 일을 방해하는 간 큰 자는 없었다.

신세준은 가축을 잘 키우기로 소문난 백성을 수소문해 직원으로 채용했다. 물론 월급은 그들이 키운 가축으로 대신했다.

신세준이 돌아간 후 얼마 지나지 않아 강문우가 막사를 찾았다.

"심한 처사 아닙니까?"

이준성은 어깨를 으쓱하며 물었다.

"뭐가 심했다는 거요?"

모르는 척하는 이준성에게 화가 난 듯 강문우의 음성이 커졌다.

"양만순의 목을 벤 일 말입니다."

"나는 별로 심했다는 생각이 들지 않소. 멍청한 지휘관놈 하나 때문에 개죽음당한 30명의 병사들만 불쌍할 뿐이지."

강문우가 한숨을 푹 내쉬었다.

"양만순은 백랑대대 대대장 박철의 죽마고우입니다. 박철이 직접 양만순을 변호하려 한 이유 역시 그 때문이었습니다."

이준성은 짜증이 담긴 목소리로 물었다.

"그게 뭐 어쨌다는 거요?"

"박철은 장군이 그를 무시하는 바람에 열이 잔뜩 받아 있습니다."

"열이 받아서 꼭지가 돌든 뚜껑이 열리든 난 신경 쓰지 않소. 내가 신경 쓰는 건 그런 게 아니라, 완벽한 지휘 체계니까."

다시 한숨을 쉰 강문우가 돌아가기 전에 불쑥 물었다.

"한 가지를 여쭤봐도 괜찮겠습니까?"

"물어보시오. 난 질문을 좋아하는 사람이니까."

"흑표대대와 백랑대대에게 양동 공격만 명령하고 전투를 회피하게 한 명령에 다른 목적이 있는 건 아닌지 궁금해지더군요."

이준성은 강문우를 쏘아보며 말했다.

"난 돌려 말하는 사람은 질색이오."

강문우가 잠시 주저하다가 대답했다.

"군율을 세우기 위해 희생양을 만든 게 아니냐는 뜻입니다."

이준성은 상체를 앞으로 당기며 물었다.

"홍미릅군. 더 자세히 얘기해 보시오."

"직접적인 공격 없이 밤새 추격만 하게 한 통에 병사들에게 불만이 적지 않게 쌓였을 겁니다. 더구나 천마대대가 뒤늦게 나타나 왜군을 격파하는 모습을 보고서는 천마대대가 그들이 밤새 고생해 만든 공을 가로챘다 느꼈을 겁니다. 불만이 쌓일 대로 쌓여 있던 찰나에 어느 순간 통제 불능이 되어 양만순이 군령을 어기는 결과로 이어졌을 겁니다. 장군님은 혹시 이런 결과를 예상하고 흑표와 백랑에게 그런 명령을 내린 게 아닙니까? 누군간 반드시 군령을 어길 테니 그자를 희생양으로 삼아 군율을 세우려고 말입니다."

이준성은 웃으며 고개를 저었다.

"하하. 난 점쟁이가 아니오. 내가 무슨 재주로 양만순이 그런 멍청한 짓을 하리라 예측할 수 있었겠소? 이제 보니 강 장군은 생각보다 재미있는 사람이군. 그런 생각을 다 하다니."

당사자가 아니라는데 강문우는 더 이상 왈가왈부할 수 없었다.

강문우는 막사를 나가며 중얼거렸다.

"그런 식의 강경책은 언젠가 큰 사달을 부를 겁니다."

이준성은 강문우의 말을 듣지 못한 듯 다시 업무에 집중했다.

이준성은 다음 날 경원성에 무혈 입성했다.

경원성을 지키던 왜군 잔존 병력이 야간에 도망치는 바람에 성문이 열려 있었던 것이다. 경원성에 입성한 이준성은 병사들을 시켜 성벽과 성문을 보수했다. 그리고 동헌과 무기고, 창고, 민가 등을 닥치는 대로 뒤져 쓸 만한 물건을 찾았다. 그리고 찾아낸 물건은 고스란히 철우대대에 넘겼다.

경원성 함락은 병사들이 이준성을 다시 보게 만드는 효과를 불러왔다. 이준성은 왜군 1,500명이 지키던 단단한 경원성을 불과 50여 명의 사상자만으로 탈환하는 기염을 토했다. 더욱이 그중 30명은 양만순이 군령을 어겨 생긴 피해였다.

그때, 생각지 못한 행운이 연달아 이준성을 찾아왔다.

경원성 무기고에서 마갑 수백 벌을 찾아낸 것이다. 마갑은 말 그대로 군마에 씌우는 갑옷이었다. 찾아낸 마갑은 쇳조각을 끈으로 이어 묶은 찰갑이었는데 군마의 머리 부분과 가슴 부분, 그리고 배 옆과 등 뒤를 모두 가릴 수 있었다.

이준성은 경원성 무기고에서 얻은 마갑을 천마대대에 주어 장비하게 했다. 덕분에 경기병이 주력이던 지금까지와는 달리, 앞으로는 중기병이 천마대대의 주력을 담당할 것이다.

두 번째 행운은 성벽에 있는 화포와 무기고에 있던 화약, 그리고 대완구라 불리는 16세기 박격포를 얻었다는 점이었다.

이준성이 얻은 이 두 가지 행운은 경원성이 여진족의 남하를 막는 데 있어 최전선 역할을 수행하였기에 가능한 일이었다.

이준성은 북쪽 성벽에 있는 화포를 남쪽 성벽으로 옮겨 다시 배치했다. 그리고 대완구는 수레에 실어 성 밖으로 빼냈다.

옮긴 다음엔 화포를 쏴 본 토병을 불러 모아 훈련을 시작했다.

훈련으로 화포와 대완구의 성능을 확인한 다음, 그 수치를 유진에 저장했다. 데이터는 앞으로 있을 전투에서 유용하게 쓰일 것이다. 전술적인 준비를 마친 후에는 주요 지휘관을 소집해 경흥성을 떠날 때 이미 구상해 둔 작전을 설명했다.

이준성은 백랑대대 대대장 박철을 지목했다.

"이번엔 백랑대대가 제일 중요한 역할을 맡아 줘야겠소."

박철은 이준성이 친구를 죽인 일 때문에 앙앙불락하는 듯했다.

"실수를 저지른 백랑대대를 어떻게 믿고 맡기시겠단 겁니까?"

"그래서 실수를 만회하라고 기회를 주는 거요."

박철은 내키지 않는다는 표정으로 물었다.

"우리보고 어떻게 하라는 겁니까?"

"백랑대대는 경원성에 남아 성을 끝까지 사수하시오."

"명령이라면 따라야겠지요. 목이 잘릴 순 없으니까 말입니다."

이준성은 화를 내지 않았다.

"그럼 경원성의 수비는 백랑대대에게 맡기는 것으로 하겠소."

이준성은 나머지 부대 역시 배치를 마친 다음, 회의를 끝냈다.

그러나 강문우는 끝까지 남아 이준성을 독대했다.

"박철에게 그런 중요한 임무를 맡겨도 되겠습니까? 그는 방금 전도 자기 친구를 죽인 일로 불만을 드러내지 않았습니까?"

이준성은 피식 웃었다.

"박철에겐 다른 선택권이 없소. 왜군에게 항복할 게 아니라면 말이오. 설마 친구를 죽였다고 왜군에 항복하기야 하겠소?"

"그야 그렇겠지요."

"박철은 신경 끄고 작전이나 잘 준비하시오. 이번 작전을 성공해야지만 함경도에서 왜군을 완벽히 몰아낼 수 있으니까."

"알겠습니다."

대답한 강문우는 군례를 올린 다음, 회의실로 쓰던 동헌을 빠져나갔다. 다음 날, 왜군 수천 명이 수십 개의 깃발을 앞세운 채 북서쪽에서 나타나 경원성 앞으로 진군하기 시작했다.

경원성 근처에는 두 군데의 요충지가 있었다.

하나는 남쪽에 있는 용덕이었다. 녹두산과 탑향산 사이에 위치한 용덕을 통과하지 않으면 남쪽에서는 경원성으로 올라갈 방법이 없었다. 다른 하나는 북쪽에 있는 하면이란 마을이었다. 용덕과 마찬가지로 하면을 지나지 않으면 북쪽에서 경원성으로 접근할 방법이 없었다. 즉 해발 1,000미터 높이 산맥에 둘러싸인 경원성으로 가기 위해서는 용덕과 하면 둘 중 하나를 통과해야 했다. 다시 말해 이 두 요충지만 지키면 적이 성을 공격하지 못하게 만들 수 있는 것이다.

은호대대 보고에 의하면 나베시마 나오시게는 온성성에 주둔해 있었다. 그렇다면 나베시마 나오시게가 택할 수 있는 유일한 길은 하면을 지나 경원성 북서쪽을 치는 방법이었다.

나베시마 나오시게가 하면이 아닌 용덕을 지나 경원성을 치려 했다면, 종성을 지나 경원성으로 크게 우회해야 했다.

예상대로 나베시마 나오시게는 북서쪽의 하면을 지나 경원성으로 곧장 진격해 왔다. 만일 이준성이 하면을 막은 상태에서 항전했다면, 나베시마 나오시게가 경원성을 공격하지 못하게 할 수 있었다. 그러나 이준성은 하면을 막지 않았다.

나베시마 나오시게가 하면을 지나 경원성으로 진격할 수 있게 길을 열어 준 것이다. 이는 이준성의 평소 지론 때문이었다. 이준성은 전선이 고착되는 상황을 끔찍이 싫어했다.

전선이 고착된다는 말은 소모전, 물량전으로 이어진단 뜻이었다. 병력이 적은 이준성 입장에서는 최악의 결과인 것이다.

그런 이유로 하면이 내려다보이는 증산 중턱 600고지에 진채를 내린 이준성은 인드라망으로 왜군의 군세를 살펴보았다.

새카맣다는 표현은 이럴 때 쓰는 말처럼 보였다.

공간이 그리 넓지 않은 탓에 나베시마 나오시게의 군대가 경원성 북서쪽에 포진하는 순간, 벌판이 왜군으로 가득 찼다.

이준성은 고개를 돌려 뒤를 보았다.

병사들이 겁을 먹은 표정으로 적의 대군을 내려다보는 중이었다. 심지어 손을 떨거나 몸을 움츠리는 병사까지 있었다.

여진족을 상대해 본 토병이 많다곤 하지만, 적게는 수십 명, 많게는 수백 명 규모로 이루어지는 국지전이었기에 수천에 달하는 적의 대군 앞에서는 긴장하지 않을 도리가 없었다.

이준성은 유진을 불러 물었다.

"적의 숫자는?"

-현재 제 능력으로 계산이 가능한 숫자는 7,400여 명입니다.

"7,400명이라……."

근처에 있던 강문우가 이준성의 말을 들은 듯 고개를 돌렸다.

"적장이 동원 가능한 병력을 전부 데려온 겁니까?"

"그런 것 같소."

은호대대의 정찰에 따르면 나베시마 나오시게는 5,000의 병력과 함께 온성에 주둔해 있었다. 한데 나타난 병력은 그보다 2,500명이 더 많았다. 나베시마 나오시게가 종성, 회령, 부령 등에 있던 남은 병력까지 박박 긁어 출진했다는 뜻이었다.

강문우가 한숨을 깊이 내쉬었다.

"적장이 마음을 단단히 먹었나 보군요."

이준성은 히죽 웃었다.

"강 장군은 다 좋은데 그 한숨 쉬는 버릇은 좀 고쳐야겠소. 병사들은 지휘관의 안색만 변해도 사기가 떨어지는 법이오."

강문우가 발끈하며 물었다.

"장군은 적의 대군이 두렵지 않은 겁니까?"

"긍정적으로 생각하시오. 적이 병력을 탈탈 털어 나온 덕분에 우리가 나중에 일일이 찾아갈 필요가 없어졌다고 말이오."

"꿈보다 해몽이 좋군요."

"하하하. 해몽이라도 좋은 게 악몽보다는 낫지 않겠소?"

대답하며 히죽 웃은 이준성은 왜군 쪽으로 시선을 돌렸다. 그사이 왜군은 이준성의 주력이 주둔한 증산과 박철의 백랑대대가 수비하는 경원성 사이에 들어가 진채를 세우기 시작했다. 바둑으로 치면 정확히 맥점에 돌을 놓은 것이다.

강문우는 왜군의 움직임을 보며 감탄을 금치 못했다.

"병력의 움직임이 아주 일사불란하군요. 평소에 훈련을 잘 받은 모양입니다. 그리고 우리와 경원성 사이를 정확히 끊고 들어온 점을 보면 적장의 능력 역시 만만치 않은 듯합니다."

"적장은 나베시마 나오시게란 자요."

"적장의 이름을 어떻게 아셨습니까?"

"항왜가 알려 주었소."

나베시마 나오시게는 큐슈 류조지 가문의 가신으로 출발했지만 자신의 힘으로 영주보다 더 큰 권력을 손에 넣은 능력자였다. 정신 바짝 차리지 않으면 순식간에 먹혀 버릴 것이다.

강문우가 진채를 세우는 왜군을 내려다보며 물었다.

"장군님은 적장이 어떻게 나올 거라 보십니까?"

"잘 모르겠소. 그러나 예측은 할 수 있소."

이준성은 나베시마 나오시게가 네 가지 선택 중에 하나를 고를 거라 내다봤다.

첫 번째는 경원성을 버리는 선택이었다.

물론 이 선택은 나베시마 나오시게가 이미 경원성에 도착했기에 선택지에서 재빨리 지워졌다.

두 번째는 약점을 없애기 위해 증산에 진채를 내린 이준성의 주력을 먼저 공격하는 선택이었다. 그러나 이 역시 선택지에서 제외할 수 있었다.

나베시마 나오시게가 배짱 있게 경원성과 증산 사이로 뚫고 들어와 길목을 차단해 버린 것이다. 길목을 차단해 버리면 경원성과 증산 둘 중 한 곳이 위기에 처했을 때 다른 쪽에서 도와줄 방법이 없었다. 실력에 자신이 없거나 배짱이 없으면 적진 사이를 돌파해 진채를 세우는 짓은 하지 못한다.

세 번째는 경원성과 증산 사이의 길목을 차단한 상태에서 둘 중 한 곳을 먼저 공격하는 방법이었다.

그리고 마지막 네 번째는 경원성과 증산 두 곳을 동시에 치는 방법이었다.

강문우가 고개를 끄덕였다.

"회의 때 장군님은 적장이 둘 중 한 곳을 먼저 치거나 두 곳을 동시에 치는 선택 중 하나를 할 거라고 하셨습니다. 그렇다면 이제 곧 적장이 어떤 선택을 할지 드러나겠군요."

강문우의 말이 끝나기가 무섭게 왜군이 움직임을 보이기 시작했다.

왜군은 증산이 있는 방향에 나무 방책을 세운 다음, 조총병과 궁병을 배치했다. 그리고 나머지 병력은 경원성을 향해 진격해 들어갔다. 왜군은 먼저 경원성부터 떨어트린 다음, 증산에 있는 이준성의 주력을 상대할 심산이었던 것이다.

이준성의 주력이 경원성을 지원하기 위해 증산을 내려가면 방책 뒤에 숨은 조총병과 궁병이 일제 공격을 가할 것이다.

그러나 이준성은 증산을 내려가지 않았다.

대신 경원성 무기고에서 구한 귀중한 전력을 사용했다.

"천궁대대장에게 준비하라 하시오."

"예, 장군."

강문우는 즉시 천궁대대에 전령을 보내 이준성의 명을 전했다.

천궁대대는 경원성 무기고에서 구한 완구와 화포를 쏘기 위해 급조한 포병부대였는데, 대대장은 토병 중에서 화포를 다룬 경험이 많은 김국신에게 맡겼다.

곧 김국신에게서 준비가 끝났다는 보고가 올라왔고, 이준성은 지체 없이 포격하란 명령을 내렸다.

잠시 후, 완구 10여 문이 불을 뿜었다.

완구는 대완구의 경우 사거리가 400미터, 중완구는 500미터였다. 주로 돌과 비격진천뢰를 포탄으로 사용하는데, 무기고에 비격진천뢰가 없어 이번에는 돌로 만든 포탄을 썼다.

시험 포격을 통해 각도에 따른 사거리를 미리 계산해 뒀기에 돌로 만든 포탄은 땅을 한 차례 튕긴 다음, 물수제비처럼 앞으로 쏜살같이 튀어 나가 왜군이 세운 방책을 무너트렸다.

방책 뒤에 숨은 왜군은 포탄에 맞거나 방책이 무너질 때 그 밑에 깔려 적지 않은 피해를 입었다. 또 포탄 중 일부는 땅에 떨어질 때 그 충격으로 산산 조각나는 바람에, 그 파편이 사방으로 튀어 유탄처럼 근처에 있는 왜군을 휩쓸었다.

그때, 경원성에 있던 화포 역시 같이 불을 뿜었다.

경원성에 배치한 화포는 고정포로 지자총통이 주를 이루었다.

평평평!

화포가 불을 뿜으며 왜군 진형 곳곳에 쇠로 만든 포탄이 떨어트렸다. 경원성으로 진격하던 왜군이 뭉텅이로 쓰러졌다.

그러나 이 시절의 화포는 위력이 그다지 강하지 않았다. 형편없는 명중률과 엄청나게 긴 장전 시간, 그리고 막대한 화약 소비로 인해 전황을 단숨에 바꿀 정도의 위력은 아니었다.

그러나 엄청난 데시벨의 포성과 수십 킬로그램이 넘는 포탄이 사람 눈으로 따라잡지 못할 만큼 빠른 속도로 날아와 사람의 머리와 팔다리를 으스러트리거나 몸통에서 뜯어내는 잔인한 광경은 당하는 입장에선 공포를 느끼기에 충분했다.

화포 공격에 놀란 왜군은 주춤하며 쉽게 공성에 나서지 못했다. 그때, 경원성을 지키던 백랑대대는 보유한 조총과 활로 일제사격을 가해 왜군에게 피해를 강요했다. 왜군은 조총과 활 등 그들이 보유한 원거리 무기를 증산 쪽 전선에 배치한 탓에 대응할 무기가 부족했다. 전투를 시작한 지 1시간쯤 지났을 때는 왜군 일부가 성벽 일부를 잠시 점령하는 데 성공했지만, 백랑대대의 필사적인 저항으로 물러나야 했다.

그렇게 첫날 전투는 끝나는가 싶었지만, 땅거미가 자욱하게 내려앉는 순간 이준성은 직접 비룡대대를 이끌고 산 밑으로 내려가 방책 뒤에 숨은 왜군 조총병과 궁병을 기습했다.

왜군을 충분히 괴롭혔다고 느낀 이준성은 재빨리 후퇴했다. 화가 난 왜군은 방책 밖으로 나와 퇴각하는 비룡대대를 추격했다. 그때, 산 밑에 내려와 있던 강문우의 맹호연대가 조총과 활로 일제 공격을 가해 추격하던 왜군을 급습했다.

왜군 입장에선 추격하다가 더 큰 피해를 입은 셈이었다.

이준성은 다음 날 새벽에도 비룡대대로 기습을 가해 적에게 적지 않은 피해를 입혔다. 하룻밤 사이에 기습을 두 번이나 할 줄 예상 못한 왜군은 방책이 뚫린 것으로도 모자라 한때 나베시마 나오시게가 있는 곳까지 공격을 허용했지만, 나베시마 가문의 근위무사들이 필사적으로 저항해 간신히 물리칠 수 있었다.

나베시마 나오시게는 그제야 이준성의 주력이 경원성이 아닌 증산에 있다는 사실을 눈치 챈 듯했다. 그는 처음에 증산에 있는 적의 병력이 양동을 위한 미끼라 생각했지만, 직접 당해 보니 오히려 증산의 병력이 더 강했던 것이다.

나베시마 나오시게는 증산 쪽의 주력을 먼저 제압하지 못하면 경원성을 탈환할 수 없다는 판단을 내린 듯 그날 아침 병력 배치를 바꾸었다. 조총병과 궁병을 경원성 쪽으로 보내 저지선을 펼친 다음, 주력을 증산 방향으로 돌린 것이다.

인드라망으로 배치가 바뀌는 모습을 본 이준성이 씩 웃었다.

"걸려들었군."

그때, 왜군 주력이 함성을 지르며 증산으로 진격을 시작했다.

9장. 철로 만든 쐐기

9장. 철로 만든 쐐기

이준성은 증산에 진채를 내릴 때 먼저 나무와 관목, 풀을 베어 시야를 확보했다. 시야를 확보한 다음에는 참호를 팠다.

증산 주위에 세 줄로 만든 견고한 참호를 팠으며, 참호 사이에 교통호를 만들어 그 사이를 자유롭게 오갈 수 있게 하였다.

그 다음엔 천궁대대의 배치에 신경 썼다. 10여 문의 완구로 최대의 효과를 보기 위해서는 완구를 배치하는 위치와 방향이 매우 중요했다. 위치와 방향이 맞지 않으면 화약만 낭비하는 결과를 불러왔기에 신중을 기할 필요가 있었다.

"지금이다! 쏴라!"

인드라망으로 왜군의 위치를 확인한 이준성이 들어 올린 팔을 밑으로 내렸다. 대기하던 부관 강주봉은 즉시 깃발을 좌우로 흔들었다. 천궁대대에 보내는 발포 신호였다. 천궁대대 대대장 김국신은 즉시 포각을 조정한 완구를 발포했다.

피융!

야포와는 확연히 다른 포성을 내며 하늘 높이 솟구친 돌 포탄이 고각을 그리며 하강하다가 왜군 머리 위에 떨어졌다.

콰광!

돌 포탄이 떨어질 때마다 근처에 있던 왜군이 다발로 쓰러졌다. 포탄 중 일부는 그대로 땅에 박혀 버렸지만, 일부는 그루터기나 바위에 맞아 산산조각 났다. 그리고 산산조각 날 때 튀어 오른 파편이 마치 수류탄의 그것처럼 비산했다.

"으악!"

"크아악!"

파편에 맞은 왜군이 비명을 지르며 나자빠졌다.

그러나 이번 공격에 참여한 왜군의 숫자는 거의 5,000명에 달했다. 전열이 무너지면 후열이 앞으로 나와 빈틈을 메웠다.

준비해 둔 돌 포탄과 화약에 한계가 있었기에, 곧 완구를 분해해 짊어진 천궁대대는 증산 정상 쪽으로 후퇴했다.

포탄이 떨어졌다는 사실을 눈치 챈 왜군은 공세를 더 강화했다. 등 뒤에 작은 깃발을 꽂은 왜군 수백 명이 일제히 산을 기어올랐다. 그들은 그루터기와 바위 뒤에 숨어 활과 조총 공격을 피하다가 재장전 시간을 이용해 기어올라 왔다.

아시온 사단 역시 전력을 다해 방어했지만 왜군의 공세가 워낙 강력해 1선과 2선 참호를 연달아 빼앗겼다. 이젠 3선 참호만 남은 상태라, 아시온 사단으로서는 물러날 데가 없었다.

전황을 지켜보던 이준성은 맹호연대장 강문우에게 지시했다.

"이제 이곳은 강 장군이 맡으시오."

"알겠습니다."

"전에 말한 대로 지금부터는 방어에 주력하시오. 3선 참호 앞에 벼랑이 있으니까 왜군 역시 쉽게 올라오지 못할 거요."

고개를 끄덕이는 강문우를 본 이준성은 비룡대대 중 유일한 기병 부대인 흑룡중대만 대동한 채 증산 정상으로 올라갔다.

정상을 넘어 반대편으로 내려가기 직전, 이준성은 고개를 돌려 전선을 바라보았다. 증산 중턱까지 기어오른 왜군은 3, 4미터 높이의 벼랑 앞에서 상당히 고전하는 중이었다.

강문우의 지휘를 받아 벼랑 끝에 목책을 높이 쌓아 올린 아군은 그 뒤에서 활과 조총으로 왜군을 공격했다. 왜군은 적지 않은 병력을 잃었지만 오늘 안으로 증산을 점령하겠다는 듯 끊임없이 병력을 투입해 공격을 계속 펼쳐 왔다.

이준성은 고개를 살짝 끄덕였다.

사실, 이준성이 비룡대대와 함께 1선 참호에 직접 내려가 왜군을 막았다면 왜군은 참호를 뚫는 데 애를 먹었을 것이다.

그러나 이준성은 왜군을 산 위로 깊숙이 끌어들이기 위해 힘들게 구축한 1선 참호와 2선 참호를 상대에게 내주었다.

강문우에게 병력 지휘를 맡긴 이준성은 흑룡중대와 함께 산 반대편으로 내려갔다. 산 반대편에 위치한 숲에서는 원충서가 완전무장한 천마대대 중기병 300명과 대기 중이었다.

천마대대는 경원성에서 발견한 마갑으로 군마를 무장해 완벽한 중기병 부대로 거듭났다. 기병 역시 투구와 갑옷으로 완전무장한 상태에서 중기병에게 어울리는 무기를 장비했다.

이준성은 부관 강주봉이 데려온 흑표 위에 올랐다. 흑표 역시 검은색 마갑으로 눈을 제외한 거의 모든 부위를 가려 완벽히 무장한 상태였다. 흑표에 오른 이준성은 뒤를 돌아보았다.

바로 뒤에는 흑룡중대장 하구로 이끄는 흑룡중대 기병 30여 기가 서 있었다. 흑룡중대는 이준성의 호위를 담당할 예정이었다. 그리고 흑룡중대 뒤에는 원충서가 지휘하는 천마대대 기병 300기가 있었다. 원충서가 말을 몰아 다가왔다.

"다들 빨리 싸우고 싶어 안달이 난 상태입니다."

"진 빼지 마시오. 곧 입에서 단내가 날 때까지 싸울 거니까."

원충서가 자신감 넘치는 동작으로 철퇴를 뽑아 손에 쥐었다.

"맡겨만 주십시오. 상대가 누구든 다 때려 부술 자신 있습니다."

이준성은 피식 웃은 다음, 강주봉이 건넨 투구를 머리에 썼다.

그리고는 오른손에 쥔 언월도를 머리 위로 높이 들어 올렸다.

"모두 나만 따라와라! 나만 따라오면 오늘 기필코 승리하여 왜놈들의 시체를 안주 삼아 승리의 축배를 들 수 있을 것이다!"

고함을 지른 이준성은 흑표의 배를 차서 앞으로 달려 나갔다.

흑표는 그야말로 질풍처럼 달려갔다.

흑표가 나무 사이를 재빨리 빠져나와 허리까지 오른 관목을 가볍게 뛰어넘는 순간, 동쪽으로 길게 뻗은 강이 보였다.

이준성은 강가 옆에 난 길을 따라 동쪽으로 계속 달려갔다.

가속도가 붙은 흑표는 점점 빨라지는 듯했다.

강물 위에서 반짝이던 물비늘이 길게 늘어졌다.

한데 커브를 도는 순간, 갑자기 길이 끊어지며 길이 있어야 할 자리에 강물이 나타났다. 그러나 흑표는 당황하지 않았다.

오히려 강물 속으로 힘차게 뛰어들었다.

첨벙!

한데 그대로 가라앉으리란 예상과 달리 흑표는 물을 첨벙첨벙 튀기며 앞으로 계속 달렸다. 강물이 의외로 얕았던 것이다.

강을 거의 다 건넌 이준성은 뒤를 돌아보았다.

흑룡중대와 천마대대 기병들이 그가 통과했던 방법대로 말을 몰아 강을 건너는 중이었다. 안심한 이준성은 다시 달리는 데 집중했다. 그들이 건넌 강은 상류에서 흘러온 퇴적물이 쌓여 단단한 지층을 이룬 곳이었다. 가뭄일 때는 아예 지층이 밖으로 드러나 근처 백성들이 길로 이용했다.

이 주변 지형을 잘 아는 은호대대 병사에게서 그 사실을 전해 들은 이준성은 왜군을 속이는 데 사용하기로 마음먹었다.

왜군은 정찰 부대를 파견해 적이 기습해 올 만한 통로를 찾았다.

당연히 강 역시 병력을 보내 면밀히 조사했는데 조사한 결과 수심이 깊은 곳은 3, 4미터에 이르러 뗏목을 만들어 건너오지 않는 이상에는 쳐들어올 방법이 없다는 결론을 내렸다.

강 양쪽은 모두 가파른 절벽이거나 풀과 나무가 빽빽하게 자란 숲이어서 강가를 따라 내려오는 일 역시 불가능하였다.

그런 이유로 강 쪽의 경계는 자연스레 허술해질 수밖에 없었다.

강을 건넌 이준성은 경원성으로 가는 길목을 지키는 왜군 두 명을 한칼에 베어 버린 뒤 계속 전진했다. 구불구불한 소로를 정신없이 통과했을 때였다. 마침내 전장이 나타났다.

왜군은 이준성의 유인작전에 말려들어 주력 대부분이 증산 쪽 전선에 투입된 상태였다. 더구나 이준성이 나타난 방향이 왜군의 후위 쪽이어서 기습을 눈치 챘을 땐 이미 코앞까지 다가온 상황이었다. 이준성은 막아서는 왜군을 언월도와 왜도로 번갈아 베어 가며 왜군 후위를 돌파해 들어갔다.

흑룡중대가 그런 이준성의 좌우 양쪽과 후방을 철통같이 에워싸 왜군이 측면이나 뒤에서 공격하지 못하도록 막았다.

이준성과 흑룡중대가 뚫어 놓은 지점으로 원충서가 지휘하는 천마대대가 뛰어들어 마치 쐐기처럼 왜군 지형을 갈라갔다.

이준성은 원충서에게 우측으로 이동하란 신호를 보낸 다음, 본인은 좌측으로 흑표를 몰았다. 흑표는 이준성의 수족처럼 움직였다. 속도를 늦춰야 할 때는 늦추었다. 그리고 높여야 할 땐 높였으며 들이받아야 할 때는 주저 없이 들이받았다.

그때, 왼쪽에서 장창 하나가 옆구리를 찔러 왔다.

이준성은 왜도로 장창을 밀어낸 다음, 언월도를 휘둘렀다. 보통 사람은 양손으로 들기조차 버거워하는 언월도를 이준성은 마치 젓가락 휘두르듯 가볍게 휘둘렀다. 언월도에 잘린 왜군의 머리가 빙글빙글 돌다가 바닥으로 툭 떨어졌다.

이준성은 등자에 끼운 발로 흑표의 왼쪽 배를 살짝 쳤다.

그 순간, 흑표가 왼쪽으로 방향을 바꿔 달리기 시작했다.

이준성은 막아서는 왜군을 베어 가며 계속 달려갔다. 사방에서 왜군이 고함과 욕설을 지르며 모여들었지만, 이준성과 흑룡중대의 돌파속도가 워낙 빨라 제대로 따라오지 못했다.

이준성은 커다란 막사 옆에 줄줄이 박혀 있는 대형 군기를 언월도로 자르며 계속 달려갔다. 막사 앞에 거의 도착했을 때였다. 말을 탄 기병 몇 명이 앞을 막아섰다. 이준성은 기병이 찌른 단창을 피한 다음, 왜도를 비스듬히 휘둘렀다.

왜도에 잘린 기병의 얼굴에서 피가 분수처럼 쏟아져 나왔다.

이준성은 왜도를 반대편으로 휘둘러 두 번째 기병이 휘두른 왜도를 막아 냈다. 그리고는 언월도로 기병의 머리를 찍었다.

언월도가 기병이 쓴 단단한 투구를 자르지는 못했지만 투구가 찌그러지며 기병의 두개골을 부러트리는 데는 성공했다.

기병이 코와 입에서 피를 쏟아 내며 말 등에서 굴러 떨어졌다.

기병 두 명을 순식간에 해치운 이준성은 막사를 만드는 데 쓴 질긴 천을 언월도와 왜도로 찢어 내며 안으로 뛰어들었다.

한데 막사 안에서는 예상치 못한 광경이 펼쳐지는 중이었다.

막사 안쪽에 50대 초중반으로 보이는 초로의 사내 하나가 갑옷을 벗은 상태에서 가부좌 자세로 앉아 있었다. 그리고 사내 앞엔 단도 한 자루가 가지런히 놓여 있었고 사내 뒤에는 칼을 빼 든 젊은 무사 하나가 비장한 표정으로 서 있었다.

"나베시마!"

이준성은 막사가 쩌렁쩌렁 울리는 목소리로 불러 보았다.

초로의 사내가 움찔하더니 얼른 앞에 놓인 단도로 손을 뻗었다.

움찔하는 모습을 봐서는 그가 나베시마 나오시게인 듯했다.

"할복하게 놔둘 순 없지!"

소리친 이준성은 왼손에 쥔 왜도를 앞으로 힘껏 던졌다.

허공을 가른 왜도가 나베시마 나오시게의 오른 어깨에 틀어박혔다. 어깨를 다쳐 단도를 잡을 수 없게 된 나베시마 나오시게가 뒤에 서 있던 젊은 무사에게 뭐라 소리를 질렀다.

고개를 끄덕인 젊은 무사는 즉시 뽑아 든 칼로 나베시마 나오시게의 목 뒤를 내리치려 하였다. 이준성은 언월도마저 앞으로 던졌다. 전력을 다했기에 언월도가 가슴에 박힌 젊은 무사는 그대로 붕 떠올라 4, 5미터가 넘는 거리를 날아갔다.

이준성은 그 틈에 흑표를 앞으로 몰아 돌진해 갔다.

콰앙!

흑표에 들이받힌 나베시마 나오시게가 끈 떨어진 연처럼 뒤로 날아갔다. 이준성은 바닥에 쓰러진 나베시마 나오시게 쪽으로 흑표를 몰았다. 그리고는 흑표에서 뛰어내려 피를 흘리며 누워 있는 나베시마 나오시게의 얼굴을 내려다보았다.

나베시마 나오시게가 입에서 피를 쏟아 내며 뭐라 중얼거렸지만 이준성은 그의 어깨에 박힌 왜도를 뽑아 밑으로 찍었다.

나베시마 나오시게의 머리가 피를 쏟아 내며 잘려 나갔다.

◆ ◈ ◆

나베시마 나오시게를 죽인 이준성은 흑표에 올라 밖으로 나갔다. 그와 함께 왜군 진채로 돌격한 천마대대는 경원성 병력을 저지하던 왜군 조총병과 궁병을 공격하는 중이었다.

왜군 조총병과 궁병은 총구와 시위의 방향을 급히 천마대대 쪽으로 돌렸지만 그때는 이미 적이 코앞으로 다가온 상황이었다.

중무장한 기병 300여 기가 돌파하는 모습은 장관이 따로 없었다. 왜군은 기병이 휘두른 철퇴나 단창에 찔러 고꾸라졌다. 그리고 운 좋게 기병의 무기를 피한 왜군은 마갑을 걸친 군마에 들이받히거나 군마의 말발굽에 밟혀 죽어 나갔다.

왜군이 보유한 강력한 원거리 공격부대는 측면에서 기습을 가한 중기병 부대에 철저하게 유린당해 그 위력을 잃어버렸다.

이준성은 즉시 경원성에 출진하란 명을 내렸다.

사실 박철이 딴 마음을 품었다면 지금보다 좋은 기회는 없었다.

박철이 이준성의 출진 명령을 거부한 채 경원성에 틀어박히면 이준성의 작전을 송두리째 무너트릴 수 있었다. 거기서 더 나아가 왜군이 전열을 정비한 다음 반격하면, 병력에서 열세에 처한 이준성에게 치명적인 타격을 줄 수 있었다.

그러나 박철은 이준성의 출진 명령을 따랐다.

경원성의 성문을 연 다음, 1,500명에 달하는 백랑대대 전 병력에게 성을 나가 왜군 후위를 공격하란 지시를 내린 것이다.

곧 천마대대와 백랑대대가 합심하여 왜군 후위를 들이쳤다.

증산으로 유인당한 왜군 주력은 나베시마 나오시게의 전사 소식과 함께 조선군이 뒤에서 대규모 공격을 가하는 중이란 소식을 연달아 들었다. 그야말로 설상가상인 상황이었다.

그러나 나베시마 나오시게의 가신들은 류조지와 나베시마 두 가문을 섬기며 큐슈에서 존재감을 드러냈던 자들이었다.

즉시 증산에서 후퇴하여 경원성 쪽으로 회군하기 시작했다.

물론 왜군의 이러한 반응 역시 이준성의 계산하에 있었다.

이준성은 강문우에게 왜군을 추격하며 산을 내려오란 명령을 내렸다. 잠시 후, 강문우는 휘하에 있는 일우의 흑표대대와 이준성의 근위대인 비룡대대를 앞세워 추격을 개시했다.

왜군은 흑표대대와 비룡대대의 추격에 상당한 피해를 입으며 경원성으로 회군했다. 그러나 그때는 이미 천마대대와 백랑대대가 후위를 돌파해 왜군 중군까지 진격한 상태였다.

전투는 그 후로 서너 시간 더 이루어졌지만 결과는 일방적이었다. 왜군은 4,000명이 죽거나 큰 부상을 입었다. 그리고 1,000명은 항복했으며 2,000명은 온성 방향으로 도망쳤다.

이준성은 온성으로 도망치는 왜군을 몇 차례에 걸쳐 추격해 적이 3, 400명 남은 후에야 진격을 멈추고 돌아갔다. 그야말로 완벽한 대승으로 왜군 2번대의 절반을 무력화시켰다.

경원성으로 돌아온 이준성은 전장 정리를 서둘렀다.

전리품은 최대한 노획한 다음, 시신은 화장했다. 그리고 부상병은 적아 가릴 거 없이 할 수 있는 치료는 모두 해 주었다.

치료를 받은 후에 죽느냐 사느냐는 오로지 개인의 몫이었다.

마지막으로 항복한 왜군에게는 하구로, 우메즈 등을 보내 설득하게 하였다. 아시온 사단에는 포로 1,000명을 데리고 있을 공간이나 인력, 군량이 없었다. 항복하지 않으면 죽음밖에 없었다. 풀어 주면 왜군에게 합류할 게 분명해 선택의 여지가 없는 것이다. 그 점을 아는 포로들은 항왜의 길을 택했다. 이준성은 그들을 비룡대대에 골고루 배치했다.

나베시마 나오시게의 군대를 궤멸시킨 효과는 바로 나타났다.

경흥, 경원에 이어 온성, 종성, 회령을 연달아 탈환한 것이다. 나베시마 나오시게의 대패 소식을 접한 왜군이 밤사이 성문을 열고 야반도주해 버려 전투라 부를 만한 일이 없었다.

이런 현상은 왜국이 봉건제였기 때문에 일어난 현상이었다.

함경도를 점령한 왜군 2번대는 큐슈 히고에 영지가 있는 가토 기요마사, 큐슈 히젠에 영지가 있는 나베시마 나오시게, 그리고 큐슈 히고에 영지가 있는 사가라 요리후사로 이루어져 있었다. 그중 나베시마 나오시게는 류조지를 섬기다가 영주 류조지 다카노부가 시마즈 가문과의 전투에서 전사한 후에 실권을 잡은 사람으로 큐슈의 토호에 가까웠다.

반면 가토 기요마사는 도요토미 히데요시의 시동으로 출

발해 시즈가타케에서 활약한 공으로 칠본창 중의 한 명이 되며 영주급으로 큰 인물이었다.

조선을 침략할 계획을 세운 도요토미 히데요시는 큐슈를 정벌한 다음, 병력을 효율적으로 징발하기 위해 히고에 신임하는 장수를 영주로 임명했다.

그게 바로 가토 기요마사였다.

나베시마 나오시게가 큐슈에 뿌리를 둔 일종의 토호라면, 가토 기요마사는 중앙정부에서 큐슈에 파견한 점령군이었다.

둘 다 도요토미 히데요시의 명령에 따라 조선을 침략했지만, 출신이 전혀 다르기에 둘 사이에는 그다지 접점이 없었다. 또 봉건제이기에 전우나 같은 민족이란 개념이 희박했다.

이런 이유로 2번대 주장인 가토 기요마사가 만주에서 아직 돌아오지 않았지만 나베시마 나오시게의 잔존 병력은 가토 기요마사를 버려둔 채 남쪽으로 도망쳐 버렸다.

어쨌든 이번 대승으로 세종대왕이 개척한 6진 중 부령을 제외한 다섯 진을 손에 넣어 동북면 국경을 장악할 수 있었다. 가토 기요마사를 공략하기 위한 바탕이 만들어진 것이다.

이준성은 병력을 다섯 진에 고루 배치해 방어를 튼튼히 하였다. 또 두만강 전역에 경계병을 배치하여 나베시마 나오시게의 대패 소식이 가토 기요마사의 귀에 들어가지 않게 하였다.

물론 언젠가는 듣겠지만, 최대한 늦춰야 아군에게 유리했다.

병력은 걱정 없었다.

경원성 전투의 대승 소식이 알려진 후, 피난 간 토병이나 일반 백성들이 앞다투어 같이 싸우겠다고 그를 찾아온 것이다.

경원성에서 사흘을 쉬며 체력을 보충한 이준성은 비룡대대만 이끌고 두만강을 건너 만주로 들어갔다. 이때는 만주란 명칭이 쓰이지 않았지만 편의상 강 건너를 만주로 칭했다.

만주에 도착한 이준성은 토병 출신 길잡이에게 노토부락으로 안내하란 명령을 내렸다. 그가 유진을 통해 검색한 정보에 의하면 가토 기요마사는 현재 노토부락 근처에 있었다.

두만강 근처에 모여 사는 노토부락은 야인여진에 속한 부락 중에서 가장 큰 부락으로 조선과 아주 밀접한 연관이 있었다.

노토부락은 조선과 밀무역을 하여 생활에 필요한 물건을 조달했지만, 가끔 상황이 좋지 않을 땐 국경 인근을 약탈하곤 하였다.

조선은 당연히 군대를 보내 노토부락을 정벌했는데 여기저기 흩어져 사는 데다 생명력이 끈질겨 효과가 크지 않았다.

또 허락을 받고 조선에 들어와 살거나 아예 강가에 터를 잡고 사는 여진족이 조선이 강 너머로 출병할 때마다 미리 노토에게 연통을 주어 피할 시간을 벌어 주곤 하였다.

부족장 노토가 산다는 마을에 도착했지만 정작 노토는 보이지 않았다. 대신 가토 기요마사의 군대가 진을 치고 있었다.

가토 기요마사의 군대는 상황이 좋지 않아 보였다.

지리에 익숙하지 않은 만주에 들어와 명나라로 가는 길을 찾겠다며 사방팔방을 쑤시고 다녔지만 별 소득이 없었던 것이다.

거기다 군량까지 거의 다 떨어져 버려 노토부락 마을을 약탈해 연명하는 중이었다. 병력 규모는 1만 안팎으로 보였다.

이는 부산포에 상륙한 이후 충주, 도성을 거쳐 함경도와 만주에 이르는 동안, 병력의 손실이 거의 발생하지 않았단 뜻이었다.

가토 기요마사가 노토부락에 있단 사실을 확인한 이준성은 더 깊숙이 들어가 노토의 행방을 찾았다. 다행히 데려온 토병 중에 강억필, 강억수 형제가 정찰을 나갔다가 노토부락 정찰병을 붙잡는 전과를 올려 실마리를 잡을 수 있었다.

강억필, 강억수 형제는 천마대대에 있던 토병이었는데, 경원성 전투에서 엄청난 활약을 선보여 이준성의 마음을 사로잡았다. 이준성은 여진족과 대화가 통하는 데다 여진족과 싸워

본 경험까지 있는 두 형제를 비룡대대로 차출해 데리고 다녔다.

강억필 형제가 노토의 정찰병을 심문해 노토의 위치를 알아냈다. 노토는 왜군을 피해 그들이 있는 장소에서 북동으로 20킬로미터 떨어진 협곡에 숨어 병력을 모으는 중이었다. 지금까지 모은 병력은 기병 2,000명에 보병 3,000명이었다.

이준성은 정찰병에게 노토를 만날 수 있게 해 달라 요청했다.

그러나 정찰병은 허락할 기미를 보이지 않았다. 이준성이 비룡대대를 앞세워 노토를 공격할 거라 의심한 모양이었다.

이준성은 정찰병을 안심시키기 위해 부관 강주봉과 강억필, 강억수 두 형제만 데리고 가겠다고 말했다. 정찰병은 그제야 못이기는 척 그들을 노토가 숨어 있는 장소로 데려갔다.

노토는 입구가 하나밖에 없는 협곡에 숨어 있었다.

말을 타고 협곡 안으로 들어서는 순간, 협곡 좌우 양쪽에서 창과 칼을 든 노토부락 병사들이 하나둘 모습을 드러냈다.

노토부락은 야인여진의 한 갈래였는데, 야인여진이란 말에서 알 수 있듯 그들은 일찍부터 명나라의 영향을 받은 누르하치의 건주여진과 달리 문명을 거의 받아들이지 않았다.

그들은 짐승의 가죽으로 만든 갑옷과 조악해 보이는 무기로 무장한 상태였지만 체격이 좋고 눈빛이 살벌했다. 무기와 갑옷을 제대로 갖추면 강병으로 거듭날 가능성이 높았다.

이준성은 태연한 표정으로 그들을 구경하며 안으로 들어갔다.

잠시 후, 늑대가 입을 벌린 것처럼 생긴 동굴이 나타났다. 이준성 등이 말에서 내렸을 때, 노토부락 병사들이 다가왔다.

강억필이 그들과 대화를 나누다가 뒤를 보며 말했다.

"노토를 만나려면 무장을 해제해야 한답니다."

이준성은 상관없다는 듯 언월도와 왜도를 바닥에 버렸다. 그리고 갑옷까지 벗어서 다가온 병사의 손에 넘겨주었다. 이준성을 본 다른 사람들 역시 무기와 갑옷을 넘겨주었다.

무장을 해제한 이준성은 안내인의 뒤를 따라 동굴 안으로 들어갔다. 횃불이 곳곳에 걸려 있어 안은 그리 어둡지 않았다.

동굴 안으로 30여 미터쯤 걸어갔을 때, 돌을 쌓아 만든 단이 하나 나왔다. 그리고 그 위로 거의 발가벗은 중년 사내 하나가 나무로 만든 의자에 앉아 있었다. 정수리까지 머리카락을 밀어 버린 중년 사내는 체격이 커서 의자가 불쌍해 보였다. 또 얼굴과 몸에 흉터가 가득해 사나운 인상을 풍겼다.

이준성은 앞으로 걸어가서 중년 사내에게 내려오라 손짓했다.

"단 위에 있으니까 내가 당신 부하처럼 보이는군. 건방은 그만 떨고 밑으로 내려와 진지한 얘기를 해 보는 게 어떻소?"

흠칫한 강억필은 떨리는 목소리로 그의 말을 통역했다.

강억필이 제대로 통역한 듯했다. 중년 사내의 흉터 가득한 얼굴이 횃불의 붉은 불빛을 받아 징그럽게 꿈틀거리고 있었다.

◆ ◈ ◆

중년 사내는 예상대로 노토였다. 그의 이름을 딴 노토부락의 족장이며 야인여진에서 가장 강력한 힘을 지닌 사내였다.

노토부락의 정확한 규모는 알 수 없지만 최소 수만에 이르는 부락민이 있었다. 그리고 동원 가능한 병력은 수천이었다.

벌떡 일어난 노토가 뭐라 소리치는 순간, 칼과 창을 든 노토부락 병사들이 우르르 몰려와 이준성 일행의 주위를 에워쌌다.

강주봉과 강억필 형제는 당황해 노토의 눈을 제대로 보지 못했지만 이준성은 여전히 태연한 표정으로 입가에 미소까지 띄우며 노토를 응시할 뿐이었다.

"당신이 살 방법을 가르쳐 주러 온 사람한테 이래도 되는 거요?"

강억필은 재빨리 이준성의 말을 통역했다.

그러나 화가 나 머리카락을 밀어 버린 지점까지 붉게 달아 오른 노토는 듣기 싫다는 듯 부하들에게 다시 뭐라 명령했다.

강억필이 깜짝 놀라 소리쳤다.

"노토가 부하들에게 우릴 손봐 주라 했습니다!"

"재미있군."

히죽 웃은 이준성은 앞으로 한 걸음 걸어갔다.

그때, 노토부락 병사 하나가 칼로 이준성의 가슴을 베어왔다.

이준성은 복싱의 풋워크로 가볍게 피한 다음, 오른손 잽으로 병사의 얼굴을 가격했다. 이준성은 양손잡이에 양발잡이였기에 오른쪽과 왼쪽의 힘이나 속도에 별 차이가 없었다.

잽 같은 스트레이트에 얼굴을 정통으로 맞은 병사는 코뼈가 부러진 듯 피를 쏟았다. 그때, 또 다른 병사 하나가 이준성의 옆구리에 창을 찔러 왔다. 이준성은 왼쪽으로 몸을 돌리며 창을 피한 다음, 수도로 병사의 팔목 위를 내리쳤다.

콰직!

팔목 뼈가 부러진 병사가 비명을 지르며 창을 떨어트리는 순간, 왼발로 축구선수가 공을 트래핑하듯 창을 차올린 이준성은 오른손으로 창대를 잡아 즉시 옆으로 크게 휘둘렀다.

퍼억!

팔목이 부러진 병사가 창대에 머리를 맞아 입에 거품을 물며 쓰러졌다. 그 후로 대여섯 명이 더 달려들었지만 이준성의 압도적인 운동능력과 신체조건 앞에서 허무하게 무너졌다.

병사들을 다 쓰러트린 이준성은 창대를 두 손으로 잡아 그대로 힘을 주었다. 창대가 아치 모양으로 휘며 끼이익 하는 소리를 내더니, 잠시 후 퍽 하는 소리와 함께 창이 두 동강 났다. 노토의 무기가 조악하다곤 하지만 멀쩡한 창대를 오직 팔의 근력만으로 두 동강 내는 괴력을 선보인 것이다.

이준성은 창날이 달린 부분을 앞으로 던졌다.

쏜살같이 날아간 창날이 노토의 얼굴 쪽으로 짓쳐 갔다.

노토는 흠칫해 피하려 했지만, 얼굴을 채 돌리기도 전에 창날이 당도했다. 노토는 몸을 부들부들 떨며 앉아 있었다.

창날이 노토의 오른쪽 귀 옆에 박혀 있었던 것이다.

불과 5센티미터만 옆으로 빗나갔어도 노토는 오른쪽 귀가 잘렸을 것이다. 그리고 10센티미터만 옆으로 빗나갔으면 오른쪽 눈을 잃거나, 창날이 뇌수에 박혀 즉사했을 것이다.

몸을 부들부들 떨던 노토가 다시 의자에 털썩 주저앉으며 뭐라 지시했다. 잠시 후, 다른 병사들이 달려와 이준성에게 맞아 바닥을 기어 다니던 동료들을 밖으로 질질 끌어냈다.

노토가 시선을 돌려 이준성을 보았다.

오만하던 눈빛이 온데간데없이 사라져 있었다.

대신에 뭔가를 원하는 탐욕스러운 눈빛이 그 자리를 채웠다.

노토가 고개를 돌려 강억필에게 뭐라 말했다.

강억필이 그들의 말을 할 줄 안단 사실을 아는 것이다.

한데 강억필은 좋지 않은 말을 들은 듯 통역하기를 꺼려했다.

"그게 저……."

이준성은 짜증이 나 소리쳤다.

"뭔데 그래? 놈이 내 부모님 욕이라도 한 거야?"

"그, 그건 아, 아닙니다. 노토는 장군님에게 자기 부하가 되라고 권유하고 있습니다. 자기 부하가 되면 일인지하 만인지상의 자리와 함께 미녀 수십 명과 금은보화를 준다고 합니다."

이준성은 피식 웃었다.

"놈에게 개소리 말라 전해. 난 네 부하가 되려고 고생해 가며 이 촌구석까지 온 게 아니라, 네놈의 앓던 이를 시원하게 빼 주기 위해 온 거니까 말이야. 그리고 놈이 날 불쾌하게 하지 않으면 덤으로 네놈의 미래까지 알려 준다고 전해."

강억필의 통역을 들은 노토가 관심을 조금 드러냈다.

강억필이 얼른 노토의 말을 통역했다.

"노토가 앓던 이를 어떻게 빼 준다는 건지 물어보고 있습니다."

"네놈 땅에서 왜군을 몰아낼 방법을 알고 있다고 전해. 내 말대로 하면 왜군을 없애는 것은 식은 죽 먹기니까 말이야."

이번에는 노토가 관심을 더 크게 드러냈다.

그 증거로 강억필이 통역을 마치기 전에 먼저 입을 연 것이다.

"그 말이 사실이냐?"

노토는 우리말로 분명하게 물었다.

물론 그동안 들은 함경도 사투리 중에 가장 알아듣기 힘든 사투리였지만, 어쨌든 노토는 우리말을 할 줄 알았던 것이다.

속았다는 사실을 안 강억필의 얼굴이 붉으락푸르락해졌지만, 이준성은 피식 웃었을 뿐 별다른 감정을 내보이지 않았다.

이준성은 어깨를 으쓱해 보였다.

"맞아. 내 말대로 하면 넌 네 마을을 다시 찾을 수 있을 거야."

"어떻게?"

"왜군은 군량이 다 떨어진 상태야. 곧 강을 넘어 조선으로 돌아갈 수밖에 없단 뜻이지. 넌 왜군이 돌아가기 위해 움직일 때까지 병력을 모으다가, 놈이 허점을 보였을 때 재빨리 기습만 하면 돼. 그러면 놈들을 일망타진할 수 있을 거야."

노토는 화가 난 듯 미간에 주름을 만들었다.

"왜군의 군량이 떨어져 간다는 사실을 내가 모를 거라 생각했나?"

"당연히 알겠지. 하지만 놈들의 약점이 더 있다는 건 모를걸?"

노토는 초조한 듯 급히 물었다.

"어떤 약점인데?"

이준성은 손가락을 좌우로 까딱거렸다.

"공짜 너무 좋아하다간 말년이 행복하지 않을 거야."

"좋다. 원하는 게 뭐냐?"

"몇 가지를 좀 줘야겠어."

"말해 봐라."

"노토부락이 차지한 땅에 광산이 좋은 게 몇 개 있더군. 그 광산의 개발권을 줘야겠어. 그리고 말과 가축도 주면 좋고."

노토는 미간을 다시 찌푸렸다.

"왜군의 약점을 알려 주는 것치곤 너무 과한 요구군."

이준성은 그럴 줄 알았다는 듯 고개를 끄덕였다.

"광산에서 캔 자원을 우리가 가공해 일정 부분 넘기도록 하지. 알겠지만 우린 쇠를 제법 잘 만들어. 그 쇠로 무기를 만들면 너희들이 가진 그 조악한 무기보단 훨씬 쓸 만할 거야."

노토는 구미가 당기는 듯했다.

노토부락은 천연자원의 보고 위에 자리를 잡았지만 그 천연자원을 제대로 쓰지 못하고 있었다. 특히 가공기술이 떨어져 누르하치의 건주여진에 비해 무기 수준이 너무 열악했다.

그런 이유로 노토부락은 무기, 갑옷은 물론이거니와 기본적인 농기구까지 밀무역으로 조선에서 수입하는 실정이었다.

노토가 벗겨진 머리를 박박 문지르며 물었다.

“얼마나 줄 건데?”

“2할 주지.”

“에이, 2할은 너무 적어.”

이준성이 선심 쓰듯 말했다.

“그럼 많이 양보해서 2할5푼까지 줄게.”

“아니, 5할은 줘야겠어.”

“3할 주지. 3할 이상 달라면 난 바로 돌아갈 거야.”

노토는 한참 고민하다가 고개를 끄덕였다.

“좋아. 3할을 받고 개발권을 넘겨주지. 양과 말도 함께 말이야.”

이준성은 단상 위로 올라가 노토에게 손을 내밀었다.

“그럼 계약했단 뜻으로 악수나 하자고.”

“악수? 그게 뭔데.”

“서로 손을 맞잡는 거야. 그게 배신하지 않겠단 증표인 셈이지.”

노토가 고개를 살짝 갸웃했다.

“조선 사람들은 문서에 적는 걸 좋아하는 줄 알았는데.”

“난 그들과 다르니까. 물론 배신했을 땐 대가를 치르겠지만.”

노토는 얼떨결에 이준성이 내민 손을 잡으며 물었다.

“이제 왜군의 약점이 뭔지 가르쳐 줘.”

"그보다 왜 제대로 싸워 보지도 않고 왜군에게 마을을 내줬지?"

노토는 창피한 듯 얼굴을 살짝 붉혔다.

"놈들이 이상한 무기를 쓰더군. 귀청을 찢는 소리가 울릴 때마다 애들이 학질에 걸린 것처럼 픽픽 쓰러지는 거야. 그 바람에 다들 겁에 질렸지. 싸울 수 있는 상황이 아니었다고."

"그 이상한 무기는 조총이란 거야. 화약을 쓰는 무기지. 한데 조총에는 엄청난 약점이 두 가지나 있어. 날씨가 습하거나 비가 오면 못 쓴다는 거야. 그게 첫 번째 약점이고, 두 번째 약점은 다시 쏘는 데 시간이 걸린단 거야. 기병의 속도라면, 왜군이 두세 번 쏘았을 때 충분히 접근할 수 있어. 먼저 부하들에게 무슨 소리가 나도 절대 퇴각하지 못하게 하면 조총은 그리 큰 문제가 아닐 거야. 내친김에 한 가지 더 가르쳐 주면, 놈들은 정면에 장창 부대를 놓기 때문에 정면으로 맞붙어선 이기기 힘들어. 대신 옆이나 뒤를 공격하면 의외로 쉽지. 그런 식의 기습은 너희들의 특기니까 더 쉽겠지."

노토는 이준성이 하는 말을 듣고 바로 고개를 끄덕였다.

"그렇군. 좋은 정보가 되겠어."

이준성은 노토와 한 시간 가까이 이야기를 나누며 왜군을 공격할 작전을 구상했다. 그리고 작전을 다 구상한 다음에는 노토가 내온 푸짐한 잔칫상으로 배가 터지도록 포식했다. 노린내가 나는 양고기에 역한 냄새가 나는 마유주가 거의 전부였지만, 냄새에 적응만 하면 그런 대로 먹을 만했다.

그날 저녁, 이준성 일행은 노토의 배웅을 받으며 협곡을 나왔다.

노토가 말머리를 나란히 한 후에 이준성에게 물었다.

"한데 이 먼데까지 와서 우릴 도와주는 이유가 뭐야?"

"간단해. 적의 적은 친구이니까. 또 왜군이 조선을 쑥대밭으로 만들어 버리는 바람에 내가 아주 열이 받았거든. 왜군은 한 놈도 살아서 조선을 벗어나지 못하도록 만들 생각이야."

"네 명이서 날 찾아온 배짱을 생각하면 가능성이 없진 않군."

대꾸한 노토가 이준성의 눈치를 슬쩍 살피며 물었다.

"네 말대로 왜군이 군량이 떨어져 돌아간다면 가만있는 게 상책 아니야? 괜히 호랑이 수염을 건드릴 이유가 없단 거지."

"대신 네 명성은 땅에 처박히겠지. 제 집구석에 쳐들어온 강도 놈이 재물을 털어 가고 마누라와 딸을 강간하는 데도 죽음이 두려워서 계집애처럼 질질 쌌다는 소문이 돌 테니까."

노토가 이맛살을 찌푸렸다.

"넌 나란 사람을 너무 우습게 보는 경향이 있군. 내가 함구하라 명하는데 감히 그 명을 어길 놈이 있을 거라 생각해?"

"네 백성들은 함구할지 모르지만 난 아니거든. 야인여진, 해서, 건주, 그리고 국경에 사는 번호들에게 네 소문을 낼 테니까."

노토가 고삐를 잡아 말을 세우며 딱딱한 표정을 지었다.

"넌 건방진 데다 지독하기까지 한 놈이군."

"하하, 맞아. 넌 어쩌면 악마와 손을 잡은 건지도 몰라."

노토와 헤어지기 직전, 이준성은 노토에게 귓속말로 물었다.

"넌 건주여진을 믿나? 누르하치 말이야."

"누르하치? 내 사돈 말이야?"

"그래, 그 누르하치."

"그건 왜 묻는데?"

"누르하치는 몇 년 지나지 않아 해서여진을 정복할 거야. 그리고 그 다음에는 당연히 야인여진을 정복하려 들겠지. 누르하치에게는 여기저기 흩어져 사는 여진족을 통일해 아골타가 세웠던 금나라의 영광을 재현할 생각이 있으니까."

노토는 말도 안 된다는 듯이 피식 웃었다.

"해서여진은 만만치 않아. 해서는 명나라 조정의 지원을 받기 때문에 건주여진이 아무리 강해도 그들을 이길 수는 없어."

"누르하치는 걸물이야. 만만히 보다간 큰코다칠 거야."

이준성의 말을 곱씹는 듯 말이 없던 노토가 물었다.

"한데 갑자기 누르하치 이야긴 왜 꺼낸 거지?"

이준성은 혹표를 멈추며 대답했다.

"누르하치는 야인여진의 정체성을 말살시킬 거야. 그래야 다스리기 쉬우니까. 그러나 난 야인여진의 전통과 문화를 존중해. 너와 내가 손을 잡으면 북방에서 감히 우리에게 대적할 사람이 없을 거야. 오히려 건주여진과 해서여진을 정복해서 우리가 이 넓은 대륙을 다스릴 수도 있을 거라고."

말을 마친 이준성은 멍한 표정으로 그를 바라보는 노토에게 한쪽 눈을 찡긋한 다음, 흑표의 속도를 올려 협곡을 떠났다.

"내 말 잘 생각해 보라고! 너에게 하늘이 준 기회가 온 거니까!"

흑표가 만든 먼지 속에서 이준성의 말이 아련하게 들려왔다.

10장. 피와 불이 흐르는 강

비룡대대와 합류해 두만강 유역으로 돌아온 이준성은 거기서 기다리던 은호대대 대대장 강태봉을 만나 보고를 들었다.

"왜군이 강을 도강할 때 사용한 뗏목과 나룻배를 발견했습니다."

"어디에 있는데?"

"이곳에서 서쪽으로 30여 리 떨어진 지점입니다."

대답한 강태봉은 손가락으로 이준성이 만든 두만강 유역 지도의 한 지점을 가리켰다. 강폭이 넓은 대신, 유속은 그리 빠르지 않아 여진족과 조선 백성이 나루터로 쓰는 곳이었다.

이준성은 즉시 하구로, 카네, 우메즈, 마사카츠, 진에몬 형제를 불렀다. 이들 여섯 명이 비룡대대의 핵심 지휘관이었다.

처음엔 140명으로 시작한 비룡대대가 지금은 숫자가 대폭 늘어 1,500명에 달했다. 대대라기보다는 연대에 더 가까웠다.

이준성은 우리말을 할 줄 아는 카네를 이용해 하구로 등에게 몇 가지 중요한 명령을 내렸다. 또, 부관 강주봉은 연락관 및 감독관 자격으로 잠시 그들과 함께 움직이게 하였다. 마지막으로 돌아가려는 강태봉에게 몇 가지 밀명을 내려 노토와 협의한 작전을 실행으로 옮길 만반의 준비를 마쳤다.

하구로가 지휘하는 비룡대대는 이준성의 곁을 떠나 강태봉이 찾아낸 나루터로 향했다. 그사이 이준성은 강억필 형제와 함께 두만강 동쪽으로 이동해 거기서 사흘 정도 기다렸다.

다음날 새벽, 물안개가 짙게 낀 두만강에 끼익끼익 거리는 소리가 들렸다. 강억필 형제는 움찔했지만 이준성은 태연했다.

소리의 정체를 알았던 것이다.

끼익끼익 거리는 소리는 순식간에 늘어나 사방에서 들려왔다.

그로부터 30분쯤 지났을 때였다.

거대한 뗏목의 뱃머리가 물안개를 뚫고 모습을 드러냈다. 끼익끼익 거리던 소리는 뗏목의 노에서 나는 소리였던 것이다.

뗏목에는 입에 재갈을 물린 군마 두 마리와 완전무장한 기병 두 명이 짝을 이뤄 타고 있었다. 그리고 강가에 맨 먼저 상륙한 뗏목 중 하나에는 천마대대 대대장 원충서가 있었다.

원충서가 자기 군마와 함께 뗏목 위에서 내려와 이준성에게 다가왔다. 군마와 기병을 뭍에 내려놓은 뗏목은 다시 조선 쪽으로 돌아갔다. 기병을 다 실어 나르려면 쉴 틈이 없었던 것이다.

이준성을 본 원충서가 즉시 군례를 올리며 웃었다.

"허허. 못 본 사이에 신수가 훤해지셨습니다."

이준성은 자기 복장을 내려다보았다.

만주 곳곳을 돌아다니는 동안, 먼지바람을 계속 맞은 탓에 몰골이 말이 아니었다. 원충서는 그 점을 들어 농담한 것이다.

이준성은 히죽 웃었다.

"그리 좋아하지 마라. 너도 곧 내 꼴을 하게 될 테니까."

"제가 언제 좋아했다고 그러십니까?"

"그보다 천마대대는 병력을 얼마나 늘렸나?"

원충서가 쉽지 않았다는 듯 한숨을 내쉬며 대답했다.

"대장장이 조 영감을 닦달해 간신히 5백을 맞췄습니다."

"마갑의 상태는?"

"시간이 모자란 탓에 노획한 왜군 갑옷을 대충 짜 맞춰 만들었습니다만, 훈련 때 시험해 보니 그런 대로 쓸 만하더이다."

두 사람이 얘기를 나누는 와중에도 뗏목은 쉼 없이 두만강을 오가며 기병과 군마, 기타 짐들을 실어 날랐다. 완전무장한 중기병 500을 실어 나르는 일은 생각보다 쉽지 않았다. 해가 떠서 물안개가 완전히 물러갔을 때에야 끝이 났다.

이준성은 원충서의 천마대대와 함께 북서쪽으로 이동했다. 강억필이 지리를 잘 알아 도중에 헤매는 일은 일어나지 않았다. 만주가 워낙 넓어 이틀을 행군한 후에야 목적지에 도달할 수 있었다. 나르한이라 불리는 이곳은 왜군이 뗏목이 있는 강가로 가기 위해서는 반드시 지나가야 하는 길목에 있었다.

나르한의 지형은 아주 특이했다.

가운데에는 너비가 3, 400미터에 달하는 들판이 쭉 펼쳐져 있었다. 그리고 그 좌우에는 근처에서 평생 산 사람이 아니면 알기 힘든 샛길과 지름길 등이 거미줄처럼 얽혀 있었다.

그야말로 측면을 기습하기에 적당한 지역인 것이다.

나르한 동쪽 지름길에 도착한 이준성은 반대편 샛길로 강억필 형제를 보냈다. 잠시 후, 강억필 형제가 돌아와 보고했다.

"노토가 기병 2,000, 보병 4,000과 함께 서쪽 분지에 매복해 있었습니다. 왜군이 나타나면 기다렸다가 기습할 거라 합니다."

"수고했다."

이준성은 기병과 군마에게 휴식을 부여했다. 기병은 곧장 군마의 마갑을 벗긴 뒤 휴식을 취하며 군장을 정비했다.

매복까지 마쳤기에 이제 남은 것은 왜군이 퇴각하는 시점이었다. 시점이 맞지 않으면 오히려 역공당할 위험이 있었다.

이준성은 근처 산에 올라가 주위를 둘러보았다.

그가 지금 있는 위치를 현대 지명으로 바꾸면 중국 길림성 백산시 근처였다. 유진이 삼각측량으로 알아낸 정보였다.

길림성은 북서쪽으로 올라가면 평원이나 분지가 많이 나오는 반면, 이곳 두만강 유역으로 내려오는 남동쪽 지역에는 백두산과 합달산, 용강산, 대흑산 등이 있어 산지가 많았다.

그런 지형 덕분에 길림성 북서쪽에서는 농장이나 목장을, 남동쪽에선 목재를 생산하는 목재공장을 세우는 게 유리했다. 물론 곳곳에 산재해 있는 풍부한 지하자원은 덤이었다.

이준성은 유진을 불렀다.

"이곳의 평균 강수량은 어때?"

-350미리에서 1,000미리 사이입니다.

"편차가 꽤 크군. 비는 여름에 주로 내리나?"

-그렇습니다. 이 지역의 겨울 평균 강수량은 30미리이기 때문에 대부분의 강수량이 여름에 집중되어 있는 상황입니다. 한국의 평균 강수량이 1,200미리인 점을 감안해 보았을 때, 비가 많이 내리는 해에는 한반도와 비슷한 강수량을 보이지만 가뭄이 들 때는 3분의 1에 해당하는 강수량을 보입니다.

"올해는 이 지역에 비가 많이 내릴까? 아니, 툭 까놓고 말해서 열흘 이내로 비가 올지의 여부를 알아낼 방법이 없을까?"

-기상위성이 없기에 지금으로서는 알아낼 방법이 없습니다.

"대기가 지닌 수분의 양을 조사해 알아낸다든지, 강물의 수심을 조사한다든지, 아니면 주변에 널려 있는 식물의 생장 상태를 보고 조사한다든지 하는 그런 방법으론 알 수 없는 거야?"

-필요한 도구와 장비, 그리고 다년간의 연구결과가 없으면 그런 방법으로는 비가 언제, 얼마나 올지 알 수 없습니다.

"쳇, 차라리 비가 오면 무릎이 쑤신다는 노인을 부르는 게 낫겠군. 거 왜 있잖아? 비가 오기 전에 앓는 소리 하는 노인들."

-일리가 있는 말입니다. 장마처럼 비가 많이 오는 기간엔 대기가 저기압으로 바뀌는데, 그러면 공기의 압력이 낮아져

무릎과 같은 관절 내 조직이 내부에서 팽창해 주변 신경을 자극할 수 있습니다. 그런 이유로 평소에 관절이 좋지 못한 사람의 경우에는 충분히 통증을 느낄 수가 있습니다.

"그럼 네 말은 관절이 아픈 노인들을 데려다가 물어보란 거야?"

-전 사용자의 질문에 답했을 뿐입니다.

"알았어. 알았으니까 그만 네 집으로 돌아가서 얌전히 기다려."

어차피 그 집이란 게 이준성의 뇌였지만, 기분이 착잡했기에 별로 신경 쓰지 않았다. 비가 오지 않으면 조총을 든 왜군과 싸워야 했다. 조총의 성능이 아무리 나빠도 열병기에 익숙하지 않은 노토의 군대는 당황할 여지가 충분히 있었다.

경원성 전투에선 왜군에게 양면전선을 강요해 원거리 부대와 근거리 부대를 분리시켰지만, 지금은 그럴 상황이 아니었다.

이준성과 함께 강을 도하한 은호대대 병사들이 왜군을 정탐한 결과를 이준성에게 보내왔다. 매복을 마치고 사흘쯤 지났을 때, 근처에 더 이상 털어먹을 여진족 마을이 없어졌는지 가토 기요마사는 두만강으로 퇴각하기 시작했다.

한데 기적이 일어났다.

가토 기요마사가 진채를 뽑아 남하한 후 하루가 막 지났을 무렵, 억수 같은 비가 내리기 시작한 것이다. 그러나 기상상황으로 보았을 때, 장마처럼 계속 내리는 비는 아니었다. 하늘에는 짙은 먹구름보다 솜털처럼 하얀 구름이 더 많았다.

이준성은 내리는 비를 보며 잠시 고민했다.

비는 조총병을 무용지물로 만들 수 있지만 반대로 기병 역시 무용지물로 만들 수 있었다. 비가 내려 길이 진창으로 변해 버리는 순간, 군마는 그 무게로 인해 기동이 힘들어졌다.

기병의 최대 장점인 기동력이 사라지는 것이다.

그야말로 느리게 움직이는 커다란 표적지나 다름없었다.

그리고 이 말은 나르한에서는 기습을 펼치기가 힘들다는 뜻이었다.

왜군을 제때에 치려면 땅이 더 물러지기 전에 움직여야 했다. 왜군이 나르한까지 오기를 기다릴 여유가 없어진 것이다.

이준성은 급히 강억필을 노토에게 보내 작전계획을 수정했다.

한데 문제는 거기서 끝나지 않았다.

노토가 나르한에서 움직이길 거부한 것이다.

"노토, 이 멍청한 새끼."

욕지거리를 내뱉은 이준성은 병력에게 갑옷과 마갑을 벗으라 지시했다. 몸을 최대한 가볍게 하지 않으면 진창과의 싸움에서 먼저 패배할 공산이 높았던 것이다. 그렇게 반나절이 지났을 때였다. 비가 언제 내렸냐는 듯 하늘이 멀쩡하게 개었다. 오히려 비가 내리기 전보다 더 깨끗해져 눈이 부실 정도로 파랬다.

그때, 북동쪽을 정찰하던 병사 하나가 소리쳤다.

"옵니다!"

병사의 말에 모든 사람의 시선이 북동쪽으로 향했다.

나르한 협곡 입구에 10열 종대로 선 왜군 선두가 모습을 드러냈다. 선두는 기요마사의 장창 부대인 듯했다. 하늘로 높이 솟은 장창 날이 햇빛을 받아 물비늘처럼 반짝거리고 있었다.

장창 부대 양옆엔 조총과 활을 든 원거리 부대가 있었다. 그리고 원거리 부대 바깥에는 칼과 방패를 든 보병 부대가 있었다.

"와아아아!"

그때, 반대편 협곡에서 엄청난 함성 소리와 말발굽 소리가 들려왔다. 소리가 얼마나 큰지 지진이 난 것처럼 지축이 진동했다.

바로 노토의 병력이었다.

노토는 참을성이 없는 자임에 틀림없었다.

왜군이 기습하기 좋은 지점에 도착하기 전에 출격한 것이다.

탕탕탕탕!

조총의 총성이 따발총의 총성처럼 쉼 없이 울려 퍼졌다.

시기를 놓친 탓인지 조총병 반 이상이 정상적으로 사격했다.

먼저 돌진한 노토의 기병 한쪽이 조총 탄환에 맞아 도미노처럼 우르르 무너졌다. 그 모습을 본 노토의 기병은 겁에 질려 왼쪽으로 선회했다. 조총의 재장전 시간을 이용하면 충분히 돌격할 수 있는 거리와 속도였는데 제 발로 그 기회를 차버린 것이다. 이준성의 조언을 따르지 않은 것이다.

더 큰 문제는 그 다음에 벌어졌다.

노토의 기병은 비가 와서 진창으로 변한 지역으로 선회했다. 그 바람에 다시 전진했을 때는 기병이 가진 충격력을 제대로 활용하지 못해 왜군이 펼친 장창 방어진에 쓸려 나갔다.

"병신 같은 새끼."

이를 간 이준성은 흑표에 올라 매복지에서 뛰쳐나갔다. 나르한에는 사방으로 뚫린 지름길이 많았기에 왜군 앞이 아니라 뒤로 돌아가는 길을 이용할 수 있었다. 이준성과 갑옷을 벗어 던진 500의 기마 부대는 왜군 후위로 맹렬히 짓쳐 갔다.

◆ ◈ ◆

이준성의 전술적 판단은 정확했다.

노토 기병이 쳐들어간 왜군 앞쪽은 진창이었지만 뒤쪽의

땅은 아주 단단했다. 1만에 이르는 대군이 지나간 후라 비온 뒤에 땅이 굳는다는 속담처럼 땅이 단단해져 있었던 것이다.

이준성과 그의 기병 부대는 단단해진 땅을 전속력으로 달려 왜군 후위를 들이쳤다. 왜군 후위가 급히 돌아섰을 땐 이미 기병 선두가 군마의 충격력으로 앞 열을 쓸어버린 후였다.

쾅쾅쾅!

시속 수십 킬로미터로 돌진하는 육중한 군마 앞에서는 인간이 하찮은 존재처럼 느껴졌다. 말에 받히는 순간, 고통을 채 느끼기도 전에 두 발이 먼저 공중으로 떠 버리곤 하였다.

선두에 서서 가장 먼저 왜군 후위를 돌파한 이준성은 언월도와 왜도를 번갈아 휘두르며 앞을 막아서는 왜군을 베어 갔다. 지칠 줄 모르는 엄청난 체력으로 10여 명의 왜군을 연달아 베었을 때, 얼굴과 몸은 적의 피로 흠뻑 젖어 있었다.

이준성은 뒤를 돌아보았다.

원충서를 비롯한 천마대대 기병들 역시 후위를 돌파해 왜군 중군으로 거세게 치고 올라가는 중이었다. 그러나 중군은 가토 기요마사의 근위대가 철통같은 방어진을 펼쳐 후위처럼 쉽게 돌파하지 못했다. 더구나 속도를 위해 갑옷과 마갑을 벗은 상태였기에 기병들이 하나둘 쓰러지기 시작했다.

왜군은 기병 주위를 에워싼 다음, 장창으로 군마를 집중 공격했다. 아니면 갈고리를 단 무기로 말에 탄 기병을 밑으로 끌어내려 처리했다. 심지어 도끼나 언월도같이 날이 두꺼운 무기로 군마의 발목만 집중적으로 노리는 왜군까지 있었다.

"퇴각하라!"

명령을 내린 이준성은 원충서에게 퇴각할 방향을 알려 주었다. 그리고는 왜군이 천마대대를 쫓아가지 못하도록 맨 뒤에서 적을 상대했다. 이준성의 언월도가 허공을 가를 때마다 여지없이 왜군의 머리나 팔다리가 잘려 날아갔기에, 왜군은 마치 사신을 본 것처럼 두려워하며 추격을 포기했다.

아무리 힘이 좋아도 뼈가 있는 사람의 신체를 절단하는 일은 쉽지 않았다. 한데 이준성은 그 일을 밥 먹듯이 해냈다. 이준성의 정체를 알지 못하는 그들로선 두려울 수밖에 없었다.

더욱이 이준성의 체력은 놀라울 정도였다.

지금처럼 냉병기를 이용한 전투를 치를 때 체력이 받쳐 주는 시간은 기껏해야 몇십 분 내외였다. 그 후엔 마치 전, 후반을 전력으로 뛴 축구선수처럼 팔과 다리가 느려지기 마련이었다. 한데 이준성은 오히려 뒤로 갈수록 힘과 속도가 더 늘어났다. 왜군이 보기엔 불가사의한 일이 아닐 수 없었다.

이준성의 활약 덕분에 가장 어렵다는 퇴각을 무사히 마친 천마대대는 근처 고지에 올라가 전황을 다시 한 번 관찰했다.

이준성이 왜군 후위를 들이친 효과는 대단했다.

후위를 신경 쓰느라 왜군은 노토의 기병과 보병이 접근하는 것을 막지 못했다. 지금은 나르한 출구 쪽에서 노토의 병력과 왜군이 한데 뒤섞여 치열한 혈전을 벌이는 중이었다.

그리 넓지 않은 전장에서 거의 2만에 달하는 양측 병력이 붙는 중이었다. 땅은 이미 양측 병사들에 의해 어느 정도 굳어진 후였다. 이런 상태라면 굳이 중기병을 포기할 이유가 없었다. 이준성은 숨을 돌린 천마대대에게 갑옷과 마갑을 다시 걸치란 지시를 내린 뒤 나르한에 있는 지름길 중 하나를 이용해 왜군 중군을 직접적으로 노리기 시작했다.

퇴각한 줄 알았던 이준성의 기병 부대가 다시 들이닥치는 순간, 왜군은 사기가 뚝뚝 떨어졌다. 더욱이 이번에는 마갑까지 착용한 완벽한 중기병 체제였다. 이런 혼전 양상에서 중기병은 기갑부대나 다름없었다. 왜군은 중군 외곽이 그대로 돌파당했다. 이제 남은 것은 가토 기요마사의 근위대밖에 없었다. 잠시 후, 말을 탄 사무라이들이 나타났다.

바로 가토 기요마사의 근위대 역할을 하는 기마 무사였다.

그러나 왜군의 기마 무사는 진정한 기병이라 보기 힘들었다. 조선에서 노획한 군마로 바꿔 타기는 했지만, 그들에게 말은 이동수단이지 그 위에서 적과 싸우는 용도가 아니었다.

기병은 훈련받지 않으면 제대로 싸우지 못했다.

특히 발을 거는 등자를 이용하는 법을 알지 못하면, 양손을 자유롭게 쓰기 아주 힘들었다. 그리고 지면에서보다는 팔을 움직일 수 있는 반경이 좁을 수밖에 없어 철퇴나 도끼, 단창,

편곤처럼 짧고 강력한 무기를 다룰 줄 알아야 했다.

가토 기요마사의 기마 무사는 천마대대의 파상 공세 앞에 그대로 쓸려 나갔다. 맨 앞에서 지위가 제법 높아 보이는 사무라이의 머리를 언월도로 단숨에 잘라 버린 이준성이 흑표의 배를 걷어차자, 흑표는 즉시 앞으로 뛰쳐나갔다.

잠시 후, 가토 기요마사의 군기가 그 앞에 나타났다. 검은색 원 가운데에 흰 구멍이 뚫린 문양이 줄줄이 박힌 군기였다.

군기를 든 왜군을 여럿 베어 가며 전진했을 때였다.

검은색 원 가운데에 흰 구멍을 뚫어 놓은 군기 여러 개를 커다란 막대기에 바람개비처럼 붙여 놓은 특이한 군기가 보였다.

"유진, 저 이상하게 생긴 깃발은 뭐지?"

-가토 기요마사의 우마지루시입니다.

"우마지루시?"

-그렇습니다. 우마지루시는 전투에 나간 영주들이 자신의 신분이나 무위를 적에게 과시할 목적으로 쓰였습니다. 또 자기 부하들에게 영주의 위치를 알려 줄 목적으로 쓰였기 때문에 우마지루시가 있으면 근처에 영주가 있단 뜻입니다.

"간단히 말해 저곳에 가토 기요마사가 있단 뜻이군."

-그렇죠.

이준성은 우마지루시를 향해 흑표를 몰았다.

그때 특이한 갑옷을 입은 중년 사내의 모습이 얼핏 눈에 들어왔다. 갈색 말을 탄 사내였는데, 투구 위에 마법사처럼 원뿔 모양의 긴 모자를 쓰고 있어 알아보기 아주 쉬운 편이었다.

이준성은 직감적으로 그가 가토 기요마사란 생각이 들어 그 사내를 향해 말을 몰았다. 그의 예상이 적중한 듯했다. 왜군이 사내를 지키기 위해 자살에 가까운 공격을 해 왔다.

이준성은 언월도로 그를 에워싸는 왜군을 쉼 없이 베었지만 사내와의 거리는 점점 더 벌어졌다. 이준성은 시간을 확인했다. 지금쯤이면 천마대대 기병과 군마가 지쳤을 시간이었다. 무거운 갑옷을 입으면 말이나 사람이나 지치기는 매한가지였다. 경기병은 좀 더 낫겠지만 중기병은 그렇지 못했다.

"퇴각하라!"

이준성은 오늘만 벌써 두 번째 퇴각 명령을 내렸다.

원충서 등은 기다렸다는 듯 제일 가까운 길로 말을 몰았다.

이준성은 후위에 남아 부하들의 퇴각을 도왔다.

그러나 이대로 후퇴하기에는 왠지 기분이 썩 좋지 않았다. 가토 기요마사를 이대로 두고 떠나는 게 마음에 걸린 것이다.

이준성은 왜군의 갑옷을 베느라 날이 다 나가 더 이상 쓸 수 없는 왜도를 전력을 다해 앞으로 던졌다. 왜도는 마치 누가 앞에서 당긴 것처럼 가토 기요마사를 향해 쏘아져 갔다.

깜짝 놀란 가토 기요마사는 얼른 고개를 뒤로 젖혔지만 그가 쓰고 있는 우스꽝스런 투구와 투구장식까지 피하진 못했다.

왜도가 마법사 모자처럼 원뿔 모양으로 생긴 투구를 치며 지나갔다. 그 바람에 투구 턱 끈이 가토 기요마사의 목을 졸랐다. 가토 기요마사는 숨을 쉴 수 없는 듯 버둥거리다가 말에서 떨어졌다. 이준성은 근처에 있던 시동이 가토 기요마사의 목을 조르던 턱 끈을 풀어 주는 모습을 보며 퇴각했다.

“운이 따라 주는 건 이번이 마지막일 거다, 가토.”

천마대대와 함께 퇴각한 이준성은 그 후로 몇 차례에 걸쳐 더 돌격했다. 그리고 그때마다 가토 기요마사의 간담을 서늘케 했다. 그러나 낮이 무한정 길지는 않았기에 곧 날이 저물었고 전투는 소강상태에 빠졌다. 은호대대의 보고에 따르면 왜군은 전력의 4할에 가까운 병력이 전투불능에 빠졌다. 그리고 노토는 기병 1,000기와 보병 2,000명을 잃었다.

물론 이준성의 용맹한 돌격이 없었다면 노토의 병력은 전멸했을 것이다. 그리고 왜군은 지금보다 훨씬 많은 병력을 살려 도망쳤을 것이다. 왜군은 적지에서 밤을 보낼 생각이 없는 듯했다. 야간에도 행군을 계속해 두만강으로 내려갔다.

이준성은 왜군의 뒤를 쫓으면서 은호대대장 강태봉에게 물었다.

“노토는 어찌하는 중이야?”

"남은 병력을 이끌고 왜군의 뒤를 추격 중입니다."

"부하들이 죽어 나가는 바람에 악에 받친 모양이군."

"그렇습니다."

이준성은 왜군을 이대로 보내 줄 생각이 없었기에 속도를 높여 먼저 두만강으로 달려갔다. 새벽안개가 독가스처럼 서서히 두만강 수면으로 떠오를 무렵, 왜군은 마침내 그들이 타고 온 나룻배와 뗏목을 정박시켜 놓은 나루터에 도착했다.

왜군은 물살에 휩쓸려 떠내려갈 위험이 있는 나룻배와 뗏목을 강가 위로 끌어올려 둔 상태였다. 그리고 나루터에는 5,600에 달하는 병력을 남겨 나룻배와 뗏목을 지키게 했다.

그러나 왜군을 반긴 것은 빈 나룻배와 빈 뗏목뿐이었다. 나룻배와 뗏목을 지키라고 놔둔 병력은 그 어디에도 보이지 않았다.

왜군보다 먼저 강가에 도착한 이준성은 비룡대대를 찾았다.

잠시 후, 강가에 매복해 있던 비룡대대 지휘관들이 찾아왔다.

이준성은 감독관으로 비룡대대를 따라간 강주봉에게 물었다.

"작전은?"

"성공했습니다. 명령하신 대로 어제 새벽에 기습을 가해 뗏목과 나룻배를 지키던 사공과 왜군을 깡그리 해치워 버렸습니다."

“뗏목과 나룻배는?”

“지시하신 대로 조치해 뒀습니다.”

만족한 표정으로 고개를 끄덕인 이준성은 비룡대대 지휘관들을 칭찬한 다음, 왜군이 뗏목과 나룻배에 타기만을 기다렸다.

왜군이 반쯤 탔을 때, 이준성은 기습을 명했다. 노토에게도 사람을 보내 협공을 요청했다. 악에 받친 노토는 적장을 잡아 살이라도 씹어 먹을 생각인 듯 적극적으로 협력해 왔다.

아시온 사단과 노토 병력의 협공은 위력이 대단해 강가에서 저항하는 왜군을 차츰차츰 분쇄해 들어갔다. 왜군은 반 이상이 뗏목과 나룻배를 타고 강에 떠 있는 상태였기 때문에 강가에서 싸우는 동료를 도와줄 방법이 없었다. 그저 화살이나 조총을 쏠 뿐이었는데, 어두운 데다 적아가 섞여 있어 큰 효과를 거두지 못했다. 곧 강물에 왜군의 시신이 부평초처럼 떠다녔다. 그리고 그들이 흘린 피는 짙은 남색에 가까운 강물을 검붉은 빛으로 물들였다. 나중에 들려온 이야기에 따르면 왜군의 시신이 동해 쪽까지 떠내려갔다고 하였다.

어느 정도 공격을 마쳤을 때, 저항하던 남은 왜군을 노토에게 맡긴 이준성은 부하들과 함께 강 상류에 준비해 둔 뗏목과 나룻배로 두만강을 도하했다. 그리고 도하한 다음에는 다시 하류로 내려가 왜군이 도하하는 광경을 지켜보았다.

왜군은 이준성의 부대보다 훨씬 일찍 도하했지만, 도중에 나룻배에 물이 차거나 뗏목을 연결한 밧줄이 끊어지는 바람에 물 위에서 애를 먹는 중이었다. 뗏목과 나룻배를 지키던 왜군을 야간 기습한 비룡대대 병사들이 미리 나룻배에 구멍을 뚫거나 뗏목을 이은 밧줄을 반쯤 잘라 둔 덕이었다.

차오르는 물을 막지 못해 전복하거나 가라앉는 나룻배가 속출했다. 그리고 통나무를 연결한 밧줄이 끊어진 뗏목은 사이가 점점 벌어져 뗏목이라 부를 수 없을 지경에 이르렀다.

그때, 강주봉이 다가와 속삭였다.

"도착했습니다."

이준성은 즉시 뒤를 돌아보았다.

강문우가 지휘하는 맹호연대 병력 2,000명의 모습이 보였다.

이준성은 강문우를 반갑게 맞이하며 물었다.

"제시간에 도착했군. 준비는?"

"예, 시키신 대로 활을 잘 쏘는 병사들로만 추려 왔습니다."

이준성은 즉시 강문우가 데려온 맹호연대 병력을 넓게 배치해 공격할 준비를 시작했다. 뒤이어 이준성의 명령이 떨어지는 순간, 병사들은 가져온 불화살에 불을 붙여 강 위로 쏘았다.

수백 발의 불화살이 왜군이 탄 나룻배와 뗏목 위로 떨어졌다.

◆ ◈ ◆

두만강에 도착한 왜군은 이상하다는 생각을 했을 것이다. 나루터를 지키라고 놔둔 병력이 보이지 않았으니 당연했다.

그러나 그들에겐 무슨 일인지 알아볼 여유가 없었다.

뒤에서 악에 받친 노토가 쫓아오고 있었던 것이다. 그리고 엄청난 돌격으로 왜군에게 정신적인 트라우마를 안겨 준 이준성의 천마대대 역시 호시탐탐 기회를 엿보는 중이었다. 병력이 사라진 이유를 찾아보기에는 현재 상황이 너무 급박했다.

왜군은 서둘러 나룻배와 뗏목에 올라타 두만강을 도하했다. 두만강 너머에는 나베시마 나오시게의 1만 병력이 있을 테니 그들과 합류하는 게 최선이라 생각했다. 물론 이준성이 정보를 완전히 차단하는 바람에 왜군은 나베시마 나오시게가 이미 경원성 전투에서 대패했단 사실을 알지 못했다.

왜군이 반쯤 나룻배와 뗏목에 탑승했을 때, 노토의 군대와 이준성이 지휘하는 천마대대, 비룡대대가 함께 급습을 가했다.

나룻배와 뗏목에 타고 있던 왜군은 나루터에 남은 동료들을 구하기엔 늦었다는 생각이 들기 무섭게 도강에 전념했다.

그러나 다가오는 악운을 피해 갈 순 없었다.

강을 반쯤 건넜을 때, 나룻배 바닥에 구멍이 뚫려 물이 새어

들어왔다. 뗏목 역시 마찬가지로 문제가 발생했다. 통나무를 연결한 밧줄이 끊어지며 더 이상 뗏목이라 부를 수 없는 상태로 변한 것이다. 곧 나룻배는 물이 차서 가라앉거나 전복되었다. 또 밧줄이 끊어진 뗏목은 통나무 사이가 점점 벌어지며 그 위에 타고 있던 왜군을 차가운 강물 속으로 던져 넣었다.

결국 무사히 강 반대편에 도착한 왜군은 2,000명에 불과했다.

그러나 그들의 악운은 거기서 끝나지 않았다.

반대편에 이르기 무섭게 불화살이 날아들었다.

수백 발의 불화살은 사람과 배를 가리지 않고 파고들었다. 옷에 불이 붙은 왜군은 비명을 지르며 강물로 뛰어들었다. 불에 타서 죽느니 강물에 뛰어드는 게 낫다고 판단한 것이다. 물론 물에 뛰어든 왜군 중에 헤엄을 쳐서 강가에 도착한 왜군은 극소수였다. 그들은 걸친 갑옷의 무게 때문에 물속으로 가라앉았다. 그리고 강물에 뛰어들기 전에 갑옷을 벗은 왜군은 물살에 휩쓸려 밑으로 떠내려가고 말았다.

모든 악운을 피해 강가에 도착한 왜군은 반이 줄어든 1,000명에 불과했다. 불과 하룻밤 사이에 1만이던 군대가 1,000명으로 줄어든 것이다.

이준성은 계속 명령을 내렸다.

"활과 조총을 계속 쏴라!"

명령이 떨어지기 무섭게 화살이 날아가는 소리 속에서

방금 전에는 들리지 않던 조총의 총성이 합주하듯이 들려왔다.

왜군은 강가에 상륙하기 무섭게 날아든 화살과 조총의 탄환에 맞아 나뒹굴었다. 자갈이 깔린 강가가 왜군의 시체로 뒤덮였다.

이준성은 강문우를 보며 날카로운 목소리로 물었다.

"천궁대대는?"

"포를 쏘기 좋은 위치에서 대기 중입니다."

"명령 기다릴 거 없이 왜군이 사거리에 들어오면 쏘라 하시오."

"예, 장군."

강문우는 전령을 천궁대대에 급파해 이준성의 명령을 전했다.

명령을 전한 다음에는 감탄하는 표정으로 이준성을 바라보았다. 이준성이 보통내기가 아니란 사실은 대호골에서 처음 만났을 때부터 느꼈다. 그리고 경원성 전투에서는 그가 생각하던 수준보다 더 대단한 자라는 사실을 느꼈다.

한데 만주로 넘어가서 가토 기요마사의 1만 병력을 야금야금 잡아먹더니, 그것으로 모자라 거의 전멸에 가까운 타격을 입히는 모습을 보고서는 같은 사람이라는 생각이 들지 않을 정도였다.

강문우는 탄식하듯 중얼거렸다.

"정말 이 난세를 바로잡기 위해 하늘이 내린 칼이란 말인가?"

강문우는 이준성이 만주에 있는 동안, 대호골에서 경흥성으로 거처를 옮긴 강 노인을 잠시 만날 기회가 있었다. 이준성이 신세준에게 대호골을 농장으로 만들라는 명을 내렸기에 대호골에 살던 피난민이 경흥성으로 거처를 옮긴 것이다.

강문우는 강 노인을 전부터 알고 있었다. 강문우의 가문은 함경도에 대대로 살던 양반 가문이었는데, 조선 조정이 함경도를 차별하기 시작하면서 관직으로 진출할 기회가 사라졌다.

강 씨 가문 사람들은 두 가지 길 중에 하나를 선택했다.

하나는 강문우처럼 언젠간 조선 조정이 그들의 재능을 알아줄 날이 올 거라 생각하며 열심히 공부하고 무예를 익히는 선택을 한 사람들이었다.

다른 하나는 허울뿐인 양반이란 지위를 벗어던진 뒤 다른 평범한 백성들처럼 농사짓고 물고기를 잡아 가족을 부양하는 쪽을 택한 강 노인류의 사람들이었다.

그런 이유로 강문우와 강 노인은 가까운 인척은 아니었지만 4, 5대를 거슬러 올라가면 조상이 같았다.

강문우는 이준성이 처음으로 만난 사람이 강 노인이이란 사실에 깜짝 놀랐다. 강문우는 즉시 이준성을 어떻게 만났는지 물었다.

강 노인의 설명에 의하면 이준성은 실오라기 하나 걸치지 않은 망측한 모습으로 갑자기 나타나 그들을 쫓던 왜군 20여 명을 맨몸으로 때려죽였다. 해괴한 건 그뿐만이 아니었다.

당시 이준성은 머리카락이 짧았다. 신체발부는 수지부모라 생각해 머리카락을 잘 자르지 않는 조선 백성에겐 신기한 모습이 아닐 수 없었다. 또 이준성은 우리말을 할 줄 몰랐다.

비록 열흘쯤 지났을 때는 놀라운 능력을 발휘해 우리말을 하기 시작했지만, 그전까지는 단어조차 제대로 알지 못했다.

강 노인은 그런 이준성을 보면서 하늘이 난세를 평정하기 위해 내려보낸 칼이라 생각했다. 즉, 거의 신으로 여긴 것이다.

강문우는 강 노인처럼 이준성을 신으로 생각하진 않았지만 이준성에게 그가 모르는 비밀이 있다는 것쯤은 알 수 있었다.

어쨌든 그 이준성 덕분에 함경도를 수복하기 일보 직전이었다.

펑펑펑!

완구가 발사한 돌 포탄이 왜군 머리 위로 떨어지기 시작했다.

왜군은 엄청난 저력을 발휘해 포위당한 강가에서 빠져나와 남쪽으로 내려가는 길로 들어서긴 했지만, 완구가 발사한 돌 포탄에 다시 발이 묶이고 말았다. 그사이 뒤쫓아 온 맹호연대 병사들의 활과 조총 공격에 또다시 맥없이 당할 수밖에 없었다.

이준성은 강문우에게 다시 명령을 내렸다.

"모든 공격을 중단하시오!"

강문우는 즉시 맹호연대와 천궁대대의 공격을 중지시키러 갔다.

조총의 소리가 멎길 기다린 이준성은 천마대대를 소환했다.

강을 도하한 이후부터는 전투에 참가하지 않았기에 천마대대는 체력이 아직 쌩쌩했다. 이준성은 천마대대와 함께 언덕 밑으로 내려갔다. 새벽부터 해가 중천에 뜬 정오까지 계속 괴롭힘당하던 왜군은 이준성의 천마대대를 보는 순간 자포자기해 버렸다. 변변한 저항 한 번 못 해 본 채 항복을 하거나 사방으로 도망쳤다. 이준성은 그들을 쫓지 않았다. 이미 맹호연대가 포위 중이라 그들은 도망칠 데가 없었다.

왜군의 가운데에 이르렀을 때, 저항의 강도가 갑자기 강해졌다.

외곽을 지키던 왜군은 영주가 강제로 동원한 아시가루였다. 영주에 대한 충성보다는 자신의 목숨이 더 귀중했다. 그러나 중군을 지키는 왜군은 가토 기요마사에게 충성을 바치는 근위대였다. 당연히 저항이 전보다 거셀 수밖에 없었다.

물론 그들 역시 이미 지칠 대로 지쳐 쌩쌩한 천마대대의 상대가 아니었다. 천마대대가 사방에서 들이닥치는 순간, 추풍낙엽이라는 말이 떠오를 정도로 순식간에 쓸려 나갔다.

근위대까지 처리한 이준성은 마침내 왜군 2번대 대장이며 도요토미 히데요시의 심복인 가토 기요마사와 대면할 수 있었다. 가토 기요마사는 화려한 갑옷 위에 불에 그슬린 두루마기를 입고 있었다. 또 만주에서 이준성이 던진 왜도에 맞았던 투구를 벗어 버린 듯 반쯤 밀어 버린 머리가 그대로 드러나 있었다. 가토 기요마사는 나베시마 나오시게처럼 할복하지 않았다. 시동들과 함께 최후의 돌격을 감행했다.

이준성은 가토 기요마사의 마음을 이해할 수 있었다.

전사라면 전장에서 적과 장렬히 싸우다가 죽고 싶은 법이었다. 포로로 잡히거나 다른 사람의 손에 죽고 싶지 않은 것이다.

그러나 마음을 이해하는 것과 그 마음대로 해 주는 것은 차원이 다른 문제였다. 이준성은 그렇게 해 줄 마음이 전혀 없었다.

가토 기요마사를 따라 돌격한 시동들은 원충서와 강억필, 강억수 등의 손에 장렬히 전사했다. 그리고 그 사이, 이준성은 가토 기요마사를 상대했다. 도요토미 히데요시의 칠본창 중에 하나인 만큼 가토 기요마사는 창을 다루는 솜씨가 뛰어났지만, 어디까지나 그들 수준에서 그렇단 말이었다.

이준성은 가토 기요마사가 찔러 온 창을 언월도로 가볍게 막아 냈다. 전력을 다했기에 창은 가토 기요마사의 손을 떠나 허공으로 날아갔다. 손아귀가 찢어진 듯 가토 기요마사는 피가 흐르는 손바닥을 잡은 채 고통스러운 표정을 지었다. 그러나 포기할 생각은 없는 듯 재빨리 왜도를 뽑아 들었다.

이준성은 왼손의 왜도로 가토 기요마사의 목을 베어 갔다. 가토 기요마사는 재빨리 왜도를 앞으로 뻗어 막으려 들었다.

카앙!

왜도끼리 부딪쳐 불꽃이 튀는 순간, 가토 기요마사의 왜도가 도리어 그의 얼굴을 강하게 가격했다. 이준성이 휘두른 왜도에 실린 힘을 제대로 받아 내지 못한 결과였다.

가토 기요마사는 광대뼈가 부러진 듯 나직한 신음을 토했다.

그때, 이준성은 오른손의 언월도를 뒤집어 가토 기요마사의 얼굴 반대쪽을 후려쳤다. 퍽 하는 소리가 들리기 무섭게 가토 기요마사가 말 위에서 고목이 쓰러지듯 밑으로 떨어졌다.

가토 기요마사는 쓰러진 상태에서 미동조차 없었다.

"어라?"

오히려 당황한 쪽은 이준성이었다.

흑표 위에서 뛰어내린 이준성은 쓰러진 가토 기요마사 쪽으로 달려갔다. 그리곤 목깃을 잡은 상태에서 몸을 흔들었다.

"이봐, 정신 차려. 아직 죽으면 안 돼."

그러나 가토 기요마사는 정신을 차릴 기미가 보이지 않았다.

이준성은 가토 기요마사의 뺨을 번갈아 후려쳤다.

그러나 여전히 깨어날 기미가 없었다.

"씨발."

이준성은 투구를 벗은 다음, 가토 기요마사에게 심폐소생술을 실시했다. 옷과 갑옷을 벗긴 다음, 양손으로 흉부를 압박했다. 그리고는 가토 기요마사의 입에 공기를 불어넣었다.

아저씨와 입을 맞추는 게 좋을 리 없었지만, 가토 기요마사는 그가 죽으라 할 때까지 살아 있어야 했다. 심폐소생술을 30초쯤 했을 때, 가토 기요마사가 마침내 눈을 뜨며 자기 힘으로 호흡했다. 그제야 심폐소생술을 마친 이준성은 흐르는 식은땀을 닦은 뒤 강억필 형제를 불러 그를 넘겼다.

그로부터 며칠 후, 경원성 남쪽 벌판에 함경도 백성들이 모여들었다. 이준성이 낸 소문을 들은 듯 6진은 물론이거니와 멀리 함흥, 북평 쪽에서도 적지 않은 백성들이 찾아왔다.

둥둥둥둥!

북소리와 함께 경원성 성문이 열리는 순간, 그 안에서 수레 한 대가 천천히 밖으로 나왔다. 한데 그 수레 위에는 목에 형틀을 쓴 가토 기요마사가 초췌한 표정으로 앉아 있었다.

벌판에 모여 있던 백성들은 그가 호랑이 가토라 불리던 왜장임을 알고 돌을 던지거나 침을 뱉었다. 물론 아시온 사단 병사들이 군중을 통제했기에 가토 기요마사에게 직접적인 피해를 주진 못했다. 이준성은 수레 위로 성큼 올라갔다.

이준성의 장대한 체구가 백성들의 눈길을 단숨에 휘어잡았다. 욕설과 고함 소리로 가득하던 벌판이 금세 조용해졌다.

"나는 의병 아시온 사단을 이끄는 이준성이라 한다!"

이준성의 쩌렁쩌렁한 목소리가 앞산까지 메아리치며 퍼져갔다.

이준성은 오연한 시선으로 군중을 쏘아보며 말을 이어 갔다.

"지금부터 우리의 고향, 우리의 터전인 함경도를 침략해 피땀 흘려 모은 재물을 빼앗고 우리의 딸과 아내, 어머니를 강간하고 목숨을 앗아간 왜장 가토 기요마사를 처단하겠다!"

이준성은 강문우가 두 손으로 건넨 언월도를 받아 높이 쳐들었다. 북방의 강한 햇살이 언월도의 날에 부딪쳐 부서졌다.

말을 마친 이준성은 쳐든 언월도를 단숨에 내리쳤다.

가토 기요마사의 머리가 잘려 수레 밑으로 굴러 떨어지는 순간, 함경도 백성들의 함성 소리로 인해 천지가 떠나갈 듯했다.

〈2권에 계속〉